KB080439

어머니와 아내와의 약속을 이루려
살아온 재미교포 사업가 이야기

약속

Promises

| 배병준(TWP대표) 지음 |

책:봄

약속

초판 발행 2023년 3월 15일

저　　자 • 배병준
발 행 인 • 한은희
편　　집 • 조혜련
편집·교열 • 이복규

펴낸곳 • 책봄출판사
주　소 • 경기도 고양시 덕양구 통일로 1276-8 (킹스빌타운 208동 301호)
서울 중구 새문안로 32 동양빌딩 5층 (디자인 사무실)

전　화 • (010) 6353-0224
블로그 • https://blog.naver.com/anjh1123
이메일 • anjh1123@nate.com
등　록 • 2019년 10월 7일 제2019-0000156호
ISBN 979-11-980493-1-5 03810

• 책값은 뒤표지에 있습니다.

목차

part 01 어린 시절과 전쟁 체험

part 02 미국 유학과 사랑

part 03 사업 성공과 어머니의 기도

part 04 북한의 고향 돕기

part 05 영화 제작의 성공과 마지막 약속

어린 시절과 전쟁 체험

Part 01

Promises_01

러브스토리 - 규희를 그리며

주일이면 사랑하는 아내 규희와 데이트를 하는 것이 나의 즐거움이다.

2021년 2월 14일 일요일은 규희의 생일이며 발렌타인데이였다. 삶은 달걀, 버터와 포도잼을 곁들인 잉글리시 머핀, 바싹 구운 베이컨, 그리고 수박 한 조각을 아침식사로 준비했다. 규희가 평소 좋아했던 난초에 장미를 더한 꽃다발을 들고, 아이스박스에 포도주와 터키 샌드위치를 넣고, 그녀가 있는 곳으로 향했다. 하늘은 파랗고, 하얀 구름에 실바람도 불어 날씨는 화사했고, 자동차 스피커에서 흐르는 음악은 경쾌했다.

규희가 머문 곳이 가까워오자 마음은 더욱 부산해졌다.

"규희, 기다려, 다 왔어!"

오늘은 특별히 규희가 좋아했던 푸치니의 Tosca에 나오는 〈Vissi d'arte〉와 〈Madam Butterfly〉의 〈Un bel di〉 아리아 두 곡을 골랐다.

〈Vissi d'arte〉 아리아의 가사를 규희에게 오늘 또다시 들려주었다.

난 사랑을 위해 살아.
난 살아 있는 영혼에 해를 끼친 적이 없어.
은밀한 손으로 내가 알고 있는 많은 불행을 덜게 했지.
언제나 참된 믿음으로 나는 제단에 꽃을 놓았어.

이웃을 사랑하며 동정심 많은 토스카의 마음과 하느님에 대한 여인의 깊은 믿음을 표현하는 노래로, 규희는 이 노래를 들을 때마다 눈물을 머금곤 했다.

다음엔 딘마틴의 느긋한 스타일로 속삭이듯 부르는 감상적인 목소리에 빠져들었다.

〈I have but one heart〉는 규희에 대한 내 사랑을 가장 잘 담아낸, 내가 즐겨 듣는 노래다.

하나밖에 없는 이 내 마음을 당신에게 드리고 싶어요.
당신은 내가 이루길 기도하는 유일한 꿈이기 때문이지요.
당신은 내 생애 유일한 사랑, 나는 당신을 위해 살아갑니다.

2019년 10월 26일 아침 7시 26분, 나는 규희의 얼굴을 양손으로 받치고, 그녀의 마지막 숨결을 들으며 그녀의 임종을 지켜보았다.

규희는 내 품에 안겨 하느님이 함께하시는 가운데 평화로이 숨을 거두었다. 규희는 캘리포니아주 플레젠턴 집 근처 디아블로산과 부라이온공원의 장관이 내려다보이는 오크몬트 추모공원에 묻혔다. 존스타인벡의 '에덴의 동쪽'(East of the Eden)에서 묘사했듯, 이곳 공원도 겨울에는 녹색이나 여름에는 황금빛이다. 부드럽게 스치는 바람이 얼굴을 간지럽힌다.

검은 대리석 묘비에는 우리의 성인 BAI(배)라 새겨져 있고, 묘비명에는 이렇게 적혀 있다.

배규희

1935. 2. 14. ~ 2019. 10. 26.

사랑과 우아함으로 우리에게 사랑을 베푼 가장 아름다운

어머니와 아내를 추모하며

왼편에는 내 이름 '배병준'과 생일인 1937년 9월 3일이 새겨져 있고, 그 옆 자리는 언젠가 우리 재회 날짜를 새기려고 비워 두었다. 묘석 양쪽에 놓인 라일락과 베고니아 꽃 향기 퍼지는 싱그러운 아침, 그 앞에 두 아들과 손자들 이름이 새겨진 대리석 벤치 두 개가 보인다. 묘비 가운데 하트 모양 안에 담긴 우리 둘의 사진 속 규희를 쓰다듬으며 하느님께 다시 감사를 드렸다.

"여보, 사랑해요. 제임스와 스티브 그리고 손자들 모두 잘 지내요. 나는 오늘 아침에 코로나백신 2차 접종을 했어요. 코로나로 모두 불안 속에 있지만 난 잘 있어요."

늘 그랬듯이 나는 규희에게 입을 맞춘 후, 발렌타인데이 장미로 화병에 있던 꽃들을 바꾸고, 묘비를 둘러싸고 있는 꽃들에 물을 준 다음 벤치에 앉았다. 샤르도네 와인을 따면서 규희와 함께 지냈던 날들을 추억하며 나는 말했다.

"여보, 우리의 첫 유럽 여행지 비엔나에서의 즐거웠던 일을 기억하나요? 운 좋게도 호텔 데스크 직원이 오페라 공연 직전에 누군가 취소한 〈나비부인〉 입장권 두 장을 우리에게 주었지요. 오페라가 끝났을 때 나는 당신의 눈에 눈물이 고이고 있는 것을 보았어요. 당신은 주인공 Cho-Cho-San(조조상)이 불쌍하다고 하였지요. 기억하나요?"

포도주를 한 모금 마신 다음, 1963년 규희에게서 받은 편지를 펼쳐 들었다. 당시 나는 콜롬비아에 있는 미주리주립대학에서 공부하고 있었고, 규희는 시카고 웨슬리메모리얼병원에서 간호사로 일하고 있던 때였다.

사랑하는 준에게

생일카드 받았어요. 감사해요.

그 카드를 책상 위 우리 사진 옆에 두었어요.

당신이 나를 얼마나 깊이 사랑하는지 카드가 말하고 있네요.

하느님이 내게 주신 가장 값진 선물이 당신이라는 것을 알았어요.

나는 죽을 때까지 당신을 영원히 사랑할 것을 약속해요.

하느님께서 우리에게 이처럼 이별의 시간을 주신 것은, 서로가 사랑의 깊이와 폭을 더욱 느낄 수 있는 기회라고 믿어요.

나는 우리 사랑의 묶음들을 조심스레 안고, 영원히 상처받지 않게 다룰 거예요.

사랑해요.

규희가

1984년 우리가 캘리포니아 댄빌로 이사했을 때 그녀에게 받은 카드도 펴보았다.

"

사랑하는 준에게

우리 사랑을 축복하시고 북캘리포니아 이주를 약속하신 하느님께 감사드려요.

나는 당신의 아내인 것이 행복해요.

그것은 기쁨이고 도전이기 때문이지요.

미지의 세계에 맞서려는 당신의 용기와 의지에 감탄하곤 해요.

당신의 인생에서 당신과 함께 걸어가는 일은 정말 즐거운 모험이에요.

결혼 19주년 축하해요!

사랑해요.

규희가

규희와 나는 언제나 사랑을 솔직하게 마음껏 표현했다. 그녀의 눈빛과 미소 가득한 고운 얼굴은 내게 늘 평화를 주었으며, 내가 세상에서 최고가 된 듯 나를 당당하게 만들어 주었다. 규희는 자신의 전부를 희생하며 나를 위해주고 사랑했다.

나의 유학생 시절에는 재정적 뒷받침을 했고, 아이들 출산 후에는, 내가 가정 일에 신경 쓰지 않고 나의 사업에만 몰두하도록, 아이들을 돌보며 지혜로운 어머니로 가정을 꾸렸다. 규희는 그 당시에 풀타임 간호사로 일하고 있었다. 기아와 기근에 허덕이는 북한 사람들을 도우려 할 때는, 조건 없이 베풀 수 있도록 격려하며 기도로 지원했다.

연휴 때면, 내가 부담 없이 편하게 북에 다녀오도록 기꺼이 길을 터주었다. 영화 〈산 너머 마을〉을 제작할 때는 용기를 북돋아 주었고, 수상할 때면 나를 자랑스러워하며 한없이 기뻐했다.

생각할수록 내 생애를 통틀어 규희를 만난 것보다 더 영광스러운 사건은 없는 것 같다.

Promises_02

전쟁이 앗아버린 유년시절

나는 1937년 현재 조선민주주의인민공화국인 함경북도 회령에서 태어났다. 회령은 중국과 러시아 사이의 국경에 자리잡은 두만강 고지에 둥지를 튼 인구 약 10만 명의 큰 도시였다.

4명의 아들과 2명의 딸, 이렇게 6남매를 둔 부모 밑에서 셋째 아들로 태어난 나를, 부모님은 병준이라고 이름 지어 주셨다. 어머니는 내 어린 시절을 회상하며, 내가 주위 사람들의 사랑도 듬뿍 받고 학교 공부도 열심히 했으며, 친구들과 사이좋게 뛰놀며 평화스럽게 자랐다고 하셨다.

하지만 그 평화는 그리 오래 가지 못했다.

2차 중일전쟁이 격해지면서 일본제국의 무자비한 침략과 파괴는 우리 가족도 휩쓸어 모든 것을 산산조각 내버렸다. 일본의 침략자들은 한국의 문화, 언어, 역사를 지우려는 식민정책으로 우리의 학교제도를 일본식으로 바꾸고 도입한 제도로 강제로 동화시키려 했다.

잔인하기 이를 데 없던 그들은, 5천년 전통의 고유한 한국의 역사를 짓밟아 더럽혔고, 재산을 강탈하며 흰옷 입은 소박하고 순진한 농부들의 온화한 품성을 사무라이 칼로 무자비하게 훼손했다. 또한 일본 이름으로 개명시키며 한국인의 자존심과 위엄을 가차 없이 말살시켜, '조용한 아침의 나라' 한반도를 중국과 동남아시아 국가들 정복을 위한 관문으로 이용하려 들었다.

할아버지 성함은 배씨 성에 '형'자 '기'자였는데, 고작 44세가 되던 해에 심장마비로 돌아가셨다. 그러자 할아버지의 남동생이던 작은 할아버지께서 아버지와 세 여동생, 즉 고모들을 당신 자녀로 입양하셔서, 우리는 자라면서 그 분이 우리 할아버지인 걸로 알고 자랐다.

조부께서는 함경북도에서 가장 유복하다고 알려진 큰 부자로, 주변의 수만 평의 땅을 소유하셨고, 울창한 백두산 지역에서 벌목한 나무로 목재를 생산하는 회사를 운영하셨다. 일꾼들은 나무를 베어 두만강을 따라 회령 근처의 굽어진 곳까지 띄워 보내고, 그곳에서는 통나무를 쇠사슬 갈고리로 묶어 제재소로 끌어들였다. 전동톱으로 자른 철도 침목은 일본 식민지 정부의 지시 아래 조선인 노동자들이 건설하고 있는 철도망 확충에 투입됐다.

할아버지는 배짱이 두둑하고 모험심도 강한 빈틈없는 사업가였기에, 일제강점기 내내 순조롭게 사업을 운영했다. 잘 생겼고 두뇌가 명석하며 지적 분위기를 물씬 풍겼던 아버지는, 일본 교토대학 졸업 후 할아버지 회사를 맡아 경영했다. 게다가 마을 사람들을 매료시키는 친화적인 성격 때문에, 마을 사람들은 아버지를 존경하였고, 아버지 역시 할아버지처럼 지역사회의 주요 인물이 되었다.

당시 아버지는 회령에 주둔하던 육군수송연대 지휘관인 일본군

'히다' 장군에게 본가 옆 사랑채를 숙소로 내주었다. 히다와 그의 아내는 나와 동갑인 여섯 살짜리 아키코와 젖먹이 딸이 있었다. 히다 장군의 아내는 모유가 충분하지 않았는지 내 동생 병극에게 수유 중이던 어머니가 히다 아기까지 젖을 먹였다. 아키코의 어머니는 어머니께 감사 표시로 종종 예쁘게 포장된 모찌를 주곤 했다.

나는 유일한 친구였던 명랑하고 귀여운 아키코와 그녀의 장난감을 가지고 노는 것이 큰 즐거움이었다. 아키코는 자신의 어머니가 장군에게 지극 정성으로 차를 대접하듯, 내게 사과 주스와 모찌를 조심스럽게 건네주곤 했다. 나는 아키코와 그녀의 하녀 마루로부터 일본어를 배웠다.

학교에서는 일본어만 가르치기에, 어머니는 종종 우리 형제들을 뒤뜰에 모아 놓고 한글을 가르치셨다. 한국어 쓰기를 가르치실 때면 우리가 놀던 모래 마당에 대나무 막대기로 자음과 모음을 그려 주시곤 했다.

히다 장군은 이따금 소속 장군들을 사랑채로 초대하곤 했는데, 나는 그들의 옅은 콧수염과 함께 술 마시고 노래를 부르며 즐기는 장면을 지금도 선명하게 기억한다. 어느 날 저녁, 나는 그들이 제복을 갖춰 입을 때 착용하던 다양하게 장식된 칼자루에 호기심이 생겨 살금살금 사랑채로 가서 디딤돌에 올려놓은 칼을 몰래 빼 내 손가락으로 칼날을 살짝 만져보았다. 날카로운 면도날같은 충격에 나는 내 손가락 정도는 쉽게 잘릴 수 있겠다 싶어 무척 겁이 났다. 히다 장군이 이따금 벌이는 저녁 모임 외에는 우리 본채에 얼씬거리는 일본군이나 헌병은 없었다.

일본의 군사적 영향력이 널리 퍼지고 2차 세계대전이 확대되면서, 일본제국은 중국과 아시아를 점령하려는 탐욕을 드러내기 시작했다. 회령을 병력과 물자 수송의 중심지로 이용하기 위해, 그에 따른 기반시설을 건설하느라 바삐 돌아갔다. 그러나 그곳에 거주하는 회령 주민들은 비교적 평온했다.

어느 날 아버지는 북경에 있는 사업 동료로부터 일본군이 중국 중부에서 퇴각하기 시작했다는 소식을 들었다. 일본이 전쟁에서 밀리며 패할 위기에 처하자, 그때부터 우리의 삶이 위태로워지며 내 유년기의 평화도 차차 막을 내리기 시작했다.

일본군은 집집마다 수색하며 은식기를 비롯해 금속으로 만들어진 모든 물건을 압수했다. 아버지는 일본군이 무기, 장비, 탄약을 제조할 재료가 동나가고 있는 징조라고 귀띔해 주셨다. 당시 마을을 돌아다니며 거리에 뛰어다니는 모든 개를 총으로 쏴 죽였던 한 일본 소대의 만행을 나는 보았다. 그것은 퇴각하며 지나는 마을마다 통과하는 전주곡인 듯했다.

어느 날 아침, 어머니는 아키코 가족이 작별인사도 없이 떠났다고 알려주셨다. 아키코 방으로 급히 달려가 보니, 그녀가 가장 좋아하던 부드러운 테디 베어 인형 머리맡에 놓인 쪽지가 보였다.

"사요나라, 헤이 준. 나는 네 보조개를 잊지 못할 거야."

아키코는 작별선물로 그 곰 인형을 내게 남긴 것 같았다. 그날 저녁 아키코가 왜 인사조차 없이 떠나야만 했는지 하는 의문 속에, 유일한 놀이 친구를 잃었다는 생각에 슬픔에 잠겼다.

모두가 전쟁이 곧 끝날 것이라고 했지만, 마을에는 연일 총성이 울렸고, 폭탄은 연이어 터졌다. 우리 형제들은 창문을 가린 나무판자 틈으로 일본인들이 마을을 빠져 나가려고 서두르며 트럭에 매달리는 걸 지켜보았다. 아버지는 그들이 해군함정이 대기하고 있는 나진항으로 대피 중이라고 하셨다.

회령도시에서 후퇴하던 일본군인들은 거리에서 있던 노인들, 아낙네들, 어린이들을 가리지 않고 처참하게 무차별 총격을 가했다. 그날 우리가 목격한 끔찍한 총격 만행은 우리 형제 모두를 오랫동안 악몽에 시달리게 했고, 나는 인간이 어떻게 이리도 잔인할 수 있는지, 수없이 되묻곤 했다. 아버지는 일본 군인들이 군중 속에 숨어 있는 광복군 대원들을 죽이고, 또한 짐이 되는 총탄도 버리려고 무고한 사람들에게 발포하는 것이라고 알려주셨다.

그들이 물러간 후 은신처에 숨어 있다 밖으로 뛰쳐나온 사람들은, 거리에 널브러진 가족의 시체를 끌어안고 주먹으로 땅을 치며 대성통곡을 했다. 마을에 끔찍한 일들이 일어나는 동안 우리 가족은 안전했다. 아버지는 히다 장군이 퇴각하는 일본군에게 배씨 가족은 해치지 말라고 명령했을 것이라고 하시며, 아마도 우리 집 사랑채에 살며 정이 들었던 보답인 것 같다고 하셨다.

돌이켜보니 일본군 퇴각이 바로 일본제국의 최후였다. 2차 세계대전이 끝난 1945년 8월 15일, 우리나라는 마침내 36년의 길고 긴 일제의 식민지배로부터 해방되어, 비로소 독립국가로 들어서는 포문을 열었다. 하지만 자유와 평화의 기쁨을 누리기도 전, 채 며칠도 안 되어 러시아 군인들이 우리 마을에 진주하며 또 다른 공포가 우리를 엄습했다.

창백한 우윳빛 얼굴에 금발머리, 녹색과 푸른 눈을 가진 백인들이 총 한 발 쏘지 않고 마을로 물밀듯 밀려왔다. 그들은 과거 1차 세계대전 당시 사용했던 총검이 부착된 긴 단발식 소총으로 무장하고 있었다. 그들은 더러운 얼굴과 흙으로 뒤덮인 군복을 입은 채, 평생 한 번도 목욕과 양치질을 해본 적이 없는 것처럼 톡 쏘는 강렬한 악취를 풍겼다.

건초더미 위에서 돌처럼 단단한 검은 빵 덩어리를 베개 삼아 아무렇게나 널브러져 자는 그들은, 마치 문명과는 거리가 먼 러시아 극동의 시베리아에서 살던 원시인같아 보였다. 계속 해바라기 씨를 씹고 뱉으며 무리지어 거리를 걷는 그들은 무례하기 짝이 없어서, 길가는 사람 아무에게나 다가가 담배 피우는 몸짓과 손짓을 하며 허락도 없이 그들 주머니에서 담배를 강탈해 갔다. 우리는 그들을 '러스키'라 불렀다.

어느 날, 세 명의 러스키가 우리집에 와서 러시아 말을 몇마디 하시는 아버지에게 손짓으로 담배를 요구하자, 아버지는 군말 없이 담배 두 갑을 그들에게 주셨다. 그들은 담뱃갑에서 담배 한 개비씩 빼서 각자 양쪽 귀 뒤에 걸고 나머지는 주머니에 넣고 돌아갔다.

그후 아버지와 어머니는 러스키와 젊은 공산 게릴라 전사들을 피해, 행랑채에 사는 두 노부부에게 우리 형제와 기르는 말 두 마리를 돌보라 하시고, 십 리 정도 떨어진 농장으로 피신하셨다. 부모님이 잠시 농장으로 떠난 직후, 우리 가정에 처음으로 비극이 일어났다.

러스키 네 명이 우리집 문앞에 나타나서 우리 형제들에게 소총을 겨누면서 집밖으로 나가라고 손짓했다. 겁에 질린 우리들이 그들 지시대로 집밖으로 나간 지 얼마 되지 않아, 비참한 울음소리와 함께 날카로운 비명이 밖으로 울려 퍼졌다.

"살려줘! 살려줘! 엄마! 엄마!"

러스키 네 명이 우리 집에서 일하던 17살짜리 순자를 차례차례 강간한 것이다.

우리에게는 그들이 우리 집을 떠나기까지 아주 긴 시간이 흐른 것처럼 느껴졌다. 그들이 떠난 후 우리가 집안으로 뛰어가 보니, 순자가 피투성이가 된 채 이불에 머리를 파묻고 온몸을 떨면서 울부짖고 있었다.

"건드리지 마! 건드리지 마!"

그 말만을 반복하며 흐느끼던 순자가 피를 흘리고 몸을 떨면서 계속 엄마를 찾았다. 그녀를 강간한 러스키들은 순자 주변 바닥에 오줌을 싸서 이불과 그녀 옷을 흠뻑 적셔 놓았다. 우리는 그들의 야만인적 행위를 도저히 이해할 수 없었다.

"러스키는 짐승이다! 러스키는 사람 새끼가 아니다!"

우리는 이를 악물고 속으로만 부르짖을 뿐이었다.

상황을 알게 된 나이 많은 일꾼 중 한 사람이 급히 농장으로 달려가 아버지에게 무슨 일이 있었는지를 알리자, 부모님은 곧바로 집으로 오셔서 의사를 불렀다. 순자는 고열로 며칠을 고생했고, 그후로 여러 달 동안 입을 열지 않았다.

순자는 친척이라고는 촌수 먼 아저씨 한 사람뿐인 불행한 처녀였다. 어렸을 때 전염병으로 부모님을 잃자 어머니께서 순자를 거두셨다. 형들과 내게 둘도 없던 누나였던 순자가 오랫 동안 고통에 갇혀 있는 것을 보며, 우리 가족 모두 오래 가슴앓이를 했다.

시간이 흐름에 따라 우리 마을의 주인이 계속 바뀌는 것 같았다. 한국이 일본으로부터 해방된 후, 만주에서 일제에 저항해 싸운 젊은 마르크스주의 추종자들로 구성된 유격대원들이 도착했다. 갸름하고 새까만 얼굴로 유도선수처럼 움직이는 그들은 '부르주아'로 일컫는 일본 동조자들을 색출하기 시작했다. 가족과 친구로부터 받은 정보를 가지고 집집마다 수색하는 그들도 잔인하기는 마찬가지였다.

마을공원에서 대여섯 명의 유격대원들이 둥그렇게 둘러싸고 일본인 동역자들을 마치 유도하듯 잡아 던지며 내동댕이쳤다. 땅에 반복적으로 부딪친 희생자들이 의식을 잃고 땅바닥에서 죽어 가는데, 눈에 핏발이 선 유격대원들은 자신들이 죽인 사람들의 시신을 땅에 버려둔 채 그냥 가 버리곤 했다. 피도 보이지 않는 내출혈로 살해하는 잔혹한 폭력성을 보여준 그 끔찍한 놀이에 사용된 도구는 오직 맨손뿐이었다. 마을사람들은 공포에 질린 채 그 모습을 지켜볼 뿐이었다.

나는 이런 참혹한 광경을 본 후 이것이 모두 일본 제국주의자들 때문이라고 확신했다. 러시아 군인들로 하여금 우리 누이들을 강간하게 하고 우리 형제들을 서로 살해하도록 만들어, 수천 수만 어머니들의 피눈물을 흘리게 한 일들을 어찌 일본 제국주의자들의 침략 탓이 아니라고 말할 수 있겠는가! 더욱 가슴 아픈 것은 같은 형제들이 일본인들이 파 놓은 덫에 사로잡혀 동료나 형제들을 고문하고 죽였다는 사실이다.

"저런 반역자들에게 인정이나 양심의 가책이 있기나 한 걸까? 그들을 같은 민족이라고 부를 수나 있을까?"

"어찌 우리 백성 중에 그런 친일파가 생길 수 있을까?"

나는 내 자신에게 끊임없이 질문하며 인간이 갖춰야 할 도리의 부재와 사악함, 그리고 목격한 전쟁의 모습에 밤마다 공포에 떨었다.

그도 그럴 것이 그때 내 나이 불과 13살이었다.

Promises_03

해방 후 주어진 평화

아버지는 회령과 주변의 작은 농촌 사람들에게 생계를 유지할 수 있도록 도움을 많이 주셨는데, 그것은 이미 할아버지 때부터 이어온 일이었다. 그렇다 보니 회령 사람들은 당연히 할아버지와 아버지를 그들의 보호자나 마을의 지도자로 생각하며 배 씨 가문에 항상 감사의 뜻을 표했다. 그것은 우리 가족이 공산당 게릴라로부터 해를 받지 않은 이유였다.

일본으로부터 해방된 직후, 우리 가족의 삶도 정상으로 돌아오기 시작해 모처럼 나도 학생다운 활동을 하게 되었다. 인구 삼백만 명의 함경북도 도청 소재지인 청진에서 8·15 해방 기념 학생 음악대회가 열렸다. 초청 받은 10 도시 중 나는 회령학교를 대표해서 독창 부문에 출전하기로 지명을 받았다. 선택한 곡은 차이코프스키 음악원에서 공부한 윤성규 음악 선생님이 가사를 한국어로 번역한, 베르디의 오페라 리골렛토(Rigoletto)의 아리아 〈La donna e' mobile(여자의 마음)〉과, 선생님 본인이 작곡한 조선 노래 〈나의 고향, 나의 조국〉, 이 두 곡이었다.

몇 주간을 밤 늦게까지 연습한 후 경연대회를 하루 앞두고, 선생님과 나는 기차를 타고 청진으로 갔다. 회령에서 청진까지는 서너

시간이나 걸리는 곳으로, 내 기억에는 못해도 스무 개는 넘는 터널을 지난 것 같았다. 터널을 지날 때마다 선생님은 객실 창문을 닫고 부드러운 천으로 내 얼굴을 덮어주셨다. 기차에서 뿜어낸 석탄재 가득찬 연기로 내 음성에 차질이 생길까 걱정했기 때문이었다.

청진시 대강당에서 열린 그 대회에는 지방에서 온 학생들과 그들을 응원하러 온 가족들을 포함해 500여 명은 되어 보이는 사람들이 강당을 가득 메웠다. 감독과 나는 10명의 참가자들과 함께 무대 뒤에서 내 순서를 기다리고 있었다. 갑자기 선생님이 날 달걀을 깨더니 무조건 삼키라고 하셨다.

"네 차례야."

곧이어 선생님은 내 등을 치면서 나를 무대로 밀었다. 내 키에 맞춰 조정된 마이크 앞에 섰지만, 하나뿐인 무대 조명이 내 얼굴에 강하게 비춰 나는 관객을 볼 수 없었다. 어떻게 노래를 불렀는지 내가 〈여자의 마음〉을 끝내자 큰 박수 소리가 들렸다. 두 번째 곡인 〈나의 고향, 나의 조국〉을 부를 때, 가사의 한 구절을 깜빡 잊고는 순간 얼어붙었으나, 곧 기억해내서 끝까지 불렀다. 선생님과 가족, 그리고 고향 사람들에게 실망을 주었다는 생각에 울고 싶었지만, 다행히 속으로 삼켜 울음은 나오지 않았다.

심사위원회가 1등을 발표하자 관중은 동의할 수 없다는 듯 큰 소리로 불만을 표시했다. 내게는 2등상이 주어졌다.

"아주 잘했어, 〈여자의 마음〉 잘 불렀어!"

돌아오는 차에서 선생님은, 아까 준 달걀이 내 목을 맑게 하고 음성을 부드럽게 하기 위한 것이었다며, 나를 위로해 주었다. 내가 미래에 테너로 성공하길 바라면서 늘 따뜻하게 격려해 준 선생님이 고마웠다. 지금도 나는 가끔 그날을 생각하며, 만일 전쟁이 없었다면 나는 오페라 가수가 되었을지도 모른다고 생각하곤 한다.

다음날, 운동장에서 내 노래를 듣기 위해 기다리는 교장선생님과 선생님들, 학생들을 보는 순간 나는 긴장감으로 가슴이 뛰었다.

"배병준 학생은 회령시를 대표해 8·15 기념대회에서 큰 성과를 거둬 학교 전체가 자랑스럽게 생각합니다. 우리 다같이 배병준 학생의 노래를 들어 봅시다."

교장선생님은 큰 소리로 자랑스럽게 나를 소개하며 노래를 신청했다. 내가 두 곡을 다 부르자, 학생과 선생님들 모두 큰 박수로 화답해, 나는 그 순간 일등상을 받지 못하였다는 사실을 잊어버렸다.

그날 저녁 늦게 집에 모인 가족과 농장 일꾼들, 그리고 이웃을 위해 〈여자의 마음〉을 다시 불렀다. 뿌듯하고 흐뭇해하는 아버지 모습을 보자 한층 더 우쭐해졌다. 나는 언제나 〈여자의 마음〉을 부를 때면 행복해지곤 한다. 그 노래 가사는 다음과 같다.

여자는 변덕스러워.
마치 바람에 날리는 깃털처럼
목소리를 바꾸고 마음을 바꾸면서
언제나 상냥하게 예쁜 얼굴을 하지.
울면서 웃으면서 늘 거짓말을 하지.

윤 선생님은 이태리 원어 가사를 다음과 같이 조선말로 개사했다.

펄펄펄 날리는 나비와 같이

너 어디 가느냐? 나와 함께 가려마.

내 사랑 그대와 함께 영원히 날고 싶네.

다시 돌아오지 않을 길을, 그대와 둘이서

한동안 우리 가족은 평화롭게 지낼 수 있었다. 1947년, 공산주의 혁명가들에게 처형당할 것을 감지한 아버지는 사과농장을 운영하던 원산으로 가족과 이사하기로 결정하셨다. 원산은 회령에서 남쪽으로 320km(82리) 떨어진 인구가 대략 백만 명 정도 되는 동해의 항구 도시다.

온화한 기후에 너른 백사장을 따라 펼쳐진 경치가 아름다운 곳으로, 맛난 사과와 가자미가 특히 유명했다. 해안 따라 길게 펼쳐진 바다는 물이 너무 맑아, 모래 바닥에 빛나는 조약돌과 형형색색의 작은 물고기까지 육안으로 쉽게 볼 수 있었다. 나는 그곳으로 이사한 후, 여름 내내 학교가 끝나면 명사십리 바닷가로 달려가 하루도 빠지지 않고 수영을 했다.

아버지는 회령 공장에서 실어보낸 통나무로 제조된 나무상자에 사과를 포장해 러시아로 수출했다. 나는 용돈을 벌기 위해 야적장에서 공장 노동자들과 함께 미리 자른 나무판자로 상자를 만들었다. 뙤약볕 아래 손가락에 물집이 생겨 더는 망치를 들 수 없을 때까지 악착같이 일하곤 했다.

그런데 뜻밖의 일이 생겼다. 여름 내내 일해서 번 돈 전부를 오른쪽 다섯째 줄, 위에서 열 번 째 줄에 있는 지붕 기왓장 밑에 숨겨두고 제일 친한 친구에게 말했었다. 녀석은 나보다 한 살이 많고 몸집도 훨씬 컸는데, 숨겨진 돈의 위치를 아는 애는 그놈뿐이었다. 그런데 그 돈이 사라졌다. 그놈이 훔쳐간 것이 확실했다. 나는 병진 형의 야구 방망이를 들고 그를 찾아가서 내 돈을 내놓으라고 대들었다. 녀석이 써 버린 적은 액수의 돈을 제외하고는 훔친 돈을 모두 내놓아서 나는 그를 용서하기로 했다.

큰 사과 농장에는 고미라는 당나귀만큼이나 큰 검은 색 독일 세퍼드가 있었다. 농장 쇠철망 기둥에 체인으로 연결된 목줄을 하고 마당을 뛰어다니는 고미는 내게는 더할 나위 없는 충실한 친구였다. 자신에게 접근하는 사람이면 나를 제외하고는 모두 물려고 덤벼들었다. 내가 하지 말라고 큰 소리로 명령하면 즉시 달려와 내 얼굴을 핥았던 충직한 개로, 내 유년의 추억에서 빼놓을 수 없는 옛 친구다.

원산에서 2년을 보낸 후 아버지는 가족을 그곳에 남겨둔 채, 확장된 사업을 관리하고 회령의 젊은 공산주의 혁명가들도 피해 서쪽으로 약 200km 떨어진 북조선의 수도 평양으로 가셨다. 그곳에서 사무실을 차리고 혼자 지내셨다. 사업상 소련은행과 거래하려면 평양에 있어야 하고, 혁명가들이 평양까지 따라올 수 없을 거라는 이유였다.

일본이 항복한 지 3년 후인 1948년, 한반도는 38선을 따라 분단되어 남에는 미군정 하에 대한민국, 북에는 조선민주주의인민공화국이라는 새로운 두 정권이 탄생했다. 그해 어머니는 나를 평양으로 보내 아버지와 함께 있도록 했다. 1년 동안 아버지와 같이 지냈지만, 낮에는 종일 사무로 바쁘고 저녁에는 공무원 접대로 바쁜 아버지와 함께 지낼 시간은 거의 없었다. 하지만 겨울이면 평양을 가로지르는 대동강에서 스케이트를 타고, 동네 식당에서 평양 시민들이 사시사철 즐기는 냉면을 먹고 노점상에서 군밤을 사 먹는 즐거움이 컸다.

전학한 학교 학생들이 내가 캐시미어 코트를 입은 것을 보고 '부르조아'라 비웃더니, 하루는 여러 명이 학교 운동장에서 내게 눈덩이를 던졌다. 돌을 넣은 눈덩어리들은 내 머리에 상처를 남겼다. 다음 날 날씨는 여전히 추웠지만 나는 학교에 그 코트를 입지 않고 갔다.

그다음 해 광복절 전날, 교실로 들어온 담임선생님은 일일이 빨간 스카프를 학생들에게 둘러 주며 악수를 했다. 그날 나는 12살 반 나이에 나도 모르게 공산당원이 됐다. 다음날 나는 김일성광장에서 빨간 스카프를 맨 수십만 명의 학생과 합류했다. 뜨거운 콘크리트 위 각자 지정된 번호가 붙은 장소에 줄을 서서, 행진이 시작되기를 몇 시간이나 지루하게 기다렸다. 행렬이 사열대를 지날 때 위대한 지도자로 불리는 김일성의 모습을 멀리서 처음으로 보았다. 행진이 끝났을 때는 해가 저물어 모두 지쳤고, 목이 마르고 배도 고팠다. 혼자 집으로 먼 길을 걸어오면서, 공산주의자가 된다는 것이 어떤 것인지 끊임없이 질문했다.

훗날 어머니와 나머지 가족이 평양으로 이사왔을 때, 우리는 어느 때보다도 행복했다. 그때 둘째형 병진은 원산에 머물기를 간청했는데, 어머니는 그 무엇도 형을 야구팀에서 떼어놓을 수 없다는 것을 잘 알고 계셨기에 허락하셨다. 큰형 병섭은 서울에서 고등학교를 다녔기에 남과 북을 나누는 38선 때문에 집으로 돌아올 수는 없었다.

2년 동안 우리는 평양에서 평화롭게 살았지만, 또 다른 무섭고 긴 전쟁이 우리를 기다리고 있었다.

13살에 겪은 6·25 전쟁

1950년 6월 25일, 추적추적 비가 내리는 일요일 동트는 아침이었다. 회령 거리를 천천히 지나가는 선전용 차에 달린 커다란 스피커에서 방송이 흘러나왔다.

"우리의 용감한 인민군 7만 5천 명의 병사들이 미제국주의자들을 우리 땅에서 쫓아내고 남조선을 해방시키기 위해 38선을 넘었다!"

이것이 바로 북에서 시작한 남침이었다. 그날 저녁, 아버지는 가족을 모아놓고 말씀하셨다. 오늘 방송이 우리 가족에게 어떤 영향을 줄 것인지. "우리나라가 앞으로 통일이 되고 평화스러운 나라가 되길 바란다"고 하시며 어딘가 걱정스러운 표정을 보이셨다.

2차 세계대전이 끝난 후 패전국인 일본의 항복은 36년 동안 한국의 숨통을 조이며 패악을 부리던 일본의 존재를 약화시켰다. 그러나 그것은 우리나라가 설립되기 전의 잠깐의 평화를 의미했고, 한반도 전체를 통제하기 위한 험악한 침략의 발단이기도 했다. 한국은 서양과 동양, 민주주의와 공산주의 사이에 벌어진 투쟁의 세계적 무대가 된 것이다.

러시아 병사들은 우리가 살던 함경북도 지역을 떠났기에 조선인민주의공화국이 설립되었을 때 그들의 존재는 볼 수 없었다. 한국전쟁이 시작되었을 때 북조선에는 중국 군인도 보이지 않았다. 북조선의 독립투사들이 조선인민공화국을 설립했고, 그후 미국은 한국전쟁에 개입해 37만 명의 젊은 아들 딸이 죽고 10만 명이 부상당하는 희생을 감수했으나, 러시아는 총 한 발 쏘지 않고 새로 수립된 북조선정권에 공산주의 이념을 심었다.

어린 내가 듣기로는, 러시아가 인민군을 돕기 위해 여러 물자와 몇 대 안 되는 MIG-15 제트 전투기를 은밀히 제공했는데, 미공군 제트 전투기가 바로 격추시켰다고 했다. 6·25 전쟁은 계속되었고, 남과 북측은 모두 자신들이 한반도의 합법적인 정부라고 주장했다.

아버지는 내가 지난 여름 독립기념일에 사열대에서 본 김일성이, 1926년 14살의 나이로 한일 항전에 가담했으며, 일제에 대한 증오심이 그를 자극해 조선의 해방을 위해 싸웠다고 했다. 그렇게 새로 세운 북의 조선민주주의 인민공화국의 지도자가 된 김일성은 자주와 자치를 위한 주체사상을 내세웠다. 동시에 최고 사령관 더글러스 맥아더 장군 휘하의 미국을 포함한 연합국들은 남쪽에 한국정부를 수립해 이승만 박사를 대통령으로 세웠다.

북조선 인민군은 서울을 점령하는 데 일주일, 한반도의 남동쪽 낙동강에 다다르는 데 채 한 달도 걸리지 않았다. 남한이 북조선 공산당에 넘어가고 동남아시아 전체가 소련의 지배 아래 들어가게 될 것을 우려한 미국은 결국 전쟁에 개입하였다. 전쟁에 참전한 용사의 10%나 되는 21개국 나라로 구성된 유엔 연합군도 개입했다.

1950년 9월 15일, 2개월간의 치열한 전투 끝에 맥아더 장군이 이끄는 미 8군은 서울에서 서쪽으로 27km 떨어진 한반도 중간 지점에 있는 인천항으로 상륙했다. 이 전투는 노르망디 상륙작전에 이어 두 번째로 큰 연합군의 승리로, 북조선의 보급선을 차단했다. 아버지는 한미 양국 군대가 평양을 점령하고 계속 북상해 인민군을 육지에서 몰아낼 것이라며, 따라서 전쟁이 곧 우리 뒷마당에서 전개될 것이라고 했다.

미국의 맹렬한 공습이 예상되자 아버지는 일꾼들에게 마당에 큰 통나무를 피라미드 형태로 높이 쌓고, 목조 아래 땅을 깊이 파서 방공호를 만들도록 지시했다. 공사가 끝난 다음 날 밤, 대규모 공습이 시작되어 우리 가족은 급히 방공호로 내려갔다. 폭발이 일어날 때마다 땅이 심하게 흔들렸고 목재 조각과 모래 알갱이가 우리 머리로 쏟아져 내렸다.

먼지로 가득 찬 방공호 속에서 우리는 옷소매로 입을 가리며, 머리 숙여 기도하는 어머니를 보았다. 어머니 머리 위로 떨어지는 모래먼지가 강렬한 폭발음과 함께 어둠 속에서 뿌옇게 일어나는 것을 지켜보았다. 요란한 소리 때문에 어머니의 기도를 들을 수는 없었다.

미 항공기는 줄기차게 우리 동네에 폭탄을 투하했고, 폭탄이 터질 때마다 방공호 안은 무섭게 흔들리며 목재 조각도 우수수 떨어졌다. 목재 파편으로부터 우리를 보호하고자 어머니는 우리 세 형제의 머리를 당신 품안으로 꼭 끌어안았다. 밤이 새도록 계속된 무차별 거대한 폭격이 끝나자 동네 전체는 쥐죽은 듯 조용해졌다.

긴 밤이 지나고 새벽 동이 트기 전, 멀리서 고요한 밤공기를 가르는 여자들의 울음소리가 정적을 깼다. 그 소리는 마치 순자 누나의 울부짖음 같았다. 방공호 안의 어른들은 군인들이 그들을 강간하는 것이라고 말했다.

동이 트자 뒷마당으로 나간 나는 우리 방공호에서 불과 10미터 정도 떨어진 곳의 거대한 폭탄 분화구를 발견했다. 그때 나는 어둠 속 방공호에서의 어머니의 기도에 하느님께서 응답하셨다고 믿었다.

갑자기 근처 큰 길에서 지축을 흔드는 소리가 들려 무슨 일인지 알아보려고 길에 갔다가 생전 처음 미군 탱크와 미군들을 보았다. 그들은 탄띠를 털북숭이 가슴에 걸친 채 탱크 위에 앉아 시가를 피우며 자기끼리 시시덕거리며 웃고 있었다. 그것이 바로 승리자의 모습인가 싶었다. 그들 중에는 내가 처음 보는 검은 피부의 군인들도 섞여 있었다. 그들은 잠시 탱크가 멈춘 사이 몰려드는 아이들에게 초콜릿과 껌을 던져 주었다. 생전 처음 껌을 씹어본 나는 그것이 사탕인 줄 알고 삼켜버렸다.

나는 야만적인 러시아 병사들, 우리 순자 누나를 겁탈했던 '러스키' 놈들을 떠올렸다. 음울하고 웃지 않는 러시아군과는 달리 미군은 키와 몸집이 더 크고 수염이 가득찬 얼굴에 머리 스타일도 달랐지만, 태연스럽게 우리에게 미소를 지어주었다. 미군들은 백인과 흑인이 섞여 서로 미소 지으며 친하게 보였다. 나는 그런 미국 군인이 어떤 사람들인지 궁금했다.

이 사람들도 틀림없이 가족이 있을 터인데, 왜 이 먼 낯선 나라에까지 와서 죽고 죽이는 전쟁에 참여하는지 궁금했다. 그동안 나는 미군들이란 무자비한 살인자라고 듣고 자라왔으나, 오히려 좋은 사람들처럼 보여 그들에게 겁을 먹지는 않았다.

1950년 9월, 그때 나는 막 13살이 되었다.

Promises_05

막내 정옥을 보내며

전투가 치열해지면서 우리 가족은 미군의 폭격을 피해 평양에서 남쪽으로 약 50리 떨어진 고촌으로 피난을 갔다. 주민이 50명도 채 안되는 조용한 초가마을이었다. 우리가 고촌에 도착한 지 얼마 되지 않아 내가 제일 예뻐한 두 살배기 여동생 정옥이가 심하게 앓기 시작했다. 외진 고촌에 진료소나 의사가 있을 리 없어 치료조차 받지 못한 동생은 날로 창백하고 수척해지더니, 튀어나온 뼈가 보일 정도로 피부가 움푹 패이며 점점 야위어 갔다. 울 힘조차 없어 간신히 눈을 뜨면 그저 나를 바라보기만 하는 동생이 한없이 가여웠다.

아버지는 동네 어른들이 피를 뽑으면 동생을 살릴 수 있다는 말을 듣고, 굵은 바늘로 정옥의 조그만 이마를 찌르며 피를 빼려고 애를 썼다. 그것을 볼 때마다 내 가슴은 찢어지는 것 같아, 차라리 동생에게 아무런 감각도 남아 있지 않아 그 어떤 고통도 느껴지지 않기를 바랐다. 아버지는 또 어디선가 페니실린이라는 기적의 약이 정옥이를 구할 수 있다는 이야기를 듣고는, 내게 서평양에 있는 아버지의 사무실로 가서 공장장 김 씨로부터 페니실린을 구해 오라고 했다. 두 형이 모두 멀리 있던 터라 나에게 책임이 떨어진 것이다.

내가 집을 나서기 전날 밤, 어머니는 걱정스런 얼굴로 이불을 덮어주며 말씀하셨다.

"준아, 넌 내일 먼길을 가야 하니 어서 자거라."

나는 해뜰 무렵 물 한통과 주먹밥 두 개를 보따리에 넣고 집을 나섰다. 빨리 가려는 마음에 가장 단거리로 곧바로 가는 숲이 우거진 산길을 택했다. 해를 따라 오솔길을 걷는 동안 큰 몇 나무에 금을 그어 돌아오는 길을 잃지 않도록 표시를 해 두었다.

오후 느지막하게 평양 언덕에 올라서자 갑자기 사이렌이 울리더니, 족히 백여 명은 되어 보이는 사람들이 미친 듯이 지하 방공호로 달려가는 모습이 내려다보였다. 고막을 찢는 굉음에 놀라 올려다보니, 파란 하늘 가운데 수 많은 커다란 비행기에서 마치 나를 직접 겨냥한 것처럼 보이는 양귀비 씨앗같은 무수한 검은 가루가 내쪽으로 떨어졌다. 순간 나는 그것이 폭탄이라는 것을 금세 알아차렸다.

생각할 겨를도 없이 나는 무조건 근처 큰집으로 달려가 검은 금속 고리로 잠겨 있는 커다란 대문을 두드리며 문을 열어달라고 소리소리 질렀다. 아무리 소리쳐도 기척이 없고, 폭탄 터지는 소리가 나기 시작해 나는 두 손으로 머리를 감싼 채 울타리 기둥과 대문 모서리에 기대 눈을 감고 몸을 웅크렸다. 땅으로 떨어진 폭탄은 기괴한 휘파람소리 같은 바람소리와 함께 무서운 폭발음을 내며 땅을 뒤흔들었다. 나는 넘어지지 않으려고 거세게 흔들리는 대문을 힘주어 붙잡으며 대문 기둥에 온몸을 더욱 밀착시켰다.

폭격이 얼마나 지속됐을까?

나는 주위가 조용해지자 주위의 열기를 느끼고, 나무 타는 냄새에 살며시 눈을 떠보았다. 놀랍게도 내 손바닥보다 더 큰 수십 개의 검은 파편이 대문에 박혀 연기와 함께 타면서, 웅크린 내 몸을 피해 대문에 윤곽도 선명하게 찍혀 있었다. 그 수많은 파편이 어떻게 나를 빗나갈 수 있었는지, 마치 서커스단이 내 주위로 아슬아슬하게 칼을 던진 묘기를 부린 것 같았다. 내가 그날의 상황을 이해할 방법은 오로지 '어머니의 기도' 외에는 설명되지 않았다.

두 번째 사이렌 소리가 나자 사람들이 대피소에서 나오더니 거리의 잔해를 치우기 시작했다. 그들은 짚으로 엮은 빗자루와 맨손으로 부서진 콘크리트와 산산조각 난 건물 잔해를 이륜 수레에 쓸어 담으며, 빠른 시간 내에 복구하려고 애를 썼다. 평양시민들은 "우리는 제국주의 침략자들과 싸워 승리할 수 있다."라 쓰인 현수막을 들고 거리를 행진하며 구호를 반복해 외쳤다.

공장에 도착하니 몇몇 인부들이 나를 따뜻하게 반겨주었다. 내가 오는 길에 겪었던 일을 얘기하니, 공장장 김 씨는 평양 서쪽에 B-52기 백여 대가 수천 발의 폭탄을 투하했다며 내가 살아온 것이 기적이라고 했다. 내가 거기 온 목적인 페니실린에 대해 묻자, 그는 그런 약을 들어본 적도 없다고 했다. 절망한 나는 너무도 기가 차서 그 자리에 그대로 주저앉고 말았다. 그들이 주는 밥 한 공기와 콩나물국을 먹은 나는 나무 베개와 조그만 담요를 들고 사무실 옆방으로 들어갔다. 작은 창을 통해 스며드는 유난히도 밝은 달을 바라보니 정옥이 생각으로 잠을 이룰 수 없었다. 왜 그런지 먼 길 걸어온 피곤도 느껴지지 않았다.

다음날, 빈손으로 집에 돌아가는 길은 나를 몹시 지치게 했다. 이틀 후 정옥이는 어머니 품안에서 세상을 떠났다. 나는 옆집 연세 많은 농부와 함께 헛간에서 나무판자를 찾아 관을 만들고, 어머니와 함께 정옥이를 하얀 천으로 감쌌다. 슬픔에 잠긴 아버지께 어머니를 위로해 드리라고 한 후, 나는 농부 어른과 둘이서 차가운 아침 공기를 맞으며 근처 언덕에 정옥이를 묻었다. 우리가 무덤에 마지막 흙을 덮자 해가 뜨면서 아침 안개가 걷혔다. 어르신이 내려간 후, 나는 무덤 옆에 앉았다. 정옥이가 죽었다는 것을 믿을 수 없었다.

해가 언덕을 넘어갈 즈음 곁으로 다가오신 어머니가 말씀하셨다.

"준아, 이젠 집에 가자. 정옥이는 편히 쉬고 있을 거야."

어머니와 나는 캄캄해질 때까지 그 자리에 앉아 소리 죽여 울었다. 그날 밤 나는 정옥이가 밤새 추울까봐 잠을 이루지 못했다. 나는 우리 가족이 고천을 떠날 때까지 하루도 빠짐없이 정옥이 무덤을 찾았다. 귀엽게 웃던 예쁜 동생이 갑자기 내 눈앞에 나타날지 모른다고 믿으며 온종일 거기 앉아 있곤 했다.

연합군이 평양을 장악하고 인민군을 북쪽으로 밀어내자, 우리는 고촌에서 집으로 돌아갈 수 있게 되었다.

"정옥아, 꼭 다시 올게."

소몰이 마차를 타고 평양으로 돌아가는 내내, 나는 정옥이 무덤 쪽을 자꾸 돌아보았다. 난생 처음 사랑하는 사람을 상실한 깊은 슬픔에 오래 잠겼다.

Promises_06

아비규환의 피난길

큰형 병섭은 가족을 떠나 서울 할아버지 집에서 고등학교를 다니고 있었기에, 38선이 남북을 가로지른 후로는 고향에 올 수 없었다. 그러다 고등학교 3학년 때 한국 육군에 징집되었다. 그 당시 군인이 절실히 필요했던 육군은 젊은이들에게 무료로 영화를 보여준다고 한 후, 극장에 온 학생들을 훈련소로 데려가 학생 연대에 배속시켰다. 군인이 된 큰 형이 고향인 평양으로 오게 된 것은 참으로 특별한 운명이라고밖에는 설명할 수가 없을 것이다.

형은 수옥이 고모가 사귀는 최무룡 국군특전사 대령의 대대가 북상 준비를 하며 고모도 함께 간다는 사실을 알고, 최 대령에게 자기도 데려가 달라고 간절히 부탁했다. 덕분에 가족을 떠난 지 7년 만에 큰형이 평양 집으로 돌아왔을 때, 어머니와 형은 눈물겨운 기쁨의 재회를 했지만, 형은 집에서 겨우 이틀을 머문 후 평양을 떠났다. 최 대령과 수옥 고모는 전쟁이 끝난 후 결혼하여 지금까지 잘 살고 있다.

1950년 10월, 전쟁이 격해졌다. 인천상륙작전에 성공한 연합군은 대규모 기습 공격을 감행하며 평양을 지나 만주 국경까지 접근했다. 미국 세력이 자기 국경까지 쳐들어오는 것에 위협을 느낀 중국은 약 백만 명에 가까운 중공군을 참전시켰고, 11월 중순 엄청난 수의 인민군과 중국군이 다시 남으로 밀고 내려와 미8군을 후퇴시키기에 이르렀다.

어느 날 저녁, 또 다시 폭발음이 들렸다. 아버지 서재 축음기에서 들었던 차이콥스키 〈1812 서곡〉의 피날레처럼 땅을 뒤흔드는 소리와 함께 평양 시 전체를 밝히는 수많은 불덩이를 동반한 단발적 폭발이었다. 평양에서 철수하던 미군이 탄약고에 남은 55갤론 강철 연료 드럼통 수백 개에 불을 지른 것이다. 드럼통이 어두운 하늘 높이 솟아오른 뒤 무시무시한 불꽃을 연출하며 폭발하자 하늘은 핏빛으로 변했다. 그것이 아마도 상상해 온 불꽃놀이가 아닌가 하고, 겁은 나지만 신나서 바라보았다. 그 후에 어머니께서 말씀하시기를, 내가 무척 위험한 곳에 있었다고 하셨다.

아버지는 미국이 일본 히로시마와 나가사키에 했던 것처럼, 평양에 원자폭탄을 투하할 것이라는 소문을 듣고, 이를 피하려면 며칠은 평양을 떠나 있어야 한다고 했다. 우리 가족은 일주일 분량의 식품과 모포를 챙긴 후 남쪽으로 향했다.

1950년 11월 중순 어느 날, 8살 난 여동생 정숙은 어머니 손을 잡고 6살 난 남동생 병극이는 아버지 손을 잡고 걷기 시작했다. 나는 담요와 배낭에 매달린 2개의 냄비와 프라이팬, 그리고 미군이 남긴 시리얼 한 상자를 들고 갔다. 아버지는 쌀 자루와 마른 음식들, 그리고 물 한 통을 가지고 가셨다. 우리는 그것이 남쪽을 향한 6주간의 고통스런 첫걸음이라고는 상상조차 하지 못했다.

우리 가족은 좁은 시골길 위로 내리는 첫눈 속을 걷고 있는 엄청난 피난민 행렬에 합류했다. 여인들은 머리에 커다란 보따리를 이고 있었고, 어떤 부부들은 2륜 손수레를 밀고 있었다. 눈은 그치지 않았고 행렬은 시간이 갈수록 길어졌다.

며칠을 쉬지 않고 걷기만 하자, 신발은 찢어지고 양말도 구멍이 났다. 내려다보니 발가락이 신발을 뚫고 나와, 동상에 걸릴까 봐 얼어붙은 발을 헝겊 누더기로 싸맨 후 체온을 유지하기 위해 끊임없이 움직였다.

길가에 드문드문 보이는 일부 농가의 문은 피난민들이 들어오지 못하도록 굳게 잠겨 있었고, 어떤 집은 방금 신생아가 태어났다는 표시처럼 대문에 금줄을 걸어놓았다. 한국 전통에 아기가 태어난 집을 방문하는 것이 풍습에 어긋나는 일이기에 그런 집은 사실 여부를 떠나 근처에 얼씬도 하지 않았다.

가끔 대문이 열려있는 농가를 보고 들어가 보면, 이미 피난민들이 자리를 차지하고 있어 우리는 헛간에서 자곤 했다. 농가를 찾지 못하는 날엔 해가 지기 전에 산비탈에 은신처를 찾아, 나와 두 동생은 서로 껴안고 잤지만, 살을 에는 찬바람은 우리의 체온을 빼앗았다. 때때로 달빛이 먹구름을 뚫고 지나가면 곧 눈이 올 징조여서 우리는 그때마다 걱정을 했다.

하루는 마을에 있는 우물을 보고 목을 축이고자 물통을 내리려다

떠 있는 국군의 부풀어 오른 시신을 보고 진저리치기도 했다. 또 한 번은 앞서 퇴각하는 미군이 버린 콘비프 통조림을 주웠는데, 열린 캔에 손가락을 넣으려다 그 안에 하얀 구더기가 가득 차 있는 것을 보고 식겁을 했다. 아무리 배가 고파도 차마 그걸 먹을 수는 없었다.

피난민들이 죽은 아기들을 매장하는 것도 목격했다. 인민군이 뒤에서 바짝 다가오고 있기 때문에, 아이 부모는 죽은 아이를 황급히 묻고 피난 행렬에 다시 합류했다. 아기 어머니는 고개를 숙인 채 소리쳐 통곡하며 그래도 앞으로 걸어야만 했다. 그 모든 일은 순식간에 일어났다.

우리가 여러 강가에 도착해 다리를 건너려고 보니, 진격하는 북한군의 속도를 늦추기 위해 미8군이 이미 폭파시킨 후였다. 한번은 큰 강에 도착해 보니 강물이 살얼음판이 되어 건널 수가 없었다. 우리는 긴 줄에 서서 피난민을 실어 강을 건네주는 몇 척의 노 젓는 배들을 여러 시간을 기다렸다. 그때 폭격으로 크게 부서진 철교 위에 사람들이 올라가 있는 것을 보게 된 나는, 그들과 함께 강을 건널 수 있을 것으로 생각했다. 어머니는 계속 말렸지만 나는 할 수 있다며 어머니를 설득했다.

나는 구부러진 철도선과 부서진 나무 받침대를 밟고, 미리 지나간 사람들이 남겨놓은 굵은 밧줄에 매달렸다. 발붙일 데는 위태롭고 손이 떨려, 잠시 멈춘 후 눈을 감고 정신을 차리려고 애를 썼다. 다리에서 미끄러진 몇 명이 비명을 지르며 물속으로 추락하는 것을 보았다. 나는 있는 힘을 다해 가까스로 건너편에 도착한 후, 가족들이 노 젓는 배를 타고 건너오기를 애타게 기다렸다.

가족이 강가에 다시 모여서 서울을 향해 다시 걷기 시작하였다. 며칠이 지난 후 우리 가족은 한강의 임시 다리를 건너 서울에 도착하였다. 300km가 넘는, 남으로 내려오는 얼어붙은 피난길을 오는 동안, 우리는 상상조차 힘든 온갖 지옥같은 경험을 했지만, 다행히 모두 서울에 무사히 도착했다.

1950년 12월, 내 나이는 13살이었다.

Promises_07

부산 피난 시절

서울에 도착하면 우리는 평화와 안전을 누릴 것이라고 생각하였다. 할아버지댁으로 향하며, 눈물겨운 재회와 오랜 만에 따뜻한 음식을 먹고 실내에서 편히 잠을 잘 수 있으리라 기대했다. 우리가 할아버지집에 도착했을 때, 옆집에 살고 있는 금순 고모가 잠겼던 문을 열어주며 말했다. 할아버지가 어느날 밤 소식도 없이 사라지셨고, 그후 며칠 지나지 않아 나머지 식구들 모두 서울을 떠났다고 했다.

우리 모두 몹시 지쳤지만, 나는 잠이 들기 전 어둠 속에서 구멍난 양말을 꿰매는 어머니를 보았다. 우리는 곧 집이 떠나갈 듯 큰 소리로 코를 골며 깊은 잠에 빠져 들었다.

다음 날 이웃사람들로부터 수백 명의 저명한 과학자, 부유한 사업가, 그리고 지역사회 지도자들이 북한 정보요원에 의해 평양으로 납치되었다는 사실을 알게 되었다. 우리는 둘러앉아 할아버지가 빨리 집으로 돌아오시길 기도했다.

그 후 70여 년이 지났지만 오늘까지도 우리는 할아버지의 흔적조차 찾지 못했다.

서울 사람들이 이미 남동쪽으로 피난해, 동해를 따라 320km 떨어진 한국에서 두 번째로 큰 항구 도시 부산으로 피난을 떠났다는 것을 알게 되었다. 아버지는 우리도 부산으로 피난을 갈 수밖에 없다고 했다. 우리는 서둘러 음식을 싸고 새로 빨래한 옷으로 갈아입은 후 서울역으로 향했다. 화물열차는 이미 수백 명의 피난민들로 꽉 차 있어서 우리는 사람들 사이로 끼어들 수밖에 없었다.

기관차는 주기적으로 물탱크가 있는 곳에 멈췄고, 그때마다 피난민들은 기차에서 뛰어내려 선로 근처에서 나뭇가지를 모아 밥을 짓기 위해 불을 피웠다. 음식이 끓는 동안 미군 헌병 두 명이 달려와서 솥과 냄비를 발로 걷어차며 음식을 땅에 뒤엎었다. 피난민들은 땅에 떨어진 음식을 손으로 집어 냄비에 다시 넣고 기차 속으로 돌아와, 음식이 입으로 들어가는지 코로 들어가는지 모르게 허겁지겁 먹어 치웠다.

나는 무정해 보이는 미군들의 행동을 이해할 수 없었다. 나중에 알고 보니, 불꽃이 기차의 군용 화물칸에 있는 연료와 탄약으로 옮겨 붙을까 염려했다는 것이다. 아무리 그래도 우리가 얼마나 굶주리고 있는지 알면서 어떻게 그럴 수가 있을까 하는 의문이 들었다.

열차를 타고 가면서 동생 정숙이와 병국이가 극심한 허기에도 잘 참는 것을 보니 기특하다고 생각하면서 또한 슬펐다. 내가 아무것도 해 줄 수 없다는 사실에 무력감을 느꼈다. 불평하거나 울거나 어떤 것도 요구하지 않으며 놀라운 참을성으로, 내게 오빠와 형의 역할을 할 수 있도록 용기를 준 어린 두 동생이 무척 자랑스러웠다.

한 번은 기차가 긴 터널 가운데 멈춰 서서, 터널 안이 연기로 가득 차는 바람에 손수건으로 얼굴을 가려야 했다. 약 한 시간쯤 지난 후 열차가 터널을 빠져나오자, 검댕이가 된 우리 얼굴은 눈과 유난히도 하얀 이가 뚜렷한 대조를 이루었다.

기관차가 떠나는 기적 소리와 함께 죽은 아기를 안고 울고 있는 어머니의 쓰라린 울음소리가 기차 안을 채웠다. 숯검정으로 뒤덮힌 그녀의 얼굴에서 먹물같은 눈물이 주르륵 흘러내렸다. 천천히 움직이는 기차 안은 기도 소리와 흐느껴 우는 소리로 처량하고 시린 마음을 더욱 서럽게 했다.

일부 남자들은 기차가 정류장에 멈출 때 뛰어내려와 손으로 땅을 파고 아기를 눕힌 후 돌과 자갈로 작은 몸을 덮어 주었다. 열차는 죽은 아이 어머니의 애절한 울음소리를 무심하게 실은 채, 요란스레 철로에 부딪히는 바퀴소리를 내며 부산을 향해 계속 달려갔다.

3일 후 화물열차가 마침내 뾰족한 시계탑이 달린 커다란 붉은 벽돌 건물이 있는 부산역에 도착했다. 역내로 들어가려 하니, 그 속에는 이미 피난민들로 꽉 차서 한 발도 들여놓을 수 없어, 할 수 없이 우리는 역 건물 뒤 공터에 자리를 잡았다.

저녁이 다가와 추위가 몰려오자, 나는 큰 두꺼운 종이 박스 몇 개가 역 뒤편에 흩어져 바람에 굴러다니는 것을 보고, 그것들을 모아 붙인 후 임시 대피소를 만들었다. 아버지는 이것이 살을 에는 칼바람으로부터 우리 가족을 보호할 것이라며 내 생각이 기발하다고 칭찬해 주셨다.

둥근 달과 별들 촘촘히 박힌 부산의 첫날밤은 매섭게 추웠다. 도저히 잠을 잘 수가 없어 근처에 좁은 뒷골목으로 나가 허름한 주점 앞에 발을 멈춰 섰다. 그 안에는 큰 가마에서 모락모락 피어오르는 김이 꽉 차 있고 큰 칼로 나무 도마 위에 문어를 자르는 아주머니를 간신히 볼 수 있었다. 길다란 탁자에는 흩어진 머리카락에 행색이 남루한 두 젊은이가 술을 마시고 있었다. 아주머니가 문어가 담긴 접시를 그들에게 내어 가자, 그들은 마치 여러 날 굶은 사람들처럼 뜨거운 문어를 후후 불어가며 허겁지겁 먹었다. 그 순간 당장 부엌으로 달려가 한 조각이라도 뺏어 먹고 싶었다.

1951년 1월 1일 새해 첫날로 내 나이 만 14살이었다.

Promises_08

부산에서 살아남다

한반도에는 계속 전쟁이 이어졌지만, 부산은 그래도 덜 혼란스러웠다. 붉은 십자가와 스웨덴 국기가 그려진 커다란 흰색 야전병원선이 부산항에 정박하고 있었다. 첫 의료부대로 한국 전투에 파견한 병원을 운영하는 배였다. 노르웨이는 기동군 외과병원을 설립했고, 덴마크는 수천 명의 부상당한 군인들에게 응급수술을 제공하기 위해 병원선인 유틀란디아호를 보냈다.

우리는 가족을 찾기 시작하였다. 수십만 명의 피난민 속에서 우리 두 형을 찾는다는 것은 짚더미에서 바늘을 찾는 것 같은 무모한 일이겠지만, 우리 가족은 곧 그 어려운 일에 착수했다.

"배병섭과 배병진을 찾습니다."라고 쓰인 포스터를 부산 미국정보부(USI) 빌딩과 번화한 거리 여러 곳에 여러 장씩 붙였다. 2일 동안 우리 식구는 하루 종일 길에 지나가는 학생마다 눈을 크게 뜨고 찾아보았으나 허탕만 쳤다.

그러다가 3일 후, 기적이 일어났다. 어머니는 미국정보부 건물 앞 혼잡한 군중 속에서 머리는 길고 깡말라서 도저히 알아볼 수 없는 소년에게 달려가 자신을 뚫어지게 바라보고 있는 소년을 으스러지도록 껴안으며 부르짖었다.

"병진아! 병진아! 내아들 병진아!"

정숙과 병극도 형을 껴안고 큰 소리로 울었다. 오랜 이별의 슬픔과 안타까웠던 걱정과 그리움이 가슴 벅찬 기쁨과 감격으로 차오르는 어머니의 모습을 나도 눈물로 지켜보았다.

병진 형은 원산을 떠나 피난민들과 함께 트럭을 타고 흥남항으로 가서, 2차 세계대전 당시 물자와 장비를 수송하기 위해 건조된 미국 화물선인 '메러디스 빅토리'호에 승선했다고 했다. 59명의 승무원을 태울 수 있도록 설계된 이 배는 '레너드 라루' 선장의 지휘 하에, 1950년 12월 위대한 인도주의 구조를 했다. 나중에 '기적의 배'라 불리게 된 이 배의 승무원들은 북한의 북부에서 진격해 오는 대규모 중공군으로부터 도피하는 14,000명의 피난민을 부산 근처 섬인 거제도로 대피시켰다.

15살이던 형은 차가운 밤바다에서 3일간을 덮개 없는 갑판 위 비좁은 공간에서, 마치 쌓아놓은 정어리처럼 피난민들과 어깨를 맞대고 앉아 거의 움직이지도 못한 채 지냈다고 했다.

라루선장은 훗날 그때의 일을 이렇게 회고했다.

"왜 피난민들이 꼼짝도 않고 침묵했는지 설명할 수 없다. 처참한 처지에도 불구하고 그들이 보여준 행동은 깊은 인상을 남겼고, 우리는 그들의 행동에 감동했다."

형과 화물선 안에 있던 피난민들은 배고픔을 이기지 못하고 서로를 밀치면서, 끓는 물속에 손을 넣어 엄지손가락만 한 크기로 뜯어 소금물에 넣어 끓인 밀가루로 만든 조각을 한 움큼씩 집어먹었다고도 했다. 그것이 훗날 '피난민 음식'이라고 불린 수제비였다.

그 배는 14,000명의 예상치 못한 승객과 피난민을 먹일 만큼 충분한 음식을 싣고 있지 않았다. 그럼에도 불구하고 3일간의 항해 중 아무도 죽은 사람이 없었다. 오히려 5명의 아기가 갑판에서 태어났다는 사실은 기적이 아니면 무엇이겠는가라고 형님은 말했다.

아버지는 원산 농장에서 수확한 사과를 러시아에 수출하며 교환해서 받은 다이아몬드가 가득 든 보물 상자를 원산 집 지하에 숨겨놓았었다. 전쟁 중에는 환전이 어려워서 물품 구매에 허용되는 유일한 지불 방법이 다이아몬드나 금 같은 광물이었다.

아버지는 병진 형이 다만 손가락만 한 크기의 다이아몬드 2개와 자기 야구 글러브만 가지고 온 것을 보고 형이 더 많은 다이아몬드를 가져오지 않은 것에 실망했다. 그 후 아버지는 어린 아들이 다이아몬드를 주머니에 넣고 피난민들과 함께 배를 타는 것은 실로 위험한 일이라 생각하시며 이해했다.

기적은 계속되었다. 최무룡 대령 대대는 평양에 도착한 삼일 후, 감기에 걸린 큰 형을 평양 근처 조그만 시골에 주둔하고 있는 수송부대에 남겨두고 계속 북진했다. 형은 수송부대를 나와 사복으로 갈아입은 후 병든 몸을 이끌고, 2주일 동안 밤마다 이 집 저 집에서 구걸하며 남으로 내려와, 마지막 도시, 해군사관학교 본거지인 항구 도시 진해에 도착했다. 형은 두 이모가 그곳에 살고 있다는 것을 기억하고 그들을 찾아가서 만났다.

어머니는 이모를 통해 큰아들을 다시 만나게 해 주신 하느님께 무한한 감사를 드리며 기쁨에 겨워하셨다. 1년 후, 큰형은 해군사관학교에 지원 입학했고, 졸업 후 해군장교가 되어서, 은퇴하기 전까지 7년을 한국해군 대잠수함 추적선 PC-461의 선장으로 근무했다.

아버지는 다이아몬드 한 개로 미군 주둔지 인근, 부산 북서부 구덕산 기슭에 있는 비바람에 훼손된 작은 주택을 매입했다. 두 번째 다이아몬드는 짧은 기간 동안이나마 우리가족을 지탱시키는 보루가 되어 주었다. 나 역시 가족을 돕기 위해 무언가 해야 한다는 것을 깨닫고, 처음에는 근처 미군부대에서 미군 신발을 닦을 생각을 했다. 연구에 골똘하던 중, 부대 매점에서 담배를 보루 단위로만 판다는 사실을 알게 됐다. 자주 시내로 나가는 많은 미군은 담배를 보루 채 가지고 가는 것이 귀찮아서 대개 한 갑만 가지고 간다.

그것에 착안한 나는 장사를 시작할 수 있다는 자신감을 가지고 가게를 차렸다. 버려진 나무상자를 구해 상품 진열을 위한 다리를 붙여 매대를 만들고, 다른 상자는 앉을 의자로 삼고, 교통량이 가장 많은 교차로 모퉁이에 자리 잡았다. 그리고 군인들에게서 럭키 스트라이크, 카멜, 체스터 필드와 같은 담배를 한보루씩 사고, 스위타츠와, 라이프 세이버, 밀카스, 허쉬 초콜릿, 그리고 위글리 껌을 박스로 산 후, 한 갑씩 팔아 판매 금액의 10%의 이익을 목표로 장사를 시작했다.

나는 내가 담배 노점상 소년이 되었지만 조금도 부끄럽지 않게 생각하며, 형들이 왜 내게 아무런 도움을 주지 않는지에 대해 의문을 품지 않았다. 전쟁 동안 학교가 일시 중단되었기에, 나는 비가 오나 눈이 오나 매일 이른 아침부터 오후 늦게까지 1년 내내 이 장사를 했다.

어머니는 악천후 전조가 보이면 항상 우산을 가지고 내게로 오셨다. 나는 사탕 한 개라도 먹고 싶은 유혹을 견디며 모든 수입을 어머니께 드렸고, 어머니는 매일 매대를 집으로 운반하는 것을 도와주셨다. 무거운 걸음으로 집으로 걸어갈 때 어머니는 거의 아무 말도 하지 않으셨다.

그래도 나는 어머니가 나를 얼마나 자랑스러워하는지 알았다. 그리고 땡볕 아래서 종일 길가에 앉아 있는 나를 바라보는 것이 얼마나 가슴 아픈 일이었을까 생각한다. 집을 향해 같이 걸어갈 때마다 나는 늘 어머니의 따뜻한 사랑을 느꼈다.

훗날 큰형은 우리 가족이 모이는 기회가 있을 때마다 가족들에게 이렇게 말하곤 했다.

"나는 병준이가 거리에 서서 담배 파는 것을 보면서, 얼마나 끈질긴 성격을 가졌는지 알았다. 나는 그때 병준이가 언젠가는 우리 할아버지처럼 성공한 사업가가 될 거라고 생각했다."

»»»»»«««««

남북의 치열한 전투는 1953년까지 계속됐다. 치열한 동족상잔의 전투 6·25 전쟁은 수많은 사망자, 부상자와 함께, 3년 전 시작할 때와 같은 상황에서 임시로 중단되었다. 1953년 7월 27일 휴전협정이 체결되어 한반도는 다시 둘로 갈라졌다. 70년여 년이 지난 2022년 오늘까지, 남과 북 어느 쪽도 평화협정에 서명하지 않고 있다는 사실을 나는 도무지 믿을 수가 없다.

미국 유학과 사랑

Part 02

Promises_09

풀브라이트 미국 장학생으로

어머니는 나와 병진 형을 좋은 학교에 입학시켜 최고의 교육을 받도록 심혈을 기울이셨다. 할아버지는 전쟁 전에 서울의 명문 경기중학교 학부모회장을 역임했고, 학교 강당을 신축해 주셨다. 할아버지의 공로로 형과 나는 경기중학교 부산임시학교에 입학할 수 있었다. 이 학교는 미군 주둔지에서 얻어온 천막으로 만들어졌고, 학생들은 비가 오나 눈이 오나 납작한 돌에 앉아서 공부했다. 상황은 그렇다 쳐도 헌신적으로 가르치는 선생님들의 교육은 훌륭했다.

1951년 이후 학교 교육제도가 바뀌었다. 6년제 중학교 과정을 3년제 중학교와 3년제 고등학교로 분리했다. 휴전이 선언되고 임시학교는 문을 닫고 다시 서울 본교로 이전했다. 동시에 아버지의 무역 사업이 나아져서 우리 가족은 현재 세종문화회관 뒤에 있는 주택으로 이사할 수 있었다. 형과 나는 부산의 임시중학교 졸업 후 고등학교는 화동에 있는 본교에서 졸업할 수 있었다.

›››››››‹‹‹‹‹‹

나는 영화를 좋아했다. 부산 큰길에 위치한 극장건물 위의 거대한 영화포스터를 신나게 쳐다보며, 영화가 첫 상영하는 날이면 빠짐없이 보았다. 본편 영화가 시작되기 전 상영하는 미8군뉴스, 로드러너(Road Runner)와 벅스버니(Bugs Bunny) 만화영화를 보기 위해 누구보다 일찍 극장에 가곤 했다. 그리고 영화 감상 후에는 그 내용을 심도 있게 음미하며 주제곡과 가사를 외우려고 노력했다.

나는 특히 비토리오 데 시카(Vittorio De Sica), 빌리 와일더(Billy Wilder), 오슨 웰스(Orson Welles), 윌리엄 와일러(William Wyler), 데이비드 린(David Lean)과 같은 위대한 영화제작자들이 감독한 2차 세계대전 이후의 영화를 좋아했다. 극장에서 나눠주는 전단지에 나오는 주연 배우들과 제작진의 짧은 전기를 탐독하고 외우고, 친구들에게 영화 줄거리를 들려주고 주제곡을 불러주면 그들도 아주 즐거워했다.

그들이 나에게서 새 영화에 대해 듣는 것을 즐기고, 주제가를 배우면서 좋아하면 나도 기분이 좋았다. 그 영화들은 청소년인 내게 삶의 현실에 대한 의문과 영감을 동시에 주었는데, 그때 받은 감동과 영감은 오늘날까지도 내 안에 그대로 살아있다.

〈누구를 위하여 종은 울리나〉에서 게리 쿠퍼(Gary Cooper)가 연기한 로버트 조르던(Robert Jordan)의 역할은 내게 잊지 못할 큰 감명을 주었다. 이상주의자인 젊은 미국인 조단은 스페인 내전에서 스페인 사람들의 자유를 위해 싸우고 그의 연인인 스페인 게릴라 마리아(Maria)를 구하기 위해 자신의 생명을 내주었다. 이상과 사랑은 한 남자의 삶에 걸맞은 것이라는 메시지에 감동했다.

데이비드 린의 〈콰이강의 다리(The Bridge On the River Kwai)〉를 보고는, 관객들에게 무엇을 전달하려고 했는지 의문이 생겼다. 고집 센 영국의 니컬슨 대령(Colone Nicholson)과 일본의 사이토 대령(Colonel Saito) 사이의 어리석은 자존심 싸움인가? 세뇌의 영향인가? 아니면 다리를 건설하려는 망상에 사로잡혀 최우선 목표인 전쟁에 이겨야 한다는 사실을 깨닫지 못한 니컬슨의 순간적인 어리석음인가? 니컬슨은 너무 늦게 자신의 실수를 깨닫고, 영화 결말에서 "내가 무슨 짓을 한 거지?"라 묻는다. 나는 앞으로 얼마나 많은 인류의 악한 지도자들이 그렇게 말할 것인지 궁금했다.

영화 〈빠삐용(Papillon)〉에서는 한 남자의 의지가 어떤 압제도 이길 수 있다는 의지를 보았고, 훗날 〈닥터 지바고(Doctor Zhivago)〉나 〈폭풍의 언덕(WutheringHeights)〉에서는 사랑의 위대함을 보았다. 사랑의 본질은 무엇인가? 한 사람이 다른 사람을 어느 정도까지 사랑할 수 있을까? 사랑의 궁극적인 의미는 무엇일까?

이 영화들은 나 자신에게 삶에 대한 더욱 진지한 질문을 하도록 자극해서 내 삶을 더 풍요롭게 했다. 재미와 동시에 동기를 부여하고, 영감과 교훈 그리고 깊은 영향을 주었던 영화 작품들은, 모두 나를 향한 삶에 대한 아름다운 진술이었다. 그 영화들을 통해 미국의 문화, 이상, 철학, 예절 그리고 인권의 의미를 배울 수 있었던 나는 나만의 꿈을 꾸기 시작했다. 미국 대학에서 이 영화에서 본 이상을 체험하고 공부하며 장래에 훌륭한 일을 할 거라는 나와의 약속, 다짐이기도 했다.

›››››‹‹‹‹‹

병진 형은 고등학교 2학년 때 투수와 4번 타자로 유명한 스타 야구선수였다. 그는 경기고등학교 팀이 전국 고교야구대회 결승전에 나가는 데 결정적인 역할을 했다.

1957년 교환학생으로 미국에 유학해 미주리동서대학에 입학했던 형은, 후에 시카고의 노스파크대학(North Park College)으로 옮겨 졸업하는 연도에 한국인 학생인 장정애(샬린)와 결혼하고, 후에 시카고에 정착해 1959년에 딸 수잔을 낳았다.

한편 형수 샬린은 같은 해에 텍사스 주 벨턴(Belton, Texas)에 있는 메리-하딘베일러대학(Universityof Mary-Harden Baylor)에 다니며, 댈러스침례교회 맥그라머리(McGlamery) 목사에게 나를 후원해 주도록 부탁했다. 후원회는 등록금이나 생활비를 대주지는 않았지만, 내가 미국에서 공부하는 동안 나를 책임져 주어, '풀브라이트'(William Fulbright) 외국인 유학생 교환프로그램을 통해 내가 교환학생으로 미국에 갈 수 있도록 교회가 후원했다.

1946년, 아칸사스(Arkansas)주 상원의원 '윌리엄 풀브라이트'는 미국의회에서 통과된 현재 세계적으로 가장 명성있고 인정받는 '풀브라이트장학금법안'을 작성했다. 그 장학금은 젊은이들이 아이디어, 지식, 문화를 전 세계적으로 공유할 수 있는 문을 열었고, 나도 그 장학금 수혜자가 되는 혜택을 받았다.

한국 법에 따라, 유학을 떠나는 학생들은 의무적으로 전국시험을 통과해야 했고, 남학생들은 18개월의 군복무를 마쳐야 했다. 나는 전국시험에 통과하고 논산훈련소에 자원해 11월부터 1월말까지 혹독한 겨울에 3개월간 고된 훈련을 마쳤다. 매일 무릎과 팔목에서 피가 나도록 훈련을 받는데, 식사는 현미밥으로, 따뜻한 소금물에 콩나물 몇 가닥이 떠 있는 작은 국 한 그릇이 전부였다. 담당 하사관이 '식사 시작'을 외치면 그 자리에 서서 몸 한 바퀴 도는 시간 내에 식사를 마쳐야 했다. 아마 1분도 채 되지 않는 시간이었을 것이다. 얼음 언 야외에서 찬물로 샤워를 하는 혹독한 모든 훈련을 마친 후, 나는 비무장지대(DMZ) 근처 제7군 수송대에 배속되었다.

부대에 도착한 다음 날 아침, 누군가가 창고에서 트럭 타이어를 훔쳐 갔다. 하사는 새로 도착한 4명의 이병을 눈덮인 집합소로 불러내더니, 팬티만 입고 나머지 옷을 벗으라고 명령했다. 그리고 우리를 영하의 날씨에 맨발로 정렬시킨 후 30분 이상 팔굽혀펴기 자세를 취하도록 했다. 근육이 뒤틀리는 고통 속에 그 자세를 취하고 있는 동안, 나는 수백 마리의 검은 이가 내 앞에 놓인 흰 속옷 위에서 펄쩍펄쩍 뛰며 얼어죽고 있는 모습을 보았다. 대부분의 일과는 아침 점호와 구보로 시작해서, 트럭을 물로 닦고 소총을 청소하거나 근처 산에 올라가 부러진 나뭇가지를 주워 오는 일이었다.

드디어 18개월 간의 군복무를 무사히 마치고 집에 돌아오니, 아버지의 사업이 기울어서 집을 팔고, 가족은 한 칸짜리 조그만 아파트로 이사해 살고 있었다. 내가 가장 먼저 하고 싶었던 일은 공중 목욕탕에 가는 일이었는데, 뜨거운 물속에 앉아 있어도 놀랍게도 내몸에는 씻어낼 때가 없다는 것을 알았다. 온몸이 가려워 겨울 추위에도 이를 없애려고 천으로 빡빡 문질러 씻어 댔기에 때 하나 없이 깨끗했던 것이다.

항공료와 미국 유학 갈 경비가 없었기에, 어머니는 돈을 빌리러 친척들 집을 찾아다녔다. 나는 한 친척집 거실 구석에 앉아서 도움을 청하는 어머니 눈에서 흘러내리는 눈물을 보았다. 어머니는 내 미래를 위해 자신의 자존심이나 존엄성을 아낌없이 희생했다. 나는 그날의 어머니의 눈물을 가슴 깊이 새기며, 어머니에게 반드시 보답하리라는 나와의 굳건한 약속을 했다.

어머니와 가족의 사랑의 눈물을 뒤로 한 채 나는 공항으로 향했다.

미국에서의 새 출발

1959년 9월 13일에 일어났던 일들을 나는 평생 잊지 못한다. 그 날은 가족과 헤어지던 날로 처음 비행기를 타던 날이기도 하다. 특히 나 자신을 지탱하도록 지지하고 늘 기도로 응원해 주던 사랑하는 어머니와의 이별의 날이기도 했다.

미국으로 나를 태워갈 대한항공 더글러스 DC-4의 긴 탑승 계단에 올라, 나는 서울 여의도국제공항의 흙밭에 있는 활주로 옆 출국장 근처에 서서 손을 흔드는 가족을 바라보았다. 멀리 어머니가 흰 손수건으로 눈물을 닦는 모습을 보자 갑자기 목이 메어와 그걸 참으려 몇 번이고 깊은 숨을 몰아 쉬었다.

시애틀을 향한 비행기가 4개의 프로펠러 음조를 높이며 빠른 속도로 이륙하는 소리가 들렸다. 나는 창가에 앉아서 비행기 날개가 구름을 가르며 날아가는 것을 바라보며 지난 날들을 회상해 보았다. 비참한 전쟁 중에 유년 시절을 보내고, 피난 시절에 학교를 졸업하고, 군복무를 하고, 미국 유학을 위한 장학금시험을 치렀던 힘겨웠던 시절들이 주마등처럼 떠올랐다. 눈물로 얼룩진 어머니의 얼굴이 나와 함께 가고 있었다.

내가 그토록 좋아했던 영화를 보면서 싹틔운 꿈들이 꼭 실현되기를 바라며, 창밖 푸른 하늘의 새하얀 솜털구름을 비행기 날개가 가르는 것을 내려다보았다. 눈을 감고 허벅지를 몇 번이고 꼬집으며 확인을 해 보았다.

"이건 꿈이 아니야!"

비행기가 고도에 도달해 수평을 유지하자, 비행기 뒷 부분을 격리하는 커튼 뒤에서 아기들의 울음소리가 들렸다. 나는 호기심에 끌려 그쪽으로 가서 커튼을 열어보니, 부드러운 천에 싸여 바구니에 누운 아기들이 여럿 있었다. 나는 아기들을 돌보는 미국인에게 다가가 나 자신을 소개했다.

두터운 검은 눈썹과 콧수염에다 큰눈을 가진 미국인은 얼굴에서 땀을 뚝뚝 흘려가며 어린 아이들을 돌보고 있었다.

첫 인상은 무서웠지만 서로 말을 나누는 동안 그가 인정 있는 따뜻한 분이라는 걸 느낄 수 있었다. 그분은 자신이 '오리건주'에서 온 해리 홀트(Harry Holt)라 소개하며, 아내 버사(Bertha)와 4명의 간호사와 함께 20여 명의 한국 전쟁 고아들을 미국으로 데려가는 중이라고 했다.

막 잠이 들려는데 계속 들리는 아기 울음소리에 깨어난 나는, 이 여행이 만만치 않은 긴 비행이 될 것임을 깨달았다. 다시 비행기 뒤쪽으로 가 보니, 홀트 씨 부부와 지친 듯한 간호사들이 기저귀를 갈고, 우유를 먹이고, 아기를 어깨에 기대고 트림을 시키는 등 정신없이 바빴다.

홀트 씨에게, 내가 어떻게 도울 수 있는지 묻자, 그는 고맙다면서 아기들 기저귀를 갈아줄 수 있냐고 했다. 그는 왼손으로 아기의 발을 들어 올리고, 오른손으로 젖은 기저귀를 마른 기저귀로 교체한 다음, 닦고, 파우더를 뿌리고, 큰 안전핀 2개로 기저귀를 고정하는 방법을 시범으로 보여주었다.

그날 밤 나는 기저귀 갈아주는 전문가가 되었다. 기저귀를 갈면서 피부 색깔이 다른 아기들이 광활한 태평양 위를 날아, 미지의 세계로 한 번도 보지 못한 엄마들을 찾아가고 있다는 생각을 하니 마음이 아팠다.

이것 또한 전쟁이 만들어 낸 또 하나의 비극이 분명했다. 기저귀를 가는 동안, 나는 아기들의 손을 일일이 잡고 신세계에서 행복한 삶과 커다란 행복을 찾길 기도했다.

얼마 후 지친 나는 내 자리로 돌아왔고, 아기들을 내 꿈길로 데리고 갔다. 훗날 나는 홀트 씨와 그의 팀이 국제 입양의 선구자라는 것을 알게 되었다.

스피커 소리에 놀라 깨어보니, 조종사가 우리가 탄 비행기가 대한항공의 첫 환태평양 비행편이며, 최근 49번째 주가 된 알래스카 상공을 비행하고 있다고 알려주었다. 비행기가 알래스카에 접근했을 때, 조종사는 기계 결함으로 알류샨 열도(Aleutian Islands)에 있는 셈야(Shemya) 공군기지에 비상착륙을 한다고 알렸다. 승객들이 공군 격납고 휴게실에서 커피와 쿠키를 즐기며 3시간을 보낸 후, 비행기는 다시 이륙해 이윽고 1959년 9월 14일 이른 아침 7시에 시애틀공항에 착륙했다.

이후 시카고행 노스웨스트항공 비행기 환승 전 약 4시간 동안, 시애틀공항에서 대기하던 중 공항 내를 걷다가, 한 여행사 창문에 거대한 그레이하운드버스 광고가 붙어 있는 것을 보았다. 얼른 사무실에 들어가서 국내선 항공권을 그레이하운드 버스표와 교환했다. 버스를 타고 가며 미국땅을 보고 싶다는 생각도 있었지만, 무엇보다 항공료를 버스표로 바꾸면 45달러나 절약할 수 있기 때문이었다. 시카고까지 버스로 가는 데는 이틀이 걸린다고 했다.

공항에서 어머니가 나를 안아 줄 때 주머니에 넣어준 50달러에 이 돈을 보탠다 생각하니 상당한 액수라 위안이 됐다. 나는 24시간 열려 있는 그레이하운드 정류장 식당에서 18센트짜리 큰 팬케이크를 네 끼나 먹었다. 메뉴에서 무엇을 주문해야 할지도 몰랐지만 팬케이크가 맛있기도 했다.

버스가 반나절쯤 지나 몬타나주 빌링스(Billings, Montana)에 정차했을 때, 온화해 보이는 백발의 할머니가 탑승해 내 옆자리에 앉았다. 자신을 매리 헤이워드(Mary Hayward)라고 소개한 그녀는 손녀 결혼식 참석을 위해 미네아폴리스(Minneapolis)에 간다고 했다. 버스를 타고 가는 동안 우리는 미국의 여러 지역, 한국 문화, 영화, 가족 그리고 내가 미국에 오게 된 동기에 대해 끊임없이 이야기를 나눴다.

그때 나는 내가 얼마나 영어로 소통을 잘하는지 스스로 놀랐다.

고등학교에서 영어를 수년간 열심히 공부한 열매일 수도 있지만, 어쩌면 영화 매니아로 영화관에 살며 터득한 회화 실력인지도 몰랐다.

할머니는 탑승하자 좌석 위 열린 선반 위에 녹색 모자 상자를 살며시 놓았다. 버스가 덜컹거리거나 급회전을 할 때마다 그녀는 일어서서 모자 상자가 제 자리에 있는지 확인하곤 했다. 미네아폴리스에서 버스가 멈춰 나는 그녀에게 모자상자를 내려주었다. 그녀는 상자를 열고 본인의 눈 색깔과 일치하는 아름다운 녹색모자를 꺼내 쓴 후, 창문 밖으로 손을 흔드는 가족에게 반갑게 미소를 보냈다.

헤이워드 할머니는 버스에서 내리기 전 몸을 돌려 나를 껴안으며 말했다.

"행운을 빌어요, 준은 이제 미국인이에요. 꼭 꿈을 실현하세요."

나는 내 자리에서 그녀의 손녀와 가족들이 그녀를 껴안고 그녀에게 사랑을 표하는 것을 바라보았다. 그녀의 가족들은 그녀의 아름다운 모자를 칭찬하며 행복해 보였다. 떠나기 전 헤이워드 할머니는 내 쪽을 돌아보며 한번 더 손을 흔들어 주었다.

우리는 그날 헤어진 후 크리스마스 때마다 소식을 담은 카드를 교환했다. 내가 대학교 3학년이 되던 해, 그녀의 가족이, 그녀가 세상을 떠났다는 편지를 내게 보내온 것이 그녀와의 마지막 소식이었다. 나는 헤이워드 할머니와 함께 미국 북서쪽의 아름다운 풍경을 보며 긴 여행을 즐겼던 기억을 지금도 소중하게 간직하고 있다.

나는 그녀가 버스에서 내릴 때 그녀가 얼마나 아름다운지 말하지 않았던 것이 후회스럽고, 오늘 내가 그 말을 다시는 그녀에게 할 수 없다는 사실이 안타깝고 슬프다. 내가 미국 땅에서 미국인에게 처음 받은 그녀의 온화한 환영의 미소가 지금도 그립다.

40시간이 지나 새벽 3시가 되어, 버스가 마침내 시카고의 그레이하운드 터미널에 도착하니, 나를 마중하기 위해 형과 샬린이 나와 있었다. 이른 아침까지 가족들 소식을 전해주며 즐거운 시간을 보내느라 피로한 줄도 몰랐다.

다음 날 형은 시카고의 할스테드가에 있는 할인점으로 나를 데리고 가 학교에 가면 입을 가을 옷을 사 주었다. 형은 시카고가에 있는 서점에서 점장으로 일했고, 저녁에는 은행에서 야간 경비원으로 아르바이트를 하고 있었다. 샬린은 웨슬리메모리얼병원의 영양사로 일하며, 두 돌된 딸 수잔을 돌보며 여느 젊은 부부처럼 미래를 위해 열심히 노력하고 있었다.

다음 날 저녁, 나는 형의 은행 아르바이트 일에 동행했다. 형은 배지가 달린 은행 경비원복을 입고 권총도 차고 있었다. 그날 늦은 밤에 야식을 먹으러 나가서 106번가 모퉁이에 있는 작은 식료품점 앞에서 한 무리의 흑인들이 바비큐그릴을 둘러싸고 웃으며 요리하는 것을 보았다. 군침을 돌게 하는 바비큐 냄새로 피어 오르는 연기가, 시원한 9월의 공기를 가득 채웠다.

바비큐 하던 커다란 앞치마를 두른, 배가 나오고 덩치가 큰 남자가 고기를 굽다가, 큰 갈비 한 덩어리씩을 우리에게 주어, 우리는 그 대가로 모두에게 맥주 1병씩을 돌렸다.

그날 밤 우리가 만난 현지인들은 그 누구도 우리가 아시아인인 것, 외국인 억양으로 말하는 것, 그리고 우리가 그들 주변에서 그날 밤 무엇을 하고 있는지에 대해 묻지 않았다. 나 역시 그들의 일원처럼 느껴졌고, 맛있는 갈비와 시원한 맥주와 더불어 그날 밤 현지인들의 따뜻한 환영은 좋은 기억으로 남아 있다. 미국에 와서 처음 보는 사람들에게서 받은 환영은 내게 안도감과 더불어 평화를 주었다.

학교에 갈 날이 다가오자, 형과 형수가 버스정류장에서 작별하면서 자신들이 저축한 돈에서 50달러를 내주었다. 그들에게 손을 흔들어 작별인사를 하며, 나는 형제의 우애와 따뜻한 가족 사랑에 흠뻑 젖어 들었다.

콘티넨탈(Continental) 버스를 타고 캔사스시티(Kansas City)에 도착한 다음, 버스를 갈아타고 매리빌(Maryville, Missouri)로 향했다. 불빛 하나 없는 농토를 달리는 어두운 버스 속에는 단지 승객 몇 명만 있었다. 어둠 속을 가르며 끝없이 이어지는 농토를 바라보며, 나의 새 인생이 이제부터 시작이라는 각오를 다졌다. 그리고 어머님의 기도가 헛되지 않게 건실한 학교생활을 할 수 있는 힘을 주시도록 하느님께 간절히 기도했다.

내가 미주리주 매리빌(Maryville, Mo.)에 도착했을 때는 아주 늦은 밤이었다.

Promises_11

매리빌(Maryville)에서의 1년

노스웨스트미주리대학(Northwest Missouri College)의 큰 행정 건물에 도착하니, 신입생 지도교수 존스(Jones) 씨가 나를 반갑게 맞아주었다. 나는 한 번도 들어본 적이 없는 그의 짙은 남부 억양을 단 한마디도 알아들을 수가 없어 그저 고개만 끄덕인 채 그의 말을 이해해 보려 애썼다.

수업 시작 이틀 전, 캠퍼스는 시즌 개막전을 준비 연습하는 농구 선수 몇 명을 제외하고는 텅 비어 있었다. 기숙사 복도의 청량음료 자판기 주변에 모인 그들 옆에 서서, 무엇보다 그들의 큰 키에 놀랐다. 그들 중에 한 선수가 자판기에서 코카콜라를 꺼내더니 내게 건넸다. 난생 처음 맛보는 미국 음료를 음미하며, 처음 본 외국인에게 베푸는 그 선수의 친절에도 감동했다.

다음날, 외국인 학생 담당 지도교수가 캠퍼스를 안내하면서, 내가 선택할 과정을 추천해 주었고, 나는 문과 학사과정에 등록했다. 학기가 시작하기 전 이틀 동안은, 기숙사 식당에서 몇 명의 상급생이나 농구 선수들과 함께 식사를 했다.

학기가 시작하자 식당은 신입생으로 꽉 찼는데 아침식사로 1리터의 우유를 마시는 신입생들이 경이롭게 느껴졌다. 흰 콩을 곁들인 두툼한 돼지고기 요리도, 그동안 먹어본 것과 완전히 달라서, 나는 이 농촌 소년들의 체격이 왜 이렇게 큰지 이유를 알 것 같았다.

대학의 홈커밍여왕(Homecoming Queen) 축제는 특별했다. 여왕 후보자 여학생들은 지나가면서 "Hi there!"(거기 안녕?)하며 인사를 하곤 했다.

그때 나는 그 말을 "Hi dear!"(자기야, 안녕?)라고 알아듣고는 그들이 내게 관심을 가지고 좋아서 하는 말인 줄 알고 기분이 좋았었다.

학교 식당은 일요일 점심이나 저녁식사는 제공하지 않았다. 다행히 근처 제일연합감리교회에서 신도들에게 무료로 점심을 제공한다는 사실을 알고, 일요일마다 그 교회로 갔다. 내가 교회에 참석하자 교회 집사님들이 교대로 집으로 초대해 저녁식사를 제공해 주었다. 그때까지 나는 어머니의 기도를 받으며 막연히 기독교를 접하긴 했어도 정식 교인은 아니었다.

1959년 11월 15일, 나는 미국에 온 지 두 달 만에 몇명 학생들과 함께 세례를 받고 정식 기독교인이 되었다.

생활비 절약을 위해 기숙사에는 한 학기만 머물고, 캠퍼스에서 걸어 다닐 수 있는 학생 아파트로 이사했다. 병진 형은 격주로 20달러를 내게 계속 보내주었다. 나는 아파트 주변의 연로한 이웃들 집 앞의 눈을 치우곤 했는데, 그 대가로 25센트씩을 주는 것이었다.

미국의 문화를 체험하며 배울 수 있던 1학년 대학 생활은, 내가 미국에서 새로운 생활로 전환할 수 있는 기회와 함께 미래 준비를 위한 발판 마련의 훈련을 시켜 주었다. 인구 만 명도 안 되는 메리빌에 사는 한 명뿐인 한국 유학생이기에, 주민들, 선생들, 학생들, 학교 관리자들 모두 내게 친절했다. 특히 일요일마다 식사를 마련해 준 교회 분들, 그리고 처방전 없이 살 수 있는 감기약을 무료로 준 약사 고든(Gordon) 씨에게 특별히 감사했다.

매일 새벽 5시에 숙제를 하며 들으려고 라디오를 틀면, 농장으로 향하는 농부들을 위한 컨트리 음악이 나온다. 미국 소도시의 달콤하고, 차분하고, 친근하고, 평화로운 리듬을 들으며 지난 매리빌에서의 1년은 내게 더없이 훌륭한 경험이 되었다.

나는 거대한 저수지 오자크 호수(Lake Ozark)를 둘러싸고 있는 미국의 심장부(America's Heartland) 미주리주(Show Me State)가 마음에 들었다. 지금도 처음 미국에 도착한 곳이 미국을 대표하는 중심 주 미주리주였던 것을 다행으로 생각한다.

내 진로를 담당했던 지도교수는 미국에는 엔지니어가 부족하니 내가 공학을 고려해 보면 좋을 거라고 했다. 나는 그의 조언에 따라 1학년이 끝난 후 가까운 조그마한 도시 롤라(Rolla)에 있는, 경쟁이 치열한 미주리주립대학(University of Missouri) 공대로 전공을 바꿔 편입했다.

Promises_12

학업과 일을 병행하며

공대 과정 프로그램은 한마디로 혹독했다. 의지가 약하거나 공부에 취미가 없는 학생들을 위해 설계된 과정은 결코 아니며, 마치 혹독한 수업에 대해 확실히 열정 없는 학생들을 걸러 내기 위해 만들어진 것 같았다. 학교에는 약 2천 명의 학생 중 대충 12명의 여학생이 있었는데, 그들은 모두 치어 리더였다.

보통 문과대학이 4년제로 125학점이면 졸업하는 데 비해, 이 학교는 156학점을 이수해야 하기에 졸업까지 5년이 걸렸다. 우리 대학 학생들은 과외활동을 할 시간이 없어서, 수업이 없으면 기계공학 실험실이나 현장에서 토목공학 실습을 하곤 했다.

엄청난 양을 무자비한 속도로 수업 받는 동안, 내 유일한 기다림은 미국의 연휴인 추수감사절과 크리스마스를 맞는 일이었다. 나는 그때마다 시카고로 갔는데, 거기서 며칠만 일해도 한 달치 식료품을 살 수 있을 만큼 돈을 벌 수 있었기 때문이었다. 시카고에 가면 우선 길게 늘어선 식당가인 러쉬 스트리트(Rush Street)에 가서 식당마다 들어가 웨이터나 접시 닦는 일이 있는지 물었다. 다행히 바쁜 휴가철이라 항상 일자리가 있었다.

매 여름방학에도 시카고로 가서 일을 했는데, 어느 여름에는 두 가지 일을 하기도 했다. 낮에는 '에디슨'(Addison)에 있는 '윈-체크'(Win-Check) 회사에서 창문을 조립했고, 저녁에는 미시간 길(Michigan Avenue) 중심에 있는 '콘그레스호텔'(Congress Hotel) 식당 웨이터로 일했다.

아침 6시에 일어나 한시간 이상을 운전해서 에디슨까지 가서 오후 4시까지 일한 후, 호텔로 가서 거의 자정이 되어야 일을 마치는 긴 일과였다. 호텔에 도착하면 라커룸에서 재빨리 하얀 웨이터 유니폼으로 갈아입고, 부엌으로 가서 에너지 충전을 위해 뜨거운 빵에 버터를 듬뿍 발라 먹었다.

그랜드 볼룸에는 식탁으로 둘러싸인 무도회장이 있었다. 딕 살로(Dick Sarlo)는 자신의 대규모 밴드 지휘자로 유명했으며, 그 호텔에서 수년간 테너 색소폰 연주를 하고 노래를 불렀다. 1960년대 그의 밴드는 시카고 교외 노스브룩(Northbrook)에 있는 빌라 베니스(Villa Venice)에서 활동하며, 유명 가수인 프랭크 시나트라, 딘 마틴, 새미 데이비스들의 그룹인 Rat Pack과 같이 공연하였다. 딕은 무대가 쉬는 동안 부엌으로 들어와 커피 한 잔과 따뜻한 롤빵을 먹곤 했는데, 그는 항상 내 어깨를 두드리며 이렇게 말했다.

"어떻게 지내, 준? 잘 지내야해! 알겠지?"

매주 토요일 저녁이면 식당 지배인은, 잘생긴 80대 노부부인 핼 스타인(Hal Stein) 씨 부부를 내 테이블로 데려오곤 했다. 스타인 부인은 항상 반짝이는 보석으로 장식된 아름다운 드레스를 입고 있었고, 딕은 스타인 씨 부부를 위해 〈내마음은 하나뿐이야〉라는 노래를 불렀다. 그들이 춤을 추며 서로 사랑을 표현하는 모습은 정말 멋져 보였다.

하루는 내가 테이블을 치우고 있는데, 스타인 씨가 말없이 나를 쳐다보더니 테이블을 떠나며 손을 뻗어 악수를 청했다. 순간 내 손바닥에 지폐가 쥐어지는 것을 느꼈다. 5불 지폐였다. 당시 빵 한덩어리가 20센트, 야구장의 맥주 한 잔이 18센트, 버스 정류장 식당 팬케이크도 18센트였다. 아마 나를 보며 가난했던 자신의 지난 모습을 본 것인지 싶었다. 가슴이 뭉클하게 고마웠다.

창문 공장에서의 8시간 노동과 웨이터일 6시간을 하고, 두 곳을 운전해 오가는 3시간을 제하면, 하루 중 내게 남는 시간은 몇 시간이 채 안 됐다. 그 시간 안에 나는 잠을 자고 식사를 하고 샤워를 했다.

석 달 동안 그렇게 무리하다 보니 피로가 겹쳐 자주 코피가 났다. 피를 멈추려고 고개를 젖히면 현기증이 일어 맑고 푸르던 하늘이 노랗게 변하곤 했다.

어느 날은 정신이 몽롱한 가운데 "A Little Dab will Do Ya"라는 전염성 강한 광고 문구로 유명한, 치약과 똑같아 보이는 튜브에 담긴 인기 헤어 크림으로 양치를 하고 있었다. 깜짝 놀란 나는 즉시 싱크대 안에 크림을 뱉고 찬물로 입을 헹구며 정신을 차리려고 애를 썼다. 현기증이 계속되면서 교통사고의 위험도 높아져, 때론 붉은 신호등을 무시한 채 차를 몰거나 갑자기 방향을 틀기도 했다.

어느 더운 여름 금요일 밤, 나는 다락방에서 잠이 들었다. 천장은 내가 똑바로 설 수 없을 정도로 낮고, 침대는 바닥에 닿을 정도의 높이에, 세면대와 샤워기, 변기나 겨우 들어가는 아주 작은 골방이었다. 후덥지근하고 습한 시카고 여름을 지내는 데 필수품인 에어컨디션은 커녕, 방 속은 바람조차 통하지 않았다.

얼마나 잤을까, 잠에서 깨어 시계를 본 나는 그 시계를 믿을 수 없었다. 그리고 그날이 무슨 요일인지를 깨달았을 때는 더더욱 믿을 수 없었다. 무려 38시간을 줄곧 자느라 내 몸은 온통 땀에 푹 절어 있었다. 토요일 아침은 조금 늦은 출근이라 몇 시간만이라도 더 자려고 알람을 해놓지 않은 탓이었다. 근무 시간을 놓친 이유를 호텔 주방장에게 설명하니, 그는 처음에는 내 말을 터무니없게 여기더니, 나의 표정과 진지한 태도를 보고는 믿어주었다.

두 일을 하면서 저축을 했지만 그 돈으로 두 학기 숙식과 여러 잡비를 충당하기에는 아직 충분치 않았다. 당시에는 학자금 대출 프로그램도 없었고, 교환학생 지원프로그램은 학비만 지원했다. 나는 할 수 없이 1963학년도 한 학기를 휴학하고, 다음 2학기 비용을 위해서는 풀타임 일을 할 수밖에 없다는 사실에 직면했다.

미국에서 목표를 달성하려면 여러 길이 있으리라 믿고 있던 나는, 성공을 향해 나아가려면 먼저 인내심과 더불어 재충전도 필요하다는 것도 깨달았다. 나는 그때 내가 선택한 길이 무엇이든, 오로지 성공을 향해 담대하게 나아가리라는 결심을 더욱 굳혔다.

Promises_13

운명적 만남

1963년 복학할 돈이 없어 두 학기를 놓친 것은, 오히려 내게 닥친 어떠한 어려움도 극복해 더욱 열심히 공부하겠다는 동기부여가 되었다. 늘 그렇듯이, 나는 엄청난 속도로 쉬지 않고 여러 일을 하며 끊임없이 움직였다.

휴학을 하는 동안 나는 시카고 서쪽에 있는 여러 회사에서 일했다. 저녁에는 유명한 이탈리아 레스토랑 아르만도(Armando)에서 정식 버스보이로 근무했다. 그곳에 온 고객들은 마치 로마에서 막 도착한 손님들처럼 웨이터들과 이탈리아어로 대화를 하는 분위기였다.

가끔 TV에서 봤던 유명 배우들도 눈에 띄곤 했는데, 스리 스투지(Three Stooges)팀이 들를 때면 TV 단편영화 모습과 연기를 그대로 재연하곤 했다. 아르만도는 장작을 때는 벽돌 오븐에서 두꺼운 세라믹 쟁반에 구워 낸 파미잔치즈파스타, 양고기 및 닭고기 요리로 유명했다. 사장인 아르만도 씨는 배우 조페치(Joe Pesci)와 꼭 닮았는데, 식당에서 일어나는 모든 일에 일일이 간섭하며 신경을 썼다. 그는 체크인 카운터 옆에 서서 단골 손님들에게 인사한 다음, 식탁을 돌며 손님들과 이야기 나누기를 즐겼다.

토요일이면 식당 안은 발 디딜 틈 없이 붐볐다. 무거운 빈 접시를 피라미드처럼 가득 쌓은 쟁반을 들고 좁은 복도를 지나 부엌으로 가기는 쉽지 않았다. 바(Bar) 옆 복도에 서서 마티니를 마시고 시가를 피우며 여자 친구와 키스를 하는 손님들은 내가 지나갈 수 있는 공간을 비켜줄 여유가 없었다. 나는 오른쪽 어깨 위에 빈 접시와 잔이 가득 담긴 타원형 쟁반을 오른손으로 받쳐 들고 소리쳤다.

"뜨거운 게 가요! 뜨거운 게 가요!"

이러한 내 고군분투에도 불구하고, 아르만도 씨는 내 뒤를 졸졸 쫓아다니며 테이블을 빨리 치우지 않았다고 이탈리아에서 어린 아이들에게 하는 짓같이 엉덩이를 꼬집곤 했다. 문제는 그토록 이 일 저 일을 죽도록 해도 두 학기 학비를 감당할 돈을 마련하지 못해 나는 다시 한 학기를 더 휴학할 수밖에 없었다.

그해 여름 나는 시카고에서 규희를 만났다. 주중 일로 피곤에 지쳐 일요일이면 종일 잠만 자는 걸 안타깝게 여긴 형수 샬린 덕분이었다. 자신이 일하는 웨슬리메모리얼병원에 한국에서 예쁜 간호사 두 명이 새로 왔으니 그 중 한 명과 데이트를 해 보라는 것이었다.

그다음 일요일, 나는 그 병원에 가서 접수원에게 최근에 한국에서 온 간호사 미스 리를 만나러 왔다고 했다. 접수원은 탁상카드를 뒤적이더니 물었다.

"아, 네, 지난 주에 도착한 두 사람이 있는데, 둘 다 미스 리인데, 어느 미스 리를 찾으시나요?"

나는 샬린에게 그들의 이름을 물어보는 것을 잊었기에 어찌해야 할지 몰라 당황했다. 내가 아무 답을 못하자 접수원이 근무 일정표를 확인하며 말했다.

"미스 리 한 명은 지금 근무 중이니, 다른 미스 리를 볼 수 있겠어요. 그를 내려오라고 할테니 휴게실에서 기다리세요"

높은 천장과 벽에 줄지어 길게 꽂힌 책들로 휴게실은 마치 도서관처럼 보였다. 아주 긴 의자가 있고 길고 부드러운 소파도 놓여 있었다. 너무 푹신하고 탄력이 있어서 깊이 꺼지는 소파 끝에 앉아 나는 손가락을 꼬며 잔뜩 기대에 차서 미스 리를 기다렸다.

얼마쯤 지났을까, 거대한 휴게실 문이 열리더니 하얀 제복을 입은 예쁜 간호사가 눈앞에 나타났다. 나는 그 자리에 얼어붙고 말았다. 내 세상이 갑자기 멈춰선 것 같았다. 그녀는 마치 하느님께서 내게 보낸 천사처럼 생각되고, 순간 몸이 얼어붙어 무슨 말을 하려고 준비했는지 기억조차 나지 않았다.

간신히 내가 그 병원의 영양사 샬린 배의 가족이라고 소개하자, 그녀는 계속 눈만 깜박이며 나를 똑바로 바라볼 뿐 아무 말도 하지 않았다. 그녀가 내 맞은편 의자에 앉았다. 나는 내가 얼마 동안 말했는지 전혀 기억이 나지 않는다. 10분일 수도 있고 어쩌면 30분일 수도 있었다. 나는 그녀에게 미국에 온 이후의 경험을 이야기했고, 마침내 그녀는 자기 일과, 의사들이 처방을 내릴 때 그들의 억양을 이해하는 게 얼마나 어려운지에 대해 말했다.

"의사의 지시를 실수할까 봐 그래요."

"그건 나도 마찬가지였어요. 맨 처음 교수님을 처음 만나 기숙사에 대해 설명해 주는데, 단 한 마디도 못 알아 들었다니까요."

나도 내 처음 경험을 들려주며 그녀를 안심시켜 주었다. 헤어질 때 나는 그녀에게 전화를 해도 되겠느냐고 물었고, 그녀는 괜찮다며 자신의 방 전화번호를 알려주었다. 이후 규희는 나와 만나기 위해 오전 근무로 일정을 바꿔 달라고 간호과에 요청했다.

그다음 주 일요일 저녁, 우리는 시카고 노스사이드에 있는 링컨공원(Lincoln Park)을 산책했다. 밝은 달 아래 산책을 마치기 전, 그녀의 손을 잡으려고 손을 뻗을 때 나는 내 심장이 마구 뛰는 소리를 들었다.

또 다음 일요일에는 레이크 쇼어(Lake Shore)까지 드라이브를 한 후 미시간 호숫가에 있는 쉐드 수족관(Shedd Aquarium) 벤치에 앉아, 금방 쏟아져 내릴 것 같은 별들을 함께 바라보았다. 은빛 고운 달을 한참이나 바라보는 그녀의 표정에는 가족을 그리워하는 모습이 역력했다.

규희는 딸 다섯과 아들 하나를 둔 부모님의 둘째 딸로 태어났고, 아버지는 그녀가 고등학교 3학년때 심부전증으로 사망했다. 아버지 사망 후 어머니가 남편의 무역 사업을 이어받았지만 얼마 못 가 실패했다. 가족은 구들장을 깐 방바닥에 놓인 무릎 높이의 식탁에 냄비를 올려놓고 음식을 같이 먹었다. 식사 때면 배고픈 동생들은 규희가 먹을 약간의 음식만 남기고 식탁에 있는 음식을 모두 먹어 치우곤 했다.

연세대학교를 졸업한 규희는 그 대학 병원에서 2년간 간호사로 근무했다. 잘 먹지도 못한 채 장시간 일에 지쳐 집에 돌아와, 저녁만

먹으면 식탁 밑 아랫목에서 정신없이 잠들곤 해서, 그때마다 어머니가 깨워서 잠자리에 들도록 했다. 그후 미국 간호협회가 대졸 간호사를 구하는 것을 알고 신청해, 웨슬리메모리얼병원으로 오게 되었다. 보수가 한국보다 훨씬 높고 미국으로 간다는 사실이 너무 매력적이었기에, 1963년 5월 1일 규희는 샌프란시스코행 비행기에 몸을 실었다.

규희와 만난 그해 여름, 나는 시카고(West Chicago Ave) 콘티넨탈캔(Continental Can) 회사의 석판인쇄부서에 지원했다. 정규직원들이 플로리다 주로 여름휴가를 떠났기에 그들 자리를 대신하는 일로, 보수는 공장 아르바이트 임금의 2배나 됐다. 신체 입사조건이 특별해서 키는 최소 178cm에 몸무게는 80kg은 되어야 했다. 나는 키 168cm에 몸무게가 고작 55kg이었으나, 이 좋은 기회를 포기할 수 없었다. 인사과장이 내 지원서를 휴지통에 버리는 걸 보고 충격을 받았지만, 나를 채용해 주면 얼마든지 그 일을 감당하겠다며 요청했다. 학업을 계속하려면 돈을 꼭 모아야 한다고 간청하니, 불룩한 큰 배에 흰 콧수염을 기른 인사과장은 취업 조건을 무시하고 나를 채용했다.

규칙을 어기면서까지 일면식도 없는 방금 만난 한 청년을 도우려고 나를 채용한 것이다. 그 일은 육체적으로는 힘들었지만 학비 마련에는 더 매력 있는 아르바이트였다. 기다란 가스 오븐을 통해 건조되는 컨베이어벨트 위에, 전체 중량이 대략 4.5kg인 가로 세로가 각각 76cm 이상 되는 니스를 바른 인쇄판 4개가 공급되었다.

보호용 가죽장갑을 낀 나는 컨베이어벨트가 돌아갈 때, 그 뜨거운 판 4장을 잡아 벨트에서 들어올려 3개의 모서리 보호대가 있는 나무 팔레트 위에 쌓아야 했다. 만약 그때 한 개라도 판을 떨어뜨리면 나머지 세 개마저 바닥에 떨어져 쌓이게 되니, 전체 라인이 정지를 일으켜 비상사태로 나는 즉시 해고를 당할 것이다. 6개의 컨베이어 중 다른 5명의 조작자들은 모두 적어도 180cm 키에 몸무게는 90kg 이상으로 보였고, 그들은 오래 해온 일이라 그런지, 일을 대하는 태도가 전혀 힘들어 보이지 않았다.

적재 테이블은 그들의 키 높이에 맞춰 만들어졌기 때문에, 나는 인쇄판을 테이블 위에 올려놓으려면 그들보다 더 힘들었다. 얼굴에 흘러내리는 땀을 닦을 시간도 없었고, 쉴 시간을 알기 위해 벽에 걸린 대형시계를 볼 틈도 없었다. 다음 학기를 위해서는 물론, 자격이 안 되는 내게 일을 하도록 믿고 맡겨준 인사 담당자의 신뢰를 저버릴 수 없다는 나와의 약속 때문이었다.

나는 3개월간 그 힘든 일을 해냈다. 마지막 날, 공장을 나서면서 인사과장실을 지나며 고개를 숙여 감사 인사를 전하자, 그는 활짝 웃으며 엄지손가락을 높이 치켜들어 주었다.

이처럼 다양한 일을 하며 고생을 했지만, 나는 두 학기를 더 이수할 충분한 돈을 모으지는 못했다. 할 수 없이 한 학기를 더 휴학하기로 결정해 총 3학기, 즉 1년 반을 휴학했는데 그것은 결코 예상치 못한 일이었다.

»»»»»««««««

규희와 나는 매주 일요일이면 데이트를 했다. 우리의 관계는 점점 깊어졌고, 나는 규희가 이 세상의 전부라고 느꼈다. 어려움이 닥치면 규희를 생각했고, 그녀의 달콤한 미소는 내가 앞으로 나아가도록 돕는 격려가 되어, 그녀를 생각하지 않는 순간은 없었다. 이토록 끔찍하게 사랑하는 사람과 남은 인생을 함께 살고 싶다는 마음이 우러나, 시내 보석상에서 아주 작은 1/16 캐럿 다이아몬드가 박힌 반지 하나를 샀다.

1963년 9월 7일이었다. 미시간 길에 있는 프루덴셜(Prudential) 빌딩 41층에 있는 시카고에서 가장 이름난 '탑 오브 더 락'(Top of the Rock) 식당으로 규희를 초대했다. 우리는 미시간 호수와 그랜트 공원이 내려다보이는 구석진 테이블에 앉았다.

내가 테이블 옆에서 무릎을 꿇고 청혼하자 고개를 끄덕이는 규희의 눈에 금세 눈물이 고였다. 나는 우리 테이블 주위에 있던 사람들로부터 박수와 "축하합니다!"라는 여러 번의 환호성을 듣고 깜짝 놀랐다. 두근거리는 가슴이 가라앉자 나는 규희를 바라보며 속삭였다.

"난 지금이 가장 행복해요."

나는 그녀에게 키스를 하고 데려다주며, 그녀가 숙소 복도를 걸어가는 것을 본 후 미시간 호수로 차를 몰았다. 호숫가 모래사장에 무릎을 꿇고, 내게 오늘 귀한 반려자를 보내주신 하나님께 감사 기도를 드렸다.

또 한 학기를 휴학한 다음, 나는 일을 계속하면서 미주리주립대학 공대의 메인캠퍼스로 옮겼다. 규희 또한 그 대학 의료센터에서 일자리 찾기를 바랐고, 나는 학교에 가자마자 규희가 취업하는 것을 도와주겠다고 했다. 그 해 여름 나는 콘티넨털캔회사에서 근무한 후 페인트 혼합공장에서 일했다.

1963년 11월 22일 금요일, 케네디 대통령이 댈러스에서 암살당했다는 소식은 우리를 몹시 슬프게 했다. 인종과 국적을 불문하고 불우한 사람들에게 보여준 깊은 동정심은 사람들로부터 존경을 받던 터였다.

규희는 내게 케네디 대통령과 내가 '온화한 미소와 뻣뻣이 일어나는 몇 머리칼', 이 두 가지 공통점이 있다고 말한 적이 있다. 규희와 나는 케네디 대통령이 죽음에서 영원으로 평화롭기를, 그리고 그의 아름다운 부인 재클린과 두 아이를 잘 품어주시기를 하느님께 기원했다. 우리는 4개월 동안 노스사이드의 일레인과 클라크가에 있는 작은 아파트에서 살면서, 새 캠퍼스에서 맞을 새 학기를 준비했다.

1964년 1월 나는 시카고를 떠나 컬럼비아로 갔고, 규희는 다시 웨슬리의 숙소 건물로 옮겨 시카고에 남았다. 나는 그녀에게 작별 키스를 하고, 그녀가 서서 손을 흔드는 것을, 자동차 미러로 바라보면서 그녀와 헤어졌다. 컬럼비아까지 긴 심야 운전이었지만, 규희 생각에 잠겨 어두운 루트 66 국도에서 전조등 불빛을 내려다보며 운전하는 것이 피곤하게 느껴지지 않았다. 규희가 내 옆에 앉아서 가는 기분이었다.

Promises_14

사랑의 편지들

주말에 이루어진 몇 번의 너무도 짧은 시카고에서의 만남을 제외하고는, 우리는 줄곧 떨어져 있어야 했다. 그해 겨울과 봄 6개월을 떨어져 살면서 우리는 매일 편지를 주고받았다.

"

사랑하는 준에게

당신이 무사히 컬럼비아에 도착하기를 무릎 꿇고 기도했어요.

이별이 가깝다는 것을 알았을 때 정말 슬펐어요.

당신이 떠난 후, 나는 이 세상이 나를 버린 것처럼 몇 시간이나 울었지요.

그런 슬픔은 태어나 처음 겪어봤어요.

당신이 충분히 잠을 자지 못하고 밤새 운전할 생각에 걱정이 많았어요.

나는 당신이 나와 함께 있지 못한다는 생각이 들자 갑자기 외로워졌어요.

그날 밤, 당신이 세상의 전부라는 생각이 불현듯 떠올랐어요.

잠을 이룰 수가 없었어요. 지금보다도 더 당신을 사랑할 수 있을까 의문이 들어요.

그리고 멋진 세상을 만들어 주신 하느님께 감사드렸습니다.

사랑해요.

1964년 1월 29일 규희가

»»»»»«««««

사랑하는 준에게

오랜 휴학 후에 학업을 따라잡기가 얼마나 힘들까 생각했어요.

당신은 이별을 통해 서로에 대한 사랑이 더 깊어지고 있다고 했어요.

나도 그렇게 믿어요.

나는 얼마 전 내가 본 장면 중 가장 숨막히는 광경을 보았어요.

야간 근무를 끝내고 교대하기 전 아침 5시경이었지요.

크고 밝은 오렌지 빛깔의 태양이 미시간 호수 위로 뜨는데, 마치 호수에 불이 난 것 같았어요.

당신이 곁에 있었으면 얼마나 좋았을까, 생각했어요.

서울에서 2년 동안 혼자 요양원에서 살면서 외로움을 겪었지만, 당신이 떠난 후 나는 삶이 얼마나 외로울 수 있는지 오늘 다시 알게 되었어요.

외로움은 영혼의 가장 큰 적이라고 생각해요. 하지만 사진 속의 당신을 보고, 밝은 햇살이 호수의 안개를 거두는 걸 보면 희망이 생기고 외로움은 멀어져요.

오늘 일요일에는 편지가 배달되지 않는 걸 알면서, 혹시 당신 편지가 와 있는지 보려고 우편함으로 내려갔어요.

호수 쪽으로 걸어갈 때 꿩들이 모래를 쪼면서 서로를 쫓아가는 모습이 눈에 들어왔어요.

벤치에 앉아 나는 하느님께서 당신을 안전하게 지켜주시도록, 그리고 내가 당신을 진심으로 사랑할 수 있도록 계속 축복해 달라고 하느님께 기도했어요.

사랑해요.

1964년 2월 1일 규희가

»»»»»««««««

사랑하는 준에게

어젯밤 쌀가루같은 눈이 내렸어요. 그래서 오늘 아침에는 아직 녹지도 않고 얼어붙지도 않은 새하얀 눈을 그냥 밟을 수 있어서, 그리고 병원 가는 길에 여기저기 피해가지 않아서 기분이 좋았어요.

어젯밤 근무는 바빴어요. 여러 명의 새로운 환자들이 입원했고 퇴원한 환자도 있었어요.

환자 중 웨슬리에서 30년간 간호사 일을 한 매리(Mary)는 암투병 중 세상을 떠났어요.

슬펐어요. 그리고 임종이 임박한 존(John)이라는 환자가 간신히 내 손을 잡았을 때, 나는 뼈만 남은 차갑고 주름진 그의 손을 잡고 그가 지쳐서 잠들 때까지 위로해 주었습니다.

존에게 평화가 있기를 하느님께 기도했어요.

오늘 아침, 시카고 애비뉴에는 30cm 정도의 눈이 내렸어요. 두 대의 트럭이 지나갔는데, 한 대는 제설차였고, 다른 한 대는 소금을 뿌리는 차였어요. 당신이 나를 보러 오기 전에 눈이 다 녹으면 좋겠어요.

사랑해요.

1964년 2월 12일 규희가

»»»»»««««««

사랑하는 준에게

당신이 그곳을 출발한 직후, 시카고에는 비가 세차게 내렸어요. 당신이 어디쯤 오고 있을지 걱정했어요. 스프링필드

(Springfield)를 지났는지? 아니면 세인트루이스(St. Louis)를 지났는지? 버스 종점에서 나를 만나 안아주기 위해 당신이 빗속을 뚫고 8시간을 운전하며 오고 있다고 생각하니, 다시 한 번 당신의 깊은 사랑을 느꼈어요.

당신을 사랑하는 것은 나의 특권이고, 서로를 위한 우리의 이해와 희생은 우리의 진정한 사랑의 토대라고 믿어요.

당신이 떠난 후 내게 가장 행복한 시간은 당신의 편지를 읽을 때입니다. 가끔, 편지를 빨리 보려는 조바심에서, 우편통에서 편지를 꺼내자마자 봉투를 찢기도 했습니다. 그런 다음에 탁자 위에 있는 당신 사진을 보면서 편지를 세 번이나 읽고 나서야 서랍에 넣었습니다.

오늘은 쉬는 시간에 화장실에 가서 거울에 비친 내 모습을 보았습니다. 거기에 당신의 얼굴이 나타났고, 우리는 매우 많이 닮았다고 느꼈습니다.

그리고 깨어 있는 모든 시간에 당신이 늘 내 마음속에 있는 것은 참으로 큰 축복이라고 느꼈습니다.

나는 당신의 성격, 욕망, 희망, 좋아하는 것, 그리고 당신을 행복하게 해줄 수 있는 것에 대해 더 많이 배워가겠다고 생각했어요.

당신에 대해 더 많이 알고 그리고 나서 당신의 아내가 될 겁니다.

나는 시간이 빨리 가서 우리가 곧 다시 만나기를 기도했습니다.

당신이 학교를 졸업하고 출세해서 나의 자랑스러운 남편이 되길 기도했어요.

인내심을 가지고 그때까지 기다리겠어요.

그러면 우리를 하나로 묶어주는 유대감의 힘이 우리를 다시 만나게 할 것입니다.

사랑해요.

1964년 4월 3일 규희가

»»»»»«««««

사랑하는 준에게

당신이 전화했던 날 나는 저녁 8시쯤 일어났습니다. 지난 주에는 야간 근무와 낮 근무가 두 번 바뀌어 피곤했어요.

어떤 날은 잠이 덜 깬 채로 교대근무를 하고, 교대근무가 끝날 때쯤이면 잠이 완전히 깨지요. 당신이 전화했을 때 나는 피곤하고 목이 말랐어요. 당신의 전화가 내 꿈속에 온 건지, 내가 잠을 깬 다음에 온 건지 잘 몰랐어요.

우리가 나눈 대화를 연결하려고 노력하면서 나는 당신에게 "사랑해요."라 말하는 걸 잊었어요. 바로 전화를 하고 싶었지만, 1분당 1달러의 통화료는 아파트의 하루 주거비와 맞먹는

다는 걸 깨닫고, 너무도 비싸다는 생각에 그만두었어요. 하지만 당신이 잘 있다는 걸 알고 바로 다시 잠자리에 들 수 있었습니다.

꿈속에서 나는 서울에 계신 당신 부모님을 만났어요. 큰집에서 두 분 모두 한복을 입고 계셨는데, 아버지는 위엄을 갖췄고, 어머니는 따뜻한 미소를 짓고 계셨습니다.

두 분은 내가 배 씨 가문의 일원이 되는 걸 환영한다고 하셨습니다. 우리는 두만강에서 옷을 빨고, 조약돌을 강에 던지고, 손을 잡고 언덕을 올랐습니다.

그러고 나서 우리는 폭탄을 피해 달아나는 전쟁 피난민이 되었습니다. 나는 당신의 손을 잡고 도망가려 했는데, 피난민들이 몰려와 우리를 밀쳐내 떨어지게 했습니다.

울면서 사방을 찾아다녔지만 당신을 찾을 수가 없었어요. 마침내 전쟁터에서 다리를 다치고 무력한 당신을 보았습니다. 당신은 날 껴안았고, 난 당신의 얼굴을 만져보려 손을 뻗었습니다. 꿈에서 깨어났지만 내 손은 여전히 당신을 찾고 있었어요.

꿈속에서 당신이 그리웠고, 지금은 당신이 내 옆에서 잘 때 내는 당신의 숨소리가 그리워요.

준, 당신이 보고 싶어요.

사랑해요.

1964년 4월 16일 규희가

»»»»«««««

사랑하는 준에게

야간 근무가 끝나기 직전, 내 환자 존은 침대에 없었습니다. 그래서 화장실에 가보니 그는 이미 죽은 채 바닥에 쓰러져 있었습니다. 불행히도 간호조무사 1명이 휴가중이어서, 다른 층의 남자 간호사를 불러 시신 옮기는 일을 도와달라 했습니다. 존의 영이 하느님과 사랑하는 사람들과 함께하길 기도했습니다.

오늘은 일요일이라 16층에 근무하는 한국인 간호사 이보학 씨와 함께 동네 교회에 갔습니다. 오랜만에 교회에 나가니 길 잃은 양이 집으로 돌아온 기분이었습니다.

설교 내용은 고린도후서 12장 9~10절이었어요.

"내 은혜가 네게 충분하도다. 이는 내 능력이 약한 데서 온전하게 됨이니라 하신지라. 그러므로 내가 오히려 매우 기쁘게 나의 약한 것을 자랑하니, 그리스도의 능력이 내게 거하심이라. 그러므로 내가 그리스도를 위하여 약한 것들과 모욕과 궁핍과 박해와 곤경을 기뻐하니, 이는 내가 약할 때, 곧 내가 강하기 때문이라."

교회에서 하느님께 세 가지 축복을 달라고 기도했어요.

당신에게 드릴 풍성한 사랑을 주시고, 어머니께 효도하고 형제 자매를 보살피며, 하느님을 향한 변함없는 믿음을 갖게 해달라는 것이었어요.

오후에 웨슬리 친구들이 예고 없이 와서 보학이와 나를 식당으로 데리고 가서 아이스크림과 커피를 사 주었습니다.

그들은 모두 내가 컬럼비아로 떠나기 전에 결혼해야 한다고 했습니다.

아침부터 비가 끊임없이 내려 한국의 장마철이 생각났습니다.

그후 나는 줄곧 당신과의 결혼에 대해 생각했습니다.

좋은 일요일이었습니다.

사랑해요.

그리고 보고 싶어요.

1964년 4월 26일 규희가

Promises_15

축복받은 결혼

규희와 내게는 결혼식을 치를 돈이 없었다. 우리를 위해 예식장을 제공할 교회를 찾기 위해 북쪽 시내에 있는 여러 교회를 수소문해 보았지만, 그들 모두 교회 신도들을 위해서만 결혼식장을 사용할 수 있다고 했다. 걱정이 깊어질 때 뜻하지 않은 서광이 비쳤다. 친구 정동노의 장인 앨번 에릭슨(Alvern Erickson) 목사가 시카고 서쪽에 있는 자신의 포테지 파크 성약교회(Portage Park Covenant Church)에서 결혼식을 거행하여 주겠다고 했다.

사실 규희가 입을 웨딩드레스 살 돈도 없어 최근에 결혼한 친구들에게 드레스를 빌릴 수 있는지 물어봤지만, 맞는 옷이 하나도 없었다. 그때 두 번째 빛이 나타났다. 몇 주 전에 결혼한 고등학교 동창 김동호 부인이 입었던 신부 드레스가 운좋게도 규희에게 딱맞았다. 일이 잘 풀리고 있었다.

병진 형은 교회에서 열리는 피로연을 준비하고 결혼식 후 파티를 자기 아파트에서 차리겠다고 했다. 규희는 빌린 드레스와 흰색 새 신발을 신기로 준비했다.

아! 그 하얀 신발!

결혼식 30분 전, 신부 들러리가 내게 황급히 오더니, 규희가 신발을 식장에 가져오는 것을 잊었다고 했다. 나는 친구 우현에게 차 열쇠를 주면서 열 블록 떨어진 우리 아파트로 가서 규희의 신발을 가져오도록 부탁했다. 내 포드 페어레인(Ford Fairlane) 차는 수동변속기이고 우현이는 그 작동법을 몰랐다. 그는 오가는 길에 신호등마다 차를 정지시키느라 꼬박 한 시간이나 걸려 돌아왔고, 그때 그의 얼굴은 마치 유령처럼 창백했고 전신은 땀에 흠뻑 젖어 있었다.

긴 웨딩드레스 때문에 아무도 규희 신발에 얽힌 비밀을 알 수는 없었지만, 결혼식은 30분이나 지연되었다. 어떻게든 꼭 그 신발을 신으려고 기다렸던 규희의 심정을 난 이해할 수 있었다. 그 신발만이 규희의 결혼식에서 유일한 새것이었기에.

1964년 9월 2일 우리는 결혼했다! 에릭슨 목사가 우리 결혼식을 엄숙히 거행했다. 그날 나는 이 세상에서 가장 운좋고 행복한 사람으로, 세상에서 가장 아름답고 세상에서 내가 받을 수 있는 가장 큰 선물인 규희와의 결혼에 감격하며 하느님께 오래 깊은 감사를 드렸다. 시카고 지역에서 대학을 다녔던 친한 친구 몇이 형 아파트에 와서 작은 파티에 참석했다.

다음날 학교에 가서 수업등록을 해야 하기에, 우리는 파티가 끝난 후 중국 찻주전자 세 개를 포함한 선물을 트렁크에 가득 싣고 컬럼비아로 긴 드라이브를 했다. 시간은 자정이 다 되어가고, 규희가 피곤한 것을 알기에 나는 쉬어 가기로 했다. 시카고 외곽 루트 66에 있는 트럭 운전자들 숙소인 트로피카나(Tropicana)호텔에 차를 세웠다.

체크인 후 주점으로 내려갔는데, 담배 연기가 자욱한 주점에는 두 개의 당구대가 놓여 있고, 카우보이 부츠를 신은 트럭 운전사들이 술을 마시고 있었다. 흥에 겨운 내가 주점에 있는 모든 이들에게 술을 사 주려는 찰나, 규희가 재빨리 나를 문으로 밀어냈다.

우리는 팹스트 블루 리본(Pabst Blue Ribbon) 맥주 2캔을 사서 방으로 올라갔다. 방은 휘발유 냄새가 진동했고, 침대 시트는 모터 오일로 얼룩져 있었다. 침대에는 10센트를 집어넣으면 5분간 진동하는 마사지 기계가 설치되어 있었다. 우리는 긴 하루를 지내느라 녹초가 되어 있었다. 나는 캔 맥주를 딴 후 규희에게 진심을 다해 고백했다.

"나의 신부를 위해 건배합시다! 결혼식날 샴페인을 마시고 밴드에 맞춰 춤을 추지 못해 미안합니다."

규희는 웨슬리병원 로비에서 처음 나를 만났을 때 그랬던 것처럼, 그리고 내가 그녀에게 청혼했을 때 나를 바라보며 그랬던 것처럼, 눈만 깜빡깜빡거렸다.

규희가 내게 키스로 답하며 말했다.

"지금 이 시간이 내 인생에서 가장 행복한 순간이에요. 이제 난 당신의 아내니까요."

깊은 사랑에 빠진 오롯이 둘만의 시간이었기에 우리에겐 더없이 아름다운 신혼여행이었고, 그보다 더 행복할 수는 없었다. 또한 독특한 환경이 오히려 우리를 하나로 만들었고, 신혼부부로서 새삶을 시작하는 데 진기하고 모험적인 시발점이 됐다. 우리는 그 행복한 순간을 신이 내려 주신 고귀한 선물로 기쁘게 받았다.

Promises_16

아들의 탄생과 나의 졸업

내가 졸업하던 해에 하느님은 우리에게 아들 제임스를 주셨다. 규희의 수입만으로는 생활이 힘들어도, 우리의 미래를 위해서는 학교를 마쳐야 했다.

우리가 살던 월세 35달러짜리 학생 아파트는, 오래 된 빅토리아 건물 3층으로 10평도 채 안되었다. 물론 엘리베이터는 없었고, 올라가는 오래된 나무 계단은 삐걱거렸다. 과거에는 좋았겠지만 오래된 화장실 욕조에 달린 발톱 모양의 낡은 금속다리는 카우보이 영화에서나 볼 수 있는 고물이었다. 우리가 살던 꼭대기 3 층에 있는 4개의 방에는 외국에서 온 세 명의 남자 유학생들이 한방씩 차지하고 있었다. 공용으로 사용하는 화장실에서 그들이 목욕을 한 후 욕조 청소를 하지 않고 그대로 나가는 바람에 그곳 청소는 늘 우리가 해야 했다.

우리 아파트에 달린 작은 창문 두 개로는 햇볕이 들어오지 않아서, 실내는 항상 어두웠다. 창문 하나는 침실에, 다른 창문은 한 사람이 들어갈 정도의 작은 주방에 달려 있었다. 우리 침대와 아기 침대로 침실은 꽉 찼고, 살림이라고는 의자 두 개 딸린 식탁과 책상 하나, 그리고 거실과 부엌으로 통하는 곳에 놓인 자그마한 흑백 텔레비전이 전부였다.

첫아들 제임스의 출산은 쉽지 않았다. 규희가 48시간이나 진통을 하는 동안 나는 마침 중요한 기말고사가 두 차례나 있어서, 침대 곁에서 규희 손을 잡고 안정시키며 공부를 했다. 규희 진통이 2일째에 접어들자, 의사는 내게 산모의 제왕절개를 고려할지 결정을 내려달라고 요청했다. 내가 그에게 몇 시간만 기다려달라고 한 후 얼마 지나지 않아, 규희는 몸무게 2.5kg인 건강한 제임스를 자연분만했다.

비좁은 침실 구석에 놓인 제임스의 침대 위로 천장에서 가끔 석고가 떨어져서, 나는 제임스가 다치지 않도록 큰 수건으로 텐트 모양을 만들어 침대를 가려주었다. 1회용 기저귀가 없던 시절이고, 있다 해도 살 형편이 못되었지만, 나는 컴컴하고 습기 찬 지하실로 네 층을 내려가, 젖은 기저귀를 들고 온수도 안 나오는 공용 구형세탁기로 갔다. 기저귀를 넣고 세탁기가 사이클을 돌며 쾅쾅 흔들리다 멈추는 소리가 날 때까지 나는 공부에 전념했다. 수동 탈수기로 기저귀를 탈수한 후, 무거워진 젖은 기저귀를 1층으로 가져가서 아파트 입구 목재 현관 위에 걸어 놓았다. 햇볕에 말리면 뻣뻣해 좀더 부드럽도록 나는 기저귀를 양손으로 오래 비비곤 했다.

»»»»»«««««

1966년 6월, 나는 공학과 이학사 학위를 받고 졸업했다. 졸업식에 참석한 여동생 정숙이가 제임스를 안고 규희 옆에 앉았다. 수많은 어려움을 극복하며 끈질긴 노력으로 미국에 도착한 날부터 오늘까지 규희와 함께 이룬 7년간의 일들이 스쳐 지나갔다. 졸업장을 움켜쥐고 나는 규희에게 힘차게 말했다.

"우리가 해 냈어! 이제 우리의 두 번째 고향 시카고에서 새 삶을 시작할 수 있어!"

나는 졸업 전 이미 우리의 진로를 정했었다. 일리노이주 레이크 주릭(Lake Zurich)의 스탠더드 오일(Standard Oil)의 자회사인 시카고 교외의 엑스트루도 필름(Extrudo Film) 회사에서, 기술이사 '빌 하찌슨'(Bill Hodgson)이 공정엔지니어 모집을 위해 학교에 왔었다. 여러 졸업생을 인터뷰한 후 빌은 나를 선택했다.

사업 성공과 어머니의 기도

Part 03

Promises_17

새 직장과 새 집

우리는 고물차에 얼마 안 되는 살림을 전부 싣고, 시카고 북서쪽의 레이크주릭에 가까운 작은 마을 롤링 메도즈(Rolling Meadows)로 떠났다. 모텔에 도착하자마자 토네이도 경보 사이렌 소리와 함께 강한 바람이 근처 나뭇가지들을 부러뜨리는 소리가 났다. 놀란 제임스가 울기 시작했으나 다행히 토네이도는 금방 지나갔고 우리도 한숨을 돌렸다. 미주리에서 5년을 사는 동안 경험하지 못한 토네이도를 일리노이주에 도착한 날 처음으로 경험하였다.

나는 팸퍼스와 킴비스(Pampers and Kimbies) 같은 1회용 기저귀를 만들 수 있는 습기 차단용 필름 개발팀에 합류하였다. 그 개발은 성공적이어서 상당한 이득을 가져왔다. 나는 그후 1년도 안 되어서 레이크주릭과 펜실베니아의 팟츠빌(Pottsville, Pa), 미주리의 웬츠빌(Wentzville, Mo.)에 있는 엑스트루도의 3개 제조공장의 품질보증 프로그램 감독으로 승진되었다.

당시 시카고 오헤어 국제공항 주변 마을에는 부동산 개발붐이 일고 있었다. 나의 승진으로 내가 얼마간의 계약금만 있다면 낮은 이

자율로 첫 주택을 구입할 수 있었다. 내 상사인 존 데 마누엘(John De Manuel)에게 엘크 그로브(Elk Grove)에 1만 6천 달러로 매물이 나온, 약 50평짜리 주택 구입을 위해 계약금 5천 달러만 빌릴 수 있다면 감사하겠다고 말했다. 존은 수표를 쓰면서 말했다.

"이자는 안 내도 되지만, 12개월 안에 갚으면 좋겠어요."

우리가 시카고 지역 재미교포 학생들 중 처음으로 집주인이 되었을 때의 기분은 이루 말로 다할 수 없었다. 2년 후 회사는 내가 미국 시민권을 취득하도록 후원해 주었다. 시민권을 받자마자 여동생 정숙이를 초청해 졸리에트(Joliet, Il.) 대학에 입학시키고 방학이면 우리와 지내도록 했다. 정숙이는 나의 고등학교 후배였던 유학생 황병수를 만났고, 규희와 나는 그들의 결혼을 주선했다.

곧 이어 남동생 병극과 그의 아내 옥남이도 초청했다. 동생은 내가 일하는 회사의 기계 기술자로 일하며 레이크주릭의 작은 아파트에서 아내와 살았다.

둘째아들 스티븐이 집에서 세 블록 떨어진 규희가 일하는 세인트 알렉시스(St. Alexis) 병원에서 태어났다. 첫 아이와 달리 쉽게 출산한 건강한 아기였다.

하루는 전국 영업회의에 참석차 펜실베이니아주 포코노스(Poconos, Pa.)에 있는 스카이 탑 라지(Sky Top Lodge)로 차를 몰던 중, 내 고향 함경북도의 경관을 떠올리게 하는 수려한 산세에 마음이 끌렸다. 영화 '디어헌터'(Deer Hunters)를 촬영했다는 곳이었다.

"언젠가 내가 공장을 세운다면 장소는 바로 이곳 포코노스를 선택할 거야!"

나는 그때 미래를 꿈꾸며 스스로에게 당찬 약속을 했다.

1972년 노던 석유화학회사 '노켐'(Northern Petrochemical company, Norchem)에서 유능한 엔지니어를 찾고 있었다. 노켐은 포장용 필름, 쓰레기 백, 건설용 필름과 농업용 필름같은 제품 생산에 필요한 원료 폴리에틸렌과 폴리프로필렌 수지(Polyethylene and Polypropylene resins) 제조 회사로, 일리노이주 모리스(Morris, Il.) 옥수수밭 한가운데 대규모 공장을 지었다.

엑스트루도 회사는 내가 대학 졸업 전 이미 직장을 보장해 주었고, 미국 시민이 되도록 후원해 주었고, 새집 구입에 혜택을 주었고, 그리고 고위직으로 빠르게 승진시켜 주었다. 나는 그 회사에게 큰 은혜를 입었고, 그만큼 나 또한 혼신을 다해 충성했다.

당시 엑스트루도의 모회사인 뉴저지 베이온(Bayonne, NJ)에 있는 정유공장 험블 오일(Humble Oil)의 부서장 자리에 나를 고려하고 있다는 엄청난 승진 소식도 들었다. 그렇다 해도 노켐은 성장 잠재력을 가진 큰 회사로, 노켐의 입사는 내 경력에 또 다른 승진기회가 될 것이라고 생각했다. 무엇보다 시카고에 계속 거주할 수 있다는 점 때문에 나는 갈피를 못잡고 고민에 빠졌다.

아침 식사 중 규희에게 Morris에 있는 노켐 입사 건에 대해 의논

했다. 집과 Morris 공장의 거리는 1시간 밖에 되지 않는데도 노켐은 이사비용까지 대준다고 했다. 규희가 일하는 세인트 알렉시스 병원은 엘크 그로브 우리 집에서 3블럭 밖에 떨어지지 않은 가까운 직장이어서, 그곳을 떠나는 일이 규희에게는 어려운 선택이었다. 하지만 규희가 동의하여 쉽게 내 결정을 도와주었다.

"나는 당신이 진지하게 생각했으리라 믿어요. 그래도 내 의견을 물어봐 줘서 고마워요. 당신이 아이들과 나에게 늘 최선을 다하는 것을 알아요. 당신 결정을 믿고 당신 뜻에 따르겠어요."

규희의 성원 덕분에 나는 편하게 노켐에 입사할 수 있었다.

나의 노켐에서의 첫 일은, 완제품이 설계명세서를 충족했는지 검사하고 보증하는 품질관리 감독 직책이었다. 얼마 후 기술센터장 에드 페터스(Dr. Ed Fettes) 박사는 나를 그룹 관리자로 승진시키고 내부 제품개발과 고객지원을 담당하도록 했다. 나는 곧 전국을 돌며 고객사 직원들에게 상품개발과 생산 개선 방법을 알려주는 일을 했다.

1974년 페터스 박사는 내게 일시적인 업무로, 자회사 중 하나인 '미네소타' 주 '맨캐이도'(Mankato, Minnesota)에 있는 '내셔널폴리프로덕트' 회사의 캐스트 필름(National Poly Products-cast film) 공정에 대한 기술지원을 해달라고 했다. 흔쾌히 그의 제안을 받아들인 나는 연중 북부도시에서 가장 추운 기간인 11월부터 2월까지 4개월 동안 그곳 업무를 담당했다. 매주 월요일 새벽이면 시카고 미드웨이 공항에서 '미네아폴리스 세인트폴' 공항으로 가는 아침 7시 비행기를 탔다. 도착 후 차를 빌려 1시간 반을 운전해 맨케이도 공장에 10시경 도착했다.

그때 나의 한 가지 실수(?)는 직원들에게 기술문제가 생기면 내 호텔방으로 전화를 해도 좋다며 객실 전화번호를 사무실 칠판에 남긴 일이다. 매일 새벽 1-2시쯤이면 기술자들이 여러 문제로 내게 전화를 걸어왔다. 그곳 날씨는 몇 초 내에 물이 얼음으로 변하는 추위여서, 아침에 차 시동에 문제가 없도록 나는 호텔에 돌아오면 매일 저녁 차의 후드를 전기 담요로 덮어두었다. 나는 직원들의 연락을 받으면 차가 덥혀질 때까지 시동을 걸어 기다린 다음, 공중에 매달린 가로등이 강풍에 흔들리는 것을 보며 얼어붙은 맨케이도 거리를 달려 공장으로 가곤했다.

미끄러운 길 때문에 차와 내가 마치 왈츠를 추는 것처럼 위험천만했으나, 다행히 그 시간에 차는 거의 없었다. 공장에 도착한 나는 일단 밝은 조명 아래 중장비 소음이 시끄러운 거대한 주물 기계를 검사했다. 커피 휴식시간이면 기술자들이나 감독자들과 베이스 대 바이킹 축구경기 이야기를 즐겁게 나누었다. 그리고 몇 시간의 수면을 위해 나는 다시 왈츠를 추며 호텔로 돌아왔다. 몸은 피곤했지만 회사를 위해 최선을 다했다는 자부심은 만족감을 주었다.

닷새를 그렇게 보낸 후 매주 금요일 오후 늦게 집으로 돌아갈 때, 아들들에게 장난감을 사 주기 위해 공항 근처 장난감 할인가게에 들를 때면 마음이 흐뭇했다. 4개월 동안 미국 대륙에서 제일 추운 곳, 미네소타에서 가족 없이 지난 날들이 너무도 추웠다.

Promises_18

경력의 시작

새 직장에서 고객을 방문해 기술지원과 문제 해결 방법을 제공하는 일은 내 적성에 딱 맞았다. 그 일은 내가 적극적으로 우리 제품을 홍보하는 데 최적의 기회였고, 내가 생각해도 나는 그 일을 매우 효과적으로 하며 무엇보다 즐겼다.

한 번은 버지니아 윈체스터(Winchester)에 있는 '러버메이드'(Rubbermaid) 회사에 가서 노켐수지 가공에 대한 기술지원을 했다. 밤을 새며 교대 근무자들과 일을 하고, 다음날 새벽 공장을 나서자, 공장 관리자들이 결과에 매우 만족하다며 감사의 뜻을 표했다. 몸은 비록 피곤하고 배도 고팠지만, 어딘가에 필요한 사람이 된다는 성취감이 들었다.

또 한번은 찌는 듯 더운 여름날, 텍사스 엘사(Elsa, Texas)에 있는 공장에서 새로운 캐스트 필름 공정을 시연했다. 땀을 뻘뻘 흘리며 손에 기름때를 묻힌 채 공정 과정을 직접 보여주자, 기술자들은 나의 실제 교습법에 감사했다. 내가 공장을 떠날 때 폐기물이 거의 없이 생산량은 30%나 높은 성과를 냈다.

나는 그런 일을 즐겼고, 효과적인 성과를 낼 수 있어서 만족했다. 고객들은 내 일이 보여준 성과에 대한 감사의 뜻을 전국 영업매니저들과 영업 및 마케팅 부사장에게 편지나 전화로 알리기 시작했다. 내가 회사회보에 기고한 "P.E. 필름 속성에 미치는 색농축의 영향"이라는 기사도 찬사를 받았다. 고객에 대한 나의 기여가 높은 평가와 인정을 받는 일은 기분 좋았고, 나는 그에 힘입어 부사장 스튜에게 영업부로 옮겨 달라고 했다. 스튜는 그렇지 않아도 고려 중이었다며 내 요구를 바로 받아들여 주었다.

영업부 합류는 내 경력상 최상의 선택이며 기회였다. 내 첫 번째 업무는 시카고 지역과 인디애나, 미시간 그리고 위스콘신을 아우르는 중서부 지역의 고객 방문이었다. 차를 몰고 주변의 작은 도시와 밀워키, 디트로이트같은 대도시도 방문했다. 원료가 완제품 원가의 75%나 되기에 대기업회장이나 중소기업 대표도 나와 직접 만나 구매 토의를 원했다.

위스콘신에 갔을때, 공중전화 부스에서 여교환원에게 내가 방문해야 하는 회사 부근의 호텔 전화번호를 물어보게 되었다. 내 억양 때문인지 교환원은 내가 어디 출신인지를 물었다. 내가 어젯밤 프랑스 파리에서 막 도착했다고 하자, 수화기 반대편의 그녀의 반응은 이국의 여행자에게 호감을 느낀다는 것을 바로 알 수 있었다.

"부인과 같이 여행하시나요?" "미국에는 처음 오셨어요?"

개인적인 질문이 이어지자, 나는 일정이 빡빡하다고 사과하며 전화를 끊었다. 25센트 동전을 다시 넣고 대화를 잇고 싶은 마음도 없었다.

'셰보이건 폴 플라스틱' 회사 사장 '빌'을 만났을 때였다. 그가 내 얼굴을 보고 있지 않고 있다는 것을 알아차렸다. 그도 그럴 것이 그 지역을 운전하는 동안 나는 단 한 명의 동양인도 보지 못 했다. 사장이 생소한 내 모습에 거북해하는 것 같았다. 나는 냉랭한 분위기를 깨야 한다는 생각에, 그에게 한 시간 전 교환원과 나눈 대화를 전하며 그녀가 내 억양에 흥미를 느끼더라고 했다.

"그거 참 웃기네!"

의외로 그는 큰소리로 웃으며 금방 내게 마음을 열었다. 내 과거에 관심을 가지며 어디에 머무는지를 물었다. 나중에는 그 지역의 유명한 바비큐 식당으로 나를 초대해, 우리는 거기서 돼지 갈비를 뜯으며 멋진 저녁 식사를 즐겼다. 우리는 밤늦도록 술을 마시며 유쾌한 대화를 즐겼고, 나는 곧 편안한 일상에 빠졌다. 그날 나는 사업에 성공하려면, 기술적 자격도 있어야겠지만 인간적인 면도 중요하다는 것을 깨달았다.

매주 금요일이면 나는 시카고 북서쪽 데스 플레인즈(Des Plaines)에 있는 내 사무실에 들러 방문보고서를 작성했고, 다른 지역에서 온 동료들을 만나고 메모를 점검했다.

여름날 금요일이면 나는 사무실 부근에 있는 위글리 필드(Wigley Field)에서 열리는 시카고 컵스(Chicago Cubs) 야구경기를 관람했다.

늘 소란스럽고 제일 값싼 외야석인 블리처(bleacher)에 앉아 18센트짜리 햄맥주를 즐기며 시카고컵스의 광적인 팬이 되었다. 상대편 우익수가 자리를 잡을 때마다 팬들은 그와 선의의 농담을 주고받았다. 우리는 그에게 소리쳤다.

"야, 호세, 너 오늘 깨끗해 보인다. 어젯 밤 누구랑 잤냐?"

당시 시카고 컵스 야구팀은 최고의 선수들로 구성된 환상적인 팀이었지만, 지역 선수권대회 결승에 진출할 만큼의 실력은 아니었다. 나는 미래 명예의 전당 유격수인 '어니 뱅크스'(Earnie Banks)와 '론 산토'(Ron Santo)가 함께 홈런을 치고 수비하는 것을보았다. 나는 '미스터 컵'으로 알려진 어니 뱅크스가 멋진 스윙으로 홈런을 치고, 천진난만한 미소를 지으며 베이스 도는 것을 보는 것이 즐거웠다. 당시 위글리 필드에는 조명이 없어서, 컵스는 낮에 모든 경기를 소화해야 했고, 다른 팀보다 더블헤더(하루에 2게임)를 많이 했다. 어니 뱅크스는 "오늘 두 게임하자!"라는 특유의 표현으로 더 유명해졌다.

우리는 7이닝 때면 일제히 일어서서 TV 아나운서 해리캐리(Harry Carry)와 함께 노래를 불렀다. 그가 아나운서 부스에서 몸을 내밀고 〈나를 야구장으로 데려가 줘〉를 부르면, 3만명 이상의 관중이 열광하며 따라 부를 때 나도 함께 목소리를 높였다. "하나, 둘, 셋, 스트라이크 너는 아웃!" 그러면 우리는 모두 "헤이! 헤이!"라고 소리지르며 박수를 치고 점프하며 스탠드를 흔들었다.

컵스가 승리한 경기의 하이라이트는 론 산토가 경기장을 떠날 때

제자리뛰기를 하며, 양쪽 발꿈치를 맞부딪치는 것을 보는 일이다. 그러면 특히 우리가 앉은 자리에 있던 사람들은 항상 "우리가 이겼어! 우리가 이겼어!"라고 소리쳤다. 컵스가 해마다 승률은 좋지 않았지만, 어느 팀보다 많은 팬들이 있는 팀이었다. 끈질긴 컵스는 내 스타일의 팀이었고, 앞으로도 늘 그럴 것이다.

Promises_19

강아지 퍼지(Fuzzy)

일은 나에게 도전이었고 나는 도전을 통해 성취감을 얻었다. 열심히 일해서 얻은 혜택만큼 보람도 컸지만, 규희와 아이들은 소중한 내 가족이었다. 그들은 내 삶의 본질이요 진정한 사랑으로, 우리 가족 넷은 하나가 되어 여러 체험을 통해 더욱 단단하게 결속되었다.

1978년 노켐에 근무하는 동안, 나는 일리노이주 시골지역 모리스에서 품질관리연구소를 운영하고 있었다. 그곳은 교통량이 매우 많은 66 도로변(Route 66)에 있는 옥수수밭 옆이었다. 한적한 곳이라 그랬는지, 시카고를 떠나 다른 지역으로 이주하는 사람들이 종종 도로변에 개들을 유기했다. 유감스럽게도 그 일은 자주 일어나서, 유기된 개들은 며칠씩 넓은 옥수수 밭으로 돌아다니다 먹을 것을 찾아 내 연구실로 들어오곤 했다.

어느 무더운 여름날, 열린 연구실 문으로 개 한 마리가 몰래 들어왔는지, 기술자들이 퇴근한 후 나는 연구실 구석에 숨어 있는 개를 보았다. 차마 그 개를 옥수수 밭으로 돌려보낼 수 없어 집으로 데리고 왔다.

집으로 가기 전 우선 개를 집 근처에 있는 수의사에게 데리고 가서 광견병 예방주사를 맞혀야 했다. 당시 8살과 6살이던 제임스와 스티븐은 새 가족이 생기자 매우 기뻐했다. 개의 털에는 들판을 떠돌다 붙은 따끔따끔한 도깨비바늘과 회전초로 뒤범벅이어서, 그걸 완전히 제거하기까지 아이들은 개를 껴안을 수 없었다.

나는 도깨비바늘에 찔리지 않으려고 두꺼운 작업용 장갑을 끼고 그것들을 모두 제거한 다음, 욕조에 따뜻한 물을 받고 샴푸로 개를 말끔히 씻어주었다. 목욕 후 욕조에서 개를 들어 올렸을 때, 우리는 그의 불룩 튀어나온 갈비뼈를 보았다. 들판을 헤매고 다녔다는 것을 알 수 있었다. 마사지를 해주고 털을 잘 솔질한 후, 개에게 부드러운 음식과 따뜻한 우유를 먹였다. 음식을 다 먹자 개는 기력이 소진됐는지 눈도 제대로 뜨지 못 하더니 욕조 옆에서 잠에 빠져 들었다.

다음날 나는 K-마트에서 큰 포대의 사료와 목걸이, 솔, 목줄, 그리고 개과자를 샀다. 개와 이틀을 지내고 나자 스티븐의 눈이 붓고 빨개진 것을 보았다. 알러지 전문의의 처방과 치료에도 불구하고 상태는 더욱 나빠져서 우리는 할 수 없이 새로 맞은 친구를 보내야 했다. 다른 가정으로 입양시키기 위해 그 지역 유기동물 애호협회로 데려가, 기부금과 K-마트에서 산 물품 전부와 함께 그를 내려놓았다.

그로부터 한 달쯤 지나 폭우가 쏟아지던 날이었다. 또 다른 큰 개가 연구실로 들어왔다. 나는 안쓰러운 마음이 들어 쏟아지는 폭우를 뚫고 그 개를 지난 번의 수의사에게 데려갔다. 개가 들어가지 않으려고 뻗대는 바람에 발로 진료실 문을 차고 간신히 안으로 끌어들였다. 주사를 맞힌 후 집으로 데려와, 우리는 전처럼 욕조에서 씻어

주었는데 워낙 몸집이 커서 다루기가 힘들었다. 이번에도 스티븐의 눈이 붓고 빨개져서, 이틀 만에 할 수 없이 그 개도 동물 애호협회로 다시 데려갔다. 내가 다시 가자 데스크 직원은 믿을 수 없었는지, "배 선생님, 개를 무척 좋아하시는가 봐요?" 라고 했다.

이듬해 여름 덥고 습한 어느 날, 솜같이 하얀 털에 온 몸에 검은 점이 박힌 조그만 개가 나를 향해 걸어왔다. 나는 그 개가 너무도 귀여워 집으로 데리고 왔는데, 이번에는 스티븐이 알러지 반응을 보이지 않아서 온 식구가 뛸 듯이 기뻐했다. 아이들은 우리와 식구가 된 그 강아지를 '퍼지'(Fuzzy)라고 불렀다.

제임스와 스티븐은 퍼지와 사랑에 빠졌고, 새 친구와 놀기 위해 학교가 끝나는 즉시 집으로 달려왔다. 사랑과 애정을 불러일으키는 귀염둥이 퍼지는 그렇게 우리의 가족이 됐고, 우리는 퍼지를 사랑했다. 퍼지는 훗날 놀랄 만한, 진짜 깜짝 선물로 우리에게 기쁨을 안겨주었다.

우리는 1주일간 하와이로 휴가를 가며 퍼지를 병극에게 맡겼다. 휴가를 마친 후 우리가 동생의 아파트에 들어가는 꽤 떨어진 문에 도착하자, 어떻게 알았는지 퍼지의 짖는 소리가 요란하게 들렸다. 동생이 문을 열자, 퍼지가 총알처럼 튀어나와 우리 모두에게 안겼다. 퍼지를 진정시키고 거실에 들어갔을 때, 우리는 믿기 어려운 환영 인사를 받았다.

이틀 전 퍼지가 동생의 거실 소파 여기저기에 네 마리 강아지를 출산한 것이다. 새끼를 낳기에 소파가 적당한 곳은 아니었으나 퍼지에게는 그곳이 유일한 장소였을 것이다. 나는 동생에게 감사하며 소파 세탁비를 줬다.

강아지와 지내는 동안, 나는 규희의 자비심 많은 본성을 새롭게 또 발견했다. 내가 개들을 몇 번이나 데려오고 그들이 우리의 삶을 혼란스럽게 했어도, 규희는 불평 한마디 없이 그들에게 사랑을 주었다. 애들과 내가 어떤 눈치도 보지 않고 퍼지에게 사랑을 듬뿍 줄 수 있던 이유이기도 했다.

규희와 아이들도 나만큼 여행을 좋아했다. 세계를 여행하기 전, 우리는 미국부터 둘러 볼 목적으로 3주간 'See the U.S.A.'라는 모토로 미국 여행을 떠나기로 했다. 스테이션 왜건의 옆자리에는 규희가 앉고 애들은 의자를 낮춰 뒷좌석에 앉힌 후, 우리 가족은 역사적 여행의 닻을 올렸다. 미국 중서부와 남부를 통과해 뉴욕으로 간 다음, 북동부를 돌아오다 나이아가라 폭포를 보고 돌아오는 여정이었다.

그 여행은 플로리다, 케이프 카드 케네디우주센터, 씨월드, 코코아비치, 잭슨빌, 워싱턴 DC, 뉴욕, 보스턴 등 여러 지역의 역사, 지리, 풍속, 문화를 보고 배운 즐거운 체험이었다. 우리는 케이프 카드(cape Cod)에서 랍스터를 즐겼고, 웅장한 나이아가라 폭포, 다채로운 북동부 지역의 장관을 감상하며 흡족하게 집으로 돌아왔다. 우리 모두 멋진 나라 미국을 좀 더 알게 된 의미 있는 가족여행이었다.

Promises_20

영업 기술 터득

현장에서의 노력과 실제적인 접근, 그리고 내가 만들어낸 긍정적인 결과들은 곧 노켐의 영업 및 마케팅 부사장 스튜의 관심을 끌었다. 그는 나를 중서부지방 관리자로 승진시켰는데, 그 승진은 앞으로 일어날 일들의 단지 서곡에 불과했다.

중서부 지역 일을 담당한 지 3년 후, 서부지역 영업부장이 사임하자 스튜는 내게 그 지역도 맡아 달라고 요청했다. 나는 갑자기 두 지역을 담당하면서, 서부지역 고객방문을 위해서는 로스앤젤레스에 2주, 중서부지역 고객방문을 위해서는 집에 2주간 교대로 머물기를 6개월 동안이나 이어갔다.

노켐은 연간 약 3억 8천만 kg의 수지를 생산하는 회사로, 14명의 현장 판매원이 영업과 서비스 일을 맡고 있었다. 나는 그 기간 동안 두 지역 16개주에 있는 30명의 고객에게 약 1억 1천만kg의 수지를 팔았다. 6개월 동안 두 지역 관리를 맡긴 후, 스튜는 나를 전국 4개 지사 중 하나인 서부지역 지사장으로 승진시켜 주었다. 그래서 우리는 LA에서 남동쪽으로 약 1시간 정도 떨어진 캘리포니아의 작은 도시 미션 비에호(Mission Viejo, CA)로 이사했다.

서부지사 11개 주에서 영업하면서, 5개의 주요 경쟁사인 듀폰(Du Pond), 다우(Dow), 엑손(Exxon), 유니언카바이드(Union Carbide), USI 그리고 켐플렉스(Chemplex)와 경쟁 중이었다. 여행하고, 다양한 사람들을 만나고, 새로운 것을 경험하니 일은 만족스러웠지만, 규희와 어린 두 아들과 떨어져서 지내는 일은 괴로웠다.

현장 영업 사원으로 일하는 동안, 나는 여러 지역에 가 보고, 각 주의 독특한 문화와 많은 사람을 만났고, 서부의 아름다움과 다양성을 경험하였다. 나는 워싱턴주의 야키마(Yakima)에 있는 쉴드 백(Shield Bag)이라는 회사에 특별한 흥미를 갖게 되었다. 그 이유는 그 회사로 가는 길 '레이니어' 산(Mt. Rainier)의 화이트와 치누크 패스(White and Chinook passes)를 따라 운전하는 즐거움 때문이었다.

나는 산 정상으로 올라가는 중간 지점 개울가에서 휴식을 위해 항상 멈추곤 했는데, 그곳의 고요한 정적과 숨막히는 아름다움은 '장관'이라는 표현에 조금도 부족함이 없었다. 그 지점에 도착할 때마다 하느님과 가까워지는 것처럼 느끼며 내가 받은 모든 축복에 감사하며 기도드리곤 했다.

겨울에는 야키마로 가는 길에 있는 많은 스키슬로프에 들러 스키를 타고 싶었지만, 회사 일 때문에 매번 지나치곤 했다. 내 일시의 즐거움이 회사를 위한 열성보다 중요치 않다고 느꼈다. 또 다른 고객을 만나기 위해 야키마에서 97번 도로를 타고 내려가 만나는 컬럼비아강(Columbia River)을 따라 84번 도로를 운전해 가는 길은 또 가슴 설레는 풍경이었다.

임시 업무로 조지아주 사바나로 가서 조지아 퍼시픽 페이퍼

(Georgia Pacific Paper)를 방문한 적이 있다. 그들의 특별한 요청은 선형저밀도 수지로 우유팩 종이에 적층성형 공정을 개선하는 일이었다. 비행기에서 내리자마자 종이 펄프의 독특한 냄새가 났고, 그 공장으로 가면서 옛 시대의 농가들을 지나갔다. 돌아오는 길에 나는 현지 판매원과 유명한 파이랫드(Pirate) 레스토랑에서 내 생애 최초로 남부의 메기 튀김 요리를 먹었다. 어디선가 〈바람과 함께 사라지다〉 영화의 주인공들이 튀어나올 것만 같았다.

다행히도 내 열성적인 노력 덕분에 계속 실적을 거두었고, 그 결과 나는 노켐의 모회사인 북부천연가스(Northern Natural Gas)의 최우수 직원으로 2년 연속 선정되었다. 6만 명의 직원이 있던 걸 감안하면, 그 영광과 영예는 나는 물론 우리 가족 모두에게 큰 자랑이요 기쁨이었다. 부상은 아내와 함께 카리비안 유람선(Caribbean Cruise)을 타는 것이었지만, 우리는 그 대신 상금 5천 달러를 받고 미션비에호 새집 커튼 설치에 쓰기로했다.

내 영업 솜씨는 고객 중 한 사람이던 일리노이주 오로라(Aurora, Il.)에 북미플라스틱의 설립자이자 소유자인 해리 엥(Harry Engh)의 주목을 받았다. 방문 때마다 그는 자신이 오랫동안 고려해 왔던 서부지역 창업에 대한 나의 제휴 의사를 타진하곤 했다.

"만약 내가 서부로 사업을 확장한다면, 당신이 내 파트너가 되어준다는 조건이 있어야 할 거요."

그의 제안은 20%의 회사 소유권과 신용거래선을 포함해 부사장과 총지배인으로 회사를 경영할 수 있는 온전한 권한이었다. 1978년 나는 해리의 제안을 받아들여, 노켐을 떠나 캘리포니아에 '북미

플라스틱'이라는 새로운 회사를 설립했다. 가능한 한 빨리 생산에 들어가기 위해 분주히 움직이며, LA 남서쪽으로 1시간 정도 떨어진 터스틴(Tustin, CA)에 280평의 창고를 확보했다. 압출성형기 2대와 봉투변환기 3대를 구입하고 18명의 직원을 채용한 후 1주일에 7일 3교대로 24시간 근무를 시작했다.

나는 공장의 일상적인 운영, 즉 유지관리, 운송, 수취, 회계와 인사관리 외에도 서부 해안 도시들을 방문하는 영업 출장을 포함하는 한 사람 쇼 'One Man Show'를 계속했다. 나에겐 쉴 시간이 없었다.

우리 팀 모두의 노력은 결실을 보아 첫해 매출이 백만 달러가 됐고, 그후 매출은 기하급수적으로 상승해 운영 5년째인 1982년에는 판매량이 2천만 달러까지 성장하였으며 2백만 달러 이상의 수익을 창출했다. 그해는 우리 가족에게 매우 생산적이고 행복한 한해였다. 내가 새로운 회사 일로 바쁠 때, 규희는 '새들백커뮤니티' 병원(Saddleback Community Hospital)에서 일했고, 아이들은 '엘토로' 중학교(El Toro Junior-High)에 다니며 모두들 맡은 바 일에 충실했다. 우리는 그야말로 아메리칸 드림의 살아있는 표본이었다.

규희는 일과 아들들을 돌보느라 바쁜 와중에도 불구하고 선교활동의 꿈을 놓지 않았다. 2주간 기독교 선교 수업을 마치더니 1979년 로스앤젤레스 성경선교연구소로부터 선교사 자격증을 받았다. 그리고 미션비에호와 그 주변에 거주하는 여러 한국인 가족을 방문해 기독교 메시지 전달에 소임을 다했다. 나는 하느님을 향한 그녀의 사랑과 헌신에 크게 감명받았다.

마침내 우리는 또 다른 우리의 오랜 꿈을 이뤄보기로 했다. 한국에 계신 어머니를 모시고 와서 함께 사는 일이었다. 20년 전인 1959년, 서울 여의도공항 활주로에서 눈물을 글썽이며 손을 흔들던 어머니에게 작별인사를 끝으로 나는 어머니를 보지 못했다. 나는 내가 사랑하는 어머니가 우리가 함께 살며 행복하기를 원했다.

Promises_21

늘 기도하시는 어머니

어머니는 남을 깊이 배려하는 자비심과 사랑이 넘치는 분이었다. 약혼 후 아버지는 어머니를 기독교 학교인 호스돈 여고로 보내, 기독교를 받아들인 어머니는 그 후 평생을 하느님 사업에 헌신했다. 몸소 예수님의 사랑을 실천하며 힘없고 가난한 자에게 예수의 사랑을 몸소 보여주었다.

어머니는 자식들을 미국으로 보낸 후, 자식들과 살고 싶어 미국으로 오고 싶어했다. 어머니의 꿈은 우리와 살면서 다른 지역에 사는 자식들을 방문하는 것이었다. 우리 형제자매는 모두 결혼해서 나는 캘리포니아에 살고, 첫째와 둘째 아들은 뉴욕에, 딸과 막내 아들은 시카고에 살고 있었다.

자식들과 함께 살기 위해서는 영어를 배우고 미국의 문화와 환경에 적응해야 한다는 것을 어머니는 잘 알고 있었다. 도전을 두려워 않으며 매사에 겁을 먹거나 물러서는 일 없는 용기가 있었기에, 언젠가 미국에 오면 한인 교회에서 전도사로 일할 수 있으리라는 희망을 가지고 있었다.

나는 어머니를 모시기 위해 서울로 나가 어머니가 다니던 정릉장로교회로 갔다. 수십년 소속되었던 교회 여러 단체를 방문해 작별

인사를 드리기 위해서였다. 어머니는 자신이 모집해 직접 가르친 여성 전도사 팀원들에게 개별적으로 작별인사하기를 원했다.

나는 그때 천여 명이나 되는 신도들이 교회에 모여 어머니를 위해 기도하고 이별을 고하는 놀라운 장면을 목격했다. 그중 여러 사람은 눈물을 흘리며 어머니와 포옹하며, 어머니에게 자기들을 떠나지 말아 달라고 간청하는 것을 보았다. 대체 어머니가 지난 20년 동안 무슨 일을 했기에 이토록 많은 사람의 존경과 사랑을 받는지 궁금했다.

어머니가 캘리포니아에 도착해 우리와 함께 지내던 순간부터 우리집은 더욱 건강한 가정이 됐다. 손자들을 위한 기도자이자 치료자였던 어머니는, 아이들이 감기에 걸리거나 아플 때면 기도로 그들을 다시 건강하게 해주었다. 어머니는 우리집에서 차로 1시간 조금 넘어 걸리는 거리에 있는 LA 한인교회에 행복하게 참석했다. 영어와 미국 생활방식 배우는 것을 좋아했던 어머니는 시민권 시험 준비를 위해 미국 역사를 몇 달간 공부했다. 미국의 초기 5명의 대통령과 최근 5명의 대통령 이름, 그리고 당연히 16번째 아브라함 대통령 이름까지 완벽하게 기억했다. 어머니가 시민권 시험을 치르던 날, 나는 이민국 시험 장소에서 어머니가 나오기를 기다렸다. 자신감에 찬 얼굴로 미국 시민다운 화사한 미소를 지으며 나오는 어머니가 나는 자랑스러웠다. 예상대로 어머니는 단번에 시험에 당당히 합격했다.

어느 여름, 우리는 어머니와 함께 북부 캘리포니아의 경치가 빼어난 요세미티(Yosemite) 국립공원에 갔다. 그 여행은 우리 가족 모두에게 애틋하고도 그리운 잊지 못할 추억으로 남았다. 우리는 캠프장 숙소에서 사흘을 머문 후, 북쪽의 더 높은 '화이트 울프' 캠프(White Wolf Camp)로 가서 이틀을 더 지냈다.

우리가 캠프에 도착했을 때, 아이들은 할머니의 코고는 소리 때문에 잠을 못잔다고 하며 별도의 텐트를 요구했다. 결국 나는 텐트 두 개를 빌려 어머니를 한 텐트에서 혼자 주무시게 했다. 그리고는 추운 아침에 어머니를 위해 스토브에 장작을 넣고 불을 지폈다. 그러나 그것이 큰 실수였다.

"도와줘! 살려줘! 얘들아, 살려주라!"

나는 한밤중에 어머니의 외치는 소리에 깜짝 놀라 깨어나 급히 어머니에게 달려가 보니, 텐트 옆면에 긁힌 자국이 보이고 부분적으로 찢겨 있었다. 어머니가 몸을 떨면서 내게 매달렸다. 틀림없이 곰 한 마리가 불빛을 보고 음식을 훔치려 텐트에 들어왔다가 어머니 비명에 도망갔을 것이다. 나는 어머님을 안정시키고 난 후 찢어진 텐트를 수건으로 막고, 난로에 나무를 채운 후 어머님과 함께 잠을 청했다.

다음날 우리가 계곡을 걸어내려갈 때, 어머니는 우리를 장엄한 거목 세콰이어(Sequoia) 나무 아래 모이게 하더니, 우리를 위해 감사와 축복 기도를 해 주었다. 어머니는 엘캐피탄, 신부폭포, 하프돔, 빙하 포인트 그리고 계곡의 다른 장엄한 경치에 깊은 인상을 받았다. 그 때마다 어머니는 자연의 선물과 가족의 건강과 영혼에 감사하며 하느님께 감사 기도를 드렸다. 독립심이 강하고 강인한 어머니의 모습은 늘 우리에게 힘을 주었다.

규희는 병원 일에 바쁘고, 아이들은 공부에 바쁘고, 나는 자주 여행을 하거나 회사에서 밤늦게 귀가하는 일이 잦아지자 어머니는 외로움을 느꼈다. 어머니는 같은 연령대의 한인들이 사는 LA 코리아타운으로 이사하고 싶다고 여러 번 말씀하셨다. 어머니를 코리아타운의 노인 아파트로 옮겨드리자, 어머니는 거기서도 빨리 정착해 많은 친구를 사귀었다. 나는 주말마다 어머니를 방문해 주일예배에 참석하고, 식료품을 사 드리고, 어머니가 좋아하는 식당에 가곤 했다.

어머니는 어디에 살든 자신의 기독교적 가치에 우선을 두고 믿음에 충실했다. 한번은 코리아타운 어머니 아파트의 좁은 길에서 배달차가 어머니를 덮쳤다. 그 충격으로 어머니는 도로로 내동댕이쳐졌고, 손목시계는 터져서 몇 미터 밖으로 날아갔다. 겁을 먹은 운전사가 다리와 팔뚝에 상처를 입고 고통스러워 하는 어머니를 도우러 왔다. 어머니는 운전사에게 침착하게 먼저 교회에 다니는지부터 물었고, 그 청년은 최근 한국에서 왔으며 자신은 기독교인이 아니라고 했다.

"이번 주일부터 교회에 나간다고 약속하면 그냥 보내줄게."

어머니는 이렇게 말씀하시고, 경찰을 부르지 않고 청년을 그대로 보냈다.

어머니는 교회에서 연로한 분들이 크리스마스 연극 신데렐라를 공연한다고 신나게 말씀하셨다. 1979년 석유 파동 당시, 주유소에 긴 줄로 늘어 서있는 차들을 보고 시간을 줄이고자 나는 버스를 타고 어머니에게 갔다. 어머니는 신데렐라 계모역을 맡았다. 교회 맨 앞 자리에 앉았던 나는 다른 연기자들이 대사를 놓쳤을 때, 어머니가 속삭이며 대사를 가르쳐주는 것을 보았다. 대단한 기억력을 가진 어머니의 그런 모습을 보는 것은 그리 놀라운 일이 아니었다. 자주 암송하던 마태복음 5장 1~12절은 물론 긴 성경구절도 보지 않고 암송하던 어머니였다.

연극이 끝났을 때 어머니가 가장 큰 박수를 받았다. 연극이 끝난 후 어머니가 가장 좋아하던 냉면식당으로 가서 축하해 드렸다. 버스를 타고 돌아오는 긴 시간 내내, 내게 지혜롭고 사랑스러운 어머니가 있다는 사실이 얼마나 큰 축복인지 감사하며 행복에 잠겼다. 나는 어머니를 무척 사랑했다.

어머님의 유산

캘리포니아의 북미 플라스틱을 5년간 운영한 후, 내가 오래 꿈꿔왔던 내 개인회사를 설립하기로 결심했다. 해리와의 계약을 성실히 이행했고 우리는 원만하게 만족한 상태에서 헤어졌다. 일단 결정을 하자 거기에 따른 일들이 일사천리로 진행됐다.

1983년, 나는 샌프란시스코만 지역 도시 '헤이워드'에 '트랜스 웨스턴 폴리머스'(Trans Western Polymers)를 설립했다. 그리하여 우리 가족은 근처 도시 댄빌로 이사했다. 우리는 댄빌(Danville) 로 올라가는 길에 코리아타운에 있는 어머니 아파트에 들러 작별 인사를 했다. 어머니는 눈물을 흘리면서 차 옆을 떠나지 않고 서 있었고, 차에 탄 우리 네 명도 모두 함께 울었다. 우리는 계속 손을 흔드는 어머니가 더 이상 보이지 않을 때까지 돌아보며 어머님의 깊은 사랑을 느꼈다.

새 집에 정착한 후 곧바로 어머니를 댄빌로 모셔왔다. 어머니는 신자가 400명이 넘는 '마티네스 콩코드'(Martinez Concord) 한국침례교회에 참석했다. 여느 때처럼 어머니는 교회에서 곧 많은 친구를 사귀고 노인 성경공부반 반장이 됐다. 규희 또한 성가대원으로 봉사한 후 그들의 친목을 도모하고 지휘자를 보필하는 성가대장이 됐다.

1992년, 우리 교회 성가대원들이 한국을 방문하게 됐다. 3천 명 객석 대형 극장인 서울 세종문화회관에서 크리스마스 연례 기독교 성가 합창제가 열렸다. 우리 교회는 미국 전역의 수백 개 한인 교회 중에서 선발되어 대회에 참가하게 됐다. 신자가 만 명이 넘는 대형교회 성가대도 많았고 서울의 저명한 교회를 대표하는 10개 합창단이 참석하는 등 경쟁은 치열했다. 각 합창단은 200명 이상의 단원으로 대규모 악단, 어느 교회는 오케스트라까지 대동하였다. 해외 합창단으로는 우리가 유일했고, 비록 38명이라는 적은 인원이었지만 우리는 용감했다. 남자는 초록색 나비 넥타이를 매고, 여성은 빛나는 같은 초록색의 너른 공단 허리띠로 장식한 하얀 드레스를 입었다.

우리의 인원은 적었지만 은혜롭게 불렀고 상상치 못한 결과는 우리를 놀라게 했다. 우리가 1등이었다. 관객들 모두 일어나 우레와 같은 박수를 치는 가운데, 우승 합창단 감독인 규희에게 꽃다발 증정이 있었다.

경연 마지막은 천 명이 넘는 전체 교회 합창 단원이 무대로 나왔다. 어떤 단원은 커튼 뒤에 서고, 어떤 단원은 관중들 사이를 비집고 들어가 채울 수 있는 자리는 모두 채웠다. 우리 교회 지휘자 민기만 박사의 지휘 아래 헨델의 장엄한 '할렐루야' 합창을 부르면서 경연대회는 막을 내렸다.

그날 밤 팔백 만 도시를 뒤흔든 하느님의 찬양 소리로 대회는 화려하게 마무리됐다. 숨막히도록 감동적인 피날레였다. 나는 규희와 팀원들, 그리고 우리나라 미국을 대표하였다는 사실이 무척 자랑스러웠다. 분명히 어머니의 기도가 함께하고 있다고 느꼈다. 집으로 돌아오는 비행기에서 규희와 나는 어머니가 얼마나 그리웠는지, 어머니가 우리와 함께했다면 얼마나 즐거웠을지 몇 번이고 되풀이했다.

우리의 행복했던 시간은 어머니가 넘어져서 오른쪽 고관절이 부러지면서부터 어두운 그림자를 드리웠다. 사무실에서 차로 2시간 거리에 있는 '피츠버그 헬스센터' 병원의 의사들은 어머니의 부러진 뼈를 보호하기 위해 금속판을 이식했다. 어머니는 회복할 때까지 6주를 병원에 입원했다. 매일 저녁 퇴근 후, 나는 곧장 어머니가 입원한 병원으로 차를 몰았다. 약을 먹고 잠들 때까지 수다를 떨어 드렸다. 일요일이면 근처 공원으로 휠체어를 밀고가 신선한 공기로 기운을 차리도록 하고 정원의 화사한 꽃들의 향기를 맡도록 했다.

집으로 퇴원한 지 2주 후, 어머니는 또 넘어져서 이번에는 왼쪽 고관절이 부러져서 다시 6주 동안 입원해야 했다. 또 다른 금속판이 필요했다. 그 일은 우리 모두를 절망하게 했고, 어머니가 그 과정을 다시 겪어야 한다는 사실은 생각만 해도 가슴 아픈 일이었다. 하지만 그럴 때 일수록 어머니의 드넓고 무한한 품위는 더욱 빛을 발했다. 내가 괴로워하는 것을 본 어머니는 오히려 나를 위로했다. 그것이야말로 어머니 본성에 가장 걸맞는 감동적인 몸짓이었다.

내가 병원에 도착할 때쯤이면 어머니는 이미 저녁 식사를 마친 후였다. 내가 어머니 머리맡에 앉으면, 어머니는 낮에 일어난 일과 재활에 관한 이야기를 했고, 나는 가족 소식과 세상 뉴스를 어머니에게 들려주었다. 그리곤 모자간의 씁쓸하면서도 달콤한 지난 추억을 되새기곤 했다. 전쟁 전 회령의 평화로운 시절을 그리워하고, 매서운 겨울 비참한 전쟁에서 부산으로 피난해 살아남은 우리의 놀라운 적응력에 대해서도 이야기를 나누었다. 아버지 사업이 실패했을 때 힘든 시간을 견뎠던, 악몽의 서울에서의 시간도 되짚어 보았다. 우리는 그때마다 함께 눈물을 흘렸지만, 어머니는 변함없이 낙천적인 분이었기에 늘 밝은 어조로 대화를 마치곤 했다. 내가 병상을 떠날 때면 어머니는 종종 말씀하셨다.

"그때는 행복한 시절이었어. 우리가 했던 것은 사랑뿐이었지."

나는 어머니가 치료를 받는 동안, 오로지 우리 둘만 병원에 있었던 시간이 그 어느 시간보다 소중하게 여겨진다. 그 시간에 나는 내가 얼마나 어머니를 사랑하는지, 얼마나 존경하는지, 얼마나 자랑스러워 하는지 빠짐없이 어머니에 대한 사랑을 마음껏 표현했기 때문이다.

나는 어머니가 아버지를 그리워한다는 것을 알았다. 아버지는 1970년 말에 미국에 와서 우리와 한 달을 머물렀다. 그 후 뉴욕, 뉴저지, 시카고에 있는 당신의 아들딸을 방문하기 위해 여행했다. 우리는 모두 아버지를 따뜻하게 대해 드렸고, 나는 아버지를 디즈니랜드, 씨 월드 등 여러 명소에 모시고 갔다. 우리 형제자매 모두 아버지께 뉴욕과 시카고에서 볼만한 명소들을 관광시켜 드렸지만, 아버지는 그 어떤 좋은 것이 있다 해도 마음에 들어 하지 않았다. 그 어떤 유명 관광지나 경치도 아버지를 미국에 머물도록 붙잡을 수는 없었다. 아버지는 결코 자신의 생각을 굽히지 않는 완고한 분으로, 어떤 좋은 여건이 된다 해도 우리와 함께 살기 위한 미국 이주는 거절했다. 서울로 돌아가기 전 아버지가 내게 말했다.

"말도 통하지 않고 친구도 없고 할 일도 없는 미국에 살고 싶지 않다. 지루하기만 해."

병원에 있는 동안 어머니는, 침대 옆 램프 테이블에 성경을 펴놓고 몇 시간이고 기도했다. 그러한 믿음은 병원에서 3개월을 견디며 육체적 고통과 외로움을 이겨낼 힘을 주었다. 어머니는 종종 이렇게 말했다.

"병준아, 인생이 왜 이렇게 짧지?"

어머니는 딸 정숙이가 있고 40년 동안 권사로 일 했던 정릉교회가 있는 서울로 돌아가고 싶어 했다. 그곳은 어머니의 정신적 고향이었다.

1988년 9월, 나는 어머니와 함께 대한항공 일등석을 타고 서울로 갔다. 영광스러운 귀환은 어머니를 기쁘게 했지만, 한편 규희와 두 손자를 두고 가는 것이 슬퍼서 여행중 내내 어머니는 울음을 그치지 못했다. 어머니는 여동생 정숙과 마지막 2년을 함께 살았다.

어머니는 한국에 나가서도 조용히 사색만 하며 시간을 보내지 않았다. 대신 사랑과 자선의 기독교적 가치를 최대한 실천하며 행동하는 믿음을 보여주었다. 서울에 돌아간 후 10대 소녀 고아를 입양해서, 우리 성씨를 따라 '배경숙'이라고 이름 지은 후 그 아이를 다른 자녀들처럼 사랑했다.

어느 날 오후, 서울에서 흔히 볼 수 있는 온갖 생활필수품과 드레스, 옷, 잡화 등을 파는 이동식 장사 트럭이 아파트 단지 주차장에 온 적이 있었다. 나는 어머니에게 다가오는 겨울에 입을 스웨터와 외투, 그리고 보습 크림을 사도록 돈을 드렸다. 어머니는 스웨터 하나를 골라 들고 핸드백을 열어 계산을 하려는데 지갑이 없었다. 누군가 훔쳐간 것이다.

어머니는 화를 내지 않았고 경찰도 부르지 않았다. 오히려 주차장 가장자리에 있는 벤치에 앉아 지갑을 훔친 도둑의 영혼을 위해 기도했다. 어머니는 나중에 내 여동생에게, "누군가가 돈이 필요해서 나 같은 노인의 돈까지 훔쳐야 할 형편이라면 그 사람이 그 돈을 가지는 것이 마땅하다."고 했다.

내 어머니는 그런 분이셨다. 어머니는 1990년 3월 11일, 심장마비로 세상을 떠나셨다. 어머니가 오래 헌신한 정릉교회에서 우리 가족 전체가 모인 가운데 장례식이 있었다.

교회 신도들 모두 어머니를 안타깝게 애도했다. 3부 예배 전체 성가대원 3백여 명이 어머니가 좋아했던 찬송 〈내 주의 보혈은〉, 〈예수 사랑하심은〉, 〈주안에 있는 나에게〉를 불렀다. 〈우리 다시 만날 때까지〉를 부를 때는 가족 모두 눈물을 흘렸다.

서울 근교 팔당 양수리에 함께 봉사했던 정릉교회 친구들이 있는 언덕에 어머니를 모셨다. 어머니의 안식처는 그리운 고향 회령 쪽을 향하고 있다. 규희와 나는 어머니 무덤 곁에서 두 손을 맞잡고 북녘 땅을 바라보며 눈물을 흘렸다.

묘비에는 이렇게 새겼다.

이윤희는

믿음의 영웅이고

기도의 지도자이며

복음 전파의 용사였다

훗날 내가 서울과 중국, 북한에 자주 들를 때마다, 나는 반드시 어머니 묘소를 찾았다. 싱싱한 꽃을 들고 어머니를 찾으면, 피츠버그 병원에서 치료받을 때처럼 가족이야기, 북한에서 함께 겪은 일, 피난시절, 미국에서의 추억, 그리고 무엇보다 어머니가 가장 좋아하는 마태복음 성경 구절에 대한 이야기를 나누곤 했다.

어머니는 생전에 만난 모든 사람을 아낌없이 사랑했다. 부산으로 피난 가는 내내 강추위로부터 나를 따뜻하게 보호했으며, 좋은 학교에서 교육을 시키시고 미국으로 유학도 보내주었다. 내 북한 지원 활동이 성공하도록 기도로 지지하고 격려했으며, 훗날 내가 영화를 통해 진정한 사랑을 예술적으로 표현하도록 재능도 심어 주셨다. 무엇보다 내게 어머니의 귀한 유산은, 진정한 사랑이 무엇인지 깨달을 수 있는 지혜를 남겨 주셨다는 것이다.

나는 언제나 어머니 무덤 앞에 서면, 어머니의 기도를 따르고, 이웃을 사랑하라는 하느님의 복음 전파를 평생 실천한 어머니를 따르겠다고 약속하곤 한다. 어머니는 하느님의 충직한 딸로 영원히 기억될 것이다. 내 마음속에서 기도로 늘 응원해 주는 어머니가 많이 그립다.

Promises_23

트랜스 웨스턴 폴리머스

1983년에 내가 세운 회사 트랜스 웨스턴 폴리머스는 초창기에는 긴장 상태였다. 하지만 나는 내가 속한 사업체와 작동방법을 잘 알고 있었고, 회사 운영능력에 대한 확신도 있었다. 나는 회사 운영의 목표가 무엇이고 성공하는 길도 알고 있었다. 또한 업계의 신생아로서 경쟁터에 발을 들여놓을 때 안전장치가 없다는 것도 알았다. 하지만 지혜롭게 열심히만 하면 성공할 수 있다는 그동안의 경험에서 나온 자신감은 여전했다.

외부의 신용 지원 없이 회사를 시작한다는 것은 완전히 새로운 영역이었다. 피할 수 없는 난관이 도사리고 있다는 것도 알기에, 기회를 잘 잡아야 하고 경제적으로 긴축해야 했다. 모든 것이 제자리를 잡기까지 기도하며 온전히 매달려야 했다. 나는 새 회사가 성공하지 못하면 우리 아이들의 미래와 더불어 가족의 재정 상태가 위태롭게 될 수도 있다는 것을 알았다. 그럼에도 불구하고 규희와 나는 우리가 남 캘리포니아를 떠나 삶의 새 장을 열 때까지, 하느님께서 지켜 주실 것이라는 믿음과 신뢰는 흔들리지 않았다.

해리와의 제휴를 끝낸 후, 나는 남 캘리포니아에서 그와 갈등을 일으키거나 사업적 충돌을 피하기 위해 샌프란시스코 근처 도시 헤이워드를 선택했다. 업계에서의 나의 명성과 신뢰가 내가 은행과 공급자와 새로운 신용거래선을 구축하는 데 도움이 되었다. 나는 정부 중소기업 대출금과 전 회사 주식을 해리에게 이전하고 얻은 자금, 그리고 저축한 돈 모두를 회수하고, 공장 가동에 필수적인 2대의 압출성형기와 백 변환기 구입에 사용했다. 무엇보다 급한 새로운 고객을 찾는 데 시간이 필요한 이유는, 잠재 고객이 자신의 기존 공급자와 이미 구매 계약 상태였기 때문이었다. 새로 영입한 영업 중개인과 여러 영업장을 방문을 했지만 주문을 받지는 못했다.

나는 캘리포니아 산타로사에 있는 유통업체 '마켓 홀 세일'의 개인 상표 관리자를 직접 방문해 보기로 했다. 밤새 잠을 설친 뒤, 아침 일찍 산타로사로 차를 몰아 회사가 문을 열기 훨씬 전에 도착했다. 주차장에서 기다리던 중, 사장으로 추정되는 나이 든 노인네를 보았다. 그분이 회사로 들어간 후 리셉션 데스크의 여직원에게 회사 사장을 만날 수 있는지 여부를 물었다. 약속한 것은 아니라고 하자 그 직원은 사장 사무실로 다녀오더니 사장이 나를 만나겠다고 한다는 말을 전했다.

내가 주차장에서 본 노인네가 사장이며 그분은 여유롭게 커피를 마시고 있었다. 나는 작은 의자에 앉아 내 자신과 회사 그리고 회사의 제품을 소개하던 중, 나는 나도 모르게 눈물이 터져 나와 당황할 수밖에 없었다. 사장 '단 미첨'은 내가 우는 것을 보자 깜짝 놀랐다. 그리고 내가 어떻게 '트랜스 웨스턴 폴리머스'를 시작하게 되었고, 내가 왜 그를 만나러 왔는지 자세히 물었다. 이야기를 다 들은 후 내 앞으로 걸어온 그가 나를 의자에서 일으켜 세웠다.

"준, 울 필요 없어요. 당신에게 일을 줄게요."

그는 즉시 개인상표 제품 매니저를 부르더니, 나의 회사에 첫 주문을 발주하라고 지시했다. 자신의 '홈 가든' 상표를 비롯해 트럭 한 대 분의 다양한 품목이었다. 그렇게 그는 저명한 전국 공급업체인 '프레스토'로부터 구매를 내게 넘겨주었다.

그날 왜 미첨 씨는 한 번도 본 적이 없는 나를 만나주었을까? 왜 나에게 일을 주었을까? 그 질문은 오래도록 나를 떠나지 않았다. 하지만 나는 믿었다. 그건 오로지 어머니의 기도를 통해 하느님께서 내려 주신 축복으로, 그날 이후 하느님에 대한 나의 믿음은 점점 더 확고해졌다.

Promises_24

사업의 성장

자신이 창업한 회사를 운영하는 일은 걱정과 근심이 떠나지 않는 일이었다. 트랜스 웨스턴 폴리머스가 시작되어 상황이 조금 여유있어지자, 나는 그동안 나를 지탱시켜 주었던 사랑과 믿음, 자신감을 되새기곤 했다.

첫째, 무엇보다 규희의 사랑과 지지였다.

둘째, 어머님의 강한 믿음과 기도였다.

셋째, 우리 공장에서 만들 플라스틱 백을 세계 최고 품질로 만들 거라는 자신감으로, 나는 단지 그 말을 퍼뜨리기만 하면 된다는 것이었다.

나는 어떤 제품의 백이든, 그 강도를 알아보기 위해 엄지손가락으로 늘리기, 구멍 뚫기, 찢기 시험 등을 했다. 하지만 내가 여행한 어느 곳에서도 내 시험을 통과한 백은 없었다. 새벽이 밝아오는 도쿄 긴자의 한 뒷골목에서, 나는 한 노숙자가 쓰레기에서 식품과 술병을 담으려고 들고 다니는 쓰레기 백의 대가로, 100엔을 주고 사서 그 백을 테스트하였다. 덴마크 거리에서 그리고 수천 마일 떨어진 칠리 파타고니아에서 사람들이 호기심 어린 표정으로 보는 가운데, 나는 쓰레기통 백을 테스트하였다.

그 노력의 대가로 내가 만든 백의 품질은 어떤 백보다도 성능이 일관되게 뛰어났다.

수년 간 엑스트루도와 노켐 두 회사에서 배운 원자재의 품질에 대한 노하우와, 가공 후 백의 품질에 대한 나의 확고한 신념이 만든 고집의 결과였다. 우리 상품의 우수한 품질에 대한 소문이 퍼지면서, 판매는 서서히 증가했고 빠른 속도로 사업은 성장했다.

'세이프웨이' 식료품점은 '스프링필드'라는 새로운 브랜드 백을 판매하고 있었다. 그곳의 개인 라벨 구매 매니저가 나와 계약을 했고, 대형 도매업체인 오클랜드의 '유나이티드 그로서스'도 우리 상품을 찾았다. 우리 회사는 1984년 첫해 매출 2백만 달러에서 1987년에는 8백만 달러로 성장했다. 지속적인 수요 충족을 위해 나는 캘리포니아 리버모어에 약 3,400평의 더 큰 시설을 갖춘 새 건물로 이사했다. 하느님의 축복이 또 한 번 내게 내려졌다.

상품을 대량 판매하는 새로운 마케팅 개념을 개척한 소매업체 '프라이스 클럽'(Price Club)이 헤이워드 지역 구매 사무소를 새로 열었다. 그곳을 찾으니 그곳 매니저 '톰 마틴'이 샌디에고에서 조달을 관리하는 중개인 '켄 챔버린'(Ken Chamberlin)에게 연락해 보라고 했다. 나는 샌디에고 공항에서 북쪽으로 10분 거리에 있는 프라이스 클럽 본사 근처 사무실로 그를 만나러 갔다. 켄은 쓰레기 백 산업을 독점한 나의 경쟁자이자 전국 공급자인 프레스토의 대표자였다.

나는 처음 악수할 때부터 켄의 경쾌하고 친절한 성품을 알 수 있었다. 그는 내 제품에 깊은 인상을 받았고, 언젠가는 우리가 주도권을 잡을 것으로 보았다. 그리고 1983년 워싱턴 주 '커클랜드'로 이사해서 '코스트코' 회사를 설립한 프라이스 클럽 창립자 중 한 명인 '짐 시네갈'과 함께 일한 좋은 친구사이였다.

짐과 동업했던 켄은 얼마 후 나를 상품 담당 부사장인 '커트 뉴베리'에게 소개했다. 그 두 사람은 내 공장을 견학하고 공장 운영 방식을 점검하며, 실험실을 비롯해 제반 시설에 전문가 집단의 심도 있는 테스트를 받게 했다. 그후 코스트코는 자사 쓰레기 백 사업을 우리에게 주었고, 그것은 우리 회사의 미래의 청신호가 된 중요 기점이었다. 그것은 코스트코와 우리 회사 양쪽 모두가 기하급수적으로 성장할 시점에 도달한 것을 뜻했다.

Promises_25

코스트코

코스트코는 캘리포니아를 비롯해 미국 동부를 제외한 여러 주와 캐나다, 멕시코 등 전 지역으로 급속히 확장했고, 1990년대 초까지는 동부도 확장할 계획이었다. 나는 코스트코의 사업과 윤리 강령, 판매 전략, 경영 원칙을 되도록 확실히 배우고 싶었다. 설립자이자 CEO인 짐 시네갈(Jim Senegal)은 직원과 고객을 소중히 여기고, 최상의 상품으로 서비스하고 마진을 적게 하여 청렴하기로 이름난 인물이었다. 나는 짐을 시민으로나 사업가로나 위대한 애국자로 여겼다. 코스트코가 짧은 시간 내에 그렇게 빠르게 성장하고 업계 선두주자가 된 것은 놀라운 일이 아니었다.

짐과 그의 팀은 여러 도시 새 코스트코 점포 개업식에 참석했다. 각 점포의 개업식에 나도 매번 참석해서 항상 그들을 봤다. 우리는 출입구 앞에서 자주 만났고, 짐은 "준, 다시 만나서 반가워!"라고 말하곤 했다. 1985년 캘리포니아 '프레즈노'시 개업식 아침, 나는 짐에게 농담을 건넸다.

"짐, 호텔에서 식사를 못해서, 데모 식대에서 먹으러 왔어요."

나는 오전 10시 코스트코가 문을 여는 시간부터 폐점 시간인 오후

8시 30분까지, 우리 회사의 쓰레기 백 '커머셜 스트렌스' 브랜드를 들고 판매장에서 시연해 보였다. 지나가는 코스트코 회원들을 부른 뒤, 백을 잡아당기고 늘리기를 반복하며 백이 강하다는 것을 보여주었다.

"안녕하세요, 부인? 가장 튼튼하고 가장 내구력 좋은 쓰레기 백을 사용해 보셨나요?"

한번은 한 어린 소녀가, 백 안에 자신을 넣고 들어 올릴 수 있는지 내게 도전을 했다. 소녀가 백 안으로 들어가자 소녀 아버지와 내가 백을 들어 올렸고, 백은 꼬마 아가씨를 견뎌냈다.

"여러분, 보세요! 이 백이 나를 지탱했어요. 무엇이든 담을 수 있을 거예요."

자신도 놀란 소녀가 행인을 상대로 직접 판촉을 시작했다. 나는 코스트코 데모 주간에 수천 명의 평범한 시민들을 만났다. 소비자들과의 대화를 통해, 나는 미국인들이 상품 가치를 평가해 구매하는 분별력이 있는 알뜰한 쇼핑객이라는 사실을 알고 한 번 더 놀랐다.

그 후 나의 '커머셜 스트렌스' 개인 상표는 '커클랜드 시그니처'라는 코스트코 개인 상표 브랜드로 바뀌었다. 짐과 코스트코 직원들의 열정은 그들의 상표 이름을 단 제품이 회원들에게 일관되게 최고의 품질을 제공하기를 원했다. 그것이 바로 내가 우리 회사 제품에 제시하는 목표기도 했다.

코스트코 성장과 내 사업의 확장

코스트코 파트너십이 꽃을 피우고 나의 회사 트랜스 웨스턴 플리머스 사업도 확장했다. 나는 곧 미국 동부까지 우리 회사를 확대해야겠다는 생각에 이르렀다. 1990년초 코스트코가 확장하려는 중동부 지역에 코스트코 품질의 제품을 공급할 수 있는 쓰레기 백 제조사가 없다는 것을 알았다.

나는 우선 새 공장 부지를 찾아야 했다. 20년 전 첫 영업 회의 참석을 위해 펜실베이니아의 포코노스를 보고, 고향 회령의 경치가 생각 나서 앞으로 공장을 세운다면 꼭 이 지역에 세우리라고 약속한 것이 생각났다. 펜실베니아주 작은 마을 '타마꼬아'의 대부이며 명예 시장으로 알려진, 동부 지역 나의 영업 중개인이자 절친인 '폴 네스터'에게 한 곳을 제시해 달라고 부탁했다. 그들은 내게 키 큰 소나무들이 꽉 들어찬 약 70 에이커의 토지를 보여주었는데, 나는 풍요로운 그 땅에 발을 들여놓는 순간 또 다시 고향 생각을 했다.

'폴'은 타마꼬아가 완벽한 장소라고 열변을 토하면서, 내가 회사를 그곳에 세우도록 하기 위해 '스퀼킬 카운티' 경제 개발국의 이사들을 초대했고, 그들은 그 지역이 생산 기업계에 좋은 조건들을 소개했다. 당시 코스트코가 동부지역 사업을 우리 회사에 줄 것이라는 징후는 없었다. 그럼에도 불구하고, 나는 일생일대의 기회라 여기며 그곳에 공장 건축을 하기로 했다. 성공하겠다는 의지와 능력, 대담한 자신감으로 계획을 스스로를 믿고 의지한 결심이었다.

언제나 그랬듯이, 규희 또한 다시 한 번 우리의 모든 것과 꿈을 걸고 내 결정을 전적으로 지지했다. 그것이 바로 서로에 대한 우리 사랑의 깊이였다.

1995년 말, 타마꼬아 공장이 완공되었다. 1996년 초 코스트코는 내게 동부와 중서부 사업을 넘겨주었다. 코스트코 동부 지역 담당자는 이날 기업경영자 회의에서 이렇게 말했다.

"자신의 가정의 안정과 자식들의 교육, 그리고 자신의 장래까지 베팅해서, 코스트코 성장에 더 나은 서비스를 제공하기 위해 새로운 제조시설을 만들었다면, 그는 이미 우리 회사 상품을 공급할 자격을 얻은 분입니다."

하느님의 축복으로 위험을 감수했을 때, 그 위험은 그럴 만한 가치가 있는 것으로 판명되었다. 타마꼬아는 오래된 탄광촌으로, 미국 전역의 실업률이 9%를 맴돌던 시절, 그곳은 28% 이상의 높은 실업률을 보이는 열악한 작은 도시였다. 주민의 출신국은 주로 독일과 이탈리아 이민자들로, 그들 중 많은 이들이 일자리가 없어서 힘든 시기를 보내고 있었다. 나는 몇 건의 주문을 받은 후, 6명의 직원에게 현장 교육을 실시했다.

첫 번째 교육이 끝날 무렵, 우리 직원 일행들과 '메리의 집'라는 귀엽게 생긴 할머니가 운영하는 식당에서 첫 크리스마스를 함께 축하했다.

1996년 1월, 트랜스 웨스턴 폴리머스는 코스트코의 주문 생산을 시작했다. 하지만 시작은 쉽지 않았다. 신입사원들이 술에 취해 출근하고, 주차장에서 싸우고, 쉬는 시간에 불법 약물을 복용하고, 훔치고, 출근에 늦고, 최악으로는 근무 교대 시간에 나타나지 않았다.

나는 그들에게 무엇보다 희망을 심어주는 일이 필요하다는 것을 깨달았다. 오랫동안 무력감으로 침체해 있는 그들을 위해서는 인내심과 이해심이 필요한 것도 알았다. 그래서 나는 카운티 경제개발청과 펜실베이니아 지역 노동부에 지원을 요청했다. 두 기관에서 온 사람들은 직원들에게 책임과 권리, 법적 고려 사항, 가족 문제 그리고 동료 직원 및 상사와의 갈등 해결 방법에 대해 몇 주에 걸쳐 교육시켰다.

나는 격주로 타마꼬아 공장에 가서 5일간 머무르며 기술자를 교육하고, 모든 공장 문제를 해결하고, 각 직원과 개별적으로 대화하고 회의를 주재했다. 확장 계획을 계속 추진하며 코스트코 지점 방문도 했다. 거의 6개월이 지난 후에야 비로소 우리는 인적 자원 문제를 해결했다. 나는 열심히 일하는 훌륭한 직원들에게 얼마간의 빛을 주는 역할을 할 수 있다는 사실만으로도 기뻤다. 모든 결과는 믿을 수 없을 정도로 만족스러웠고, 그들은 충성과 감사의 마음을 일로 내게 보답했다.

새 공장으로 가는 여행은 힘들었지만, 새 삶을 찾은 직원들을 보는 내게는 늘 동기부여가 됐다. 아침 6시에 캘리포니아의 사랑하는 가족과 집을 떠나, 6시간 비행기로 그리고 렌트 카를 타고 3시간을 운전했다. 델라웨어(Delaware Water Gap) 강가에 작은 식당에서 간단히 식사를 해결한 후 오후 10시쯤에 페어필드 호텔에 도착했다.

샤워를 하고 침대로 미끄러져 들어가는 순간, 매일 밤 30분 이상 지속되는 쥐가 났다. 경련 완화를 위해 그 지역 아미쉬(Amish) 사람들의 치료제를 사용했는데, 치료에 약15분 정도 걸리긴 했지만 효과는 좋았다. 모텔 침대 가장자리에 앉아 욱신거리는 다리를 고통스럽게 잡고 있는 자신을 보며 종종 나는 자문하곤 했다.

"이 다리는 북한의 작은 마을에서 펜실베이니아 타마꼬아까지 나를 데려온 다리야. 왜 이제 와서 경련이 나는 거야?"

몇 시간 쪽잠을 자고, 나는 객실의 쓴 커피로 잠을 깬 후 오전 7시면 공장에 도착했다. 타임카드 기계가 벽에 걸린 출구로 나오는 약 50명의 야간 근무자들에게 아침 인사를 하기 위해서다.

"일을 잘해 줘서 정말 감사해요."

나는 직원 한 명 한 명에게 다정하고 진심 어린 인사를 건넸다.

"안녕하세요, 배 사장님." "반갑습니다, 배 사장님."

밤일을 했으니 당연히 피곤해 보이는 근무자들이지만, 그들도 부드러운 미소로 나를 맞았다. 그러한 인사는 긴 여행과 내 다리에 쥐나는 것까지 잊게 만들고 가치 있게 여겨져서, 나는 출구 문 옆에 서서 그들이 차를 몰고 떠나는 것을 바라보며 원기를 회복하곤 했다.

사무실로 돌아와 커피를 마시며 눈을 감고, 바쁜 일정에서 겨우 얻은 단 몇 분 동안의 시간을 내서 규희와 아이들을 생각했다. 규희는 내 긴 여행길을 늘 걱정했다. 특히 트럭 교통량이 증가하는 늦은 밤에 좁고 복잡한 도로로 운전하는 것을 불안해했다.

우리는 그런 하이 웨이 드라이브를 함께 많이 해봤기에, 겨울 밤 고속도로 운전이 얼마나 어려운지 잘 알고 있었다. 눈이 내릴 때면 위험해도 대형 트럭을 따라가야 덜 피곤했고 표지판과 도로 상황을 주시하며 운전 내내 정신을 바짝 차려야 했다. 내가 집을 나설 때마다 규희는 하느님이 나를 안전하게 지켜 주시기를 기도했다. 나는 규희에게 최선을 다해 회사를 경영하고, 직원들을 명예롭게 대우하며, 고객에게 최고의 품질의 제품을 공급하겠다고 약속했다. 나는 규희의 존재를 가슴 깊이 느꼈고, 아무리 멀리 있어도 그녀의 기도는 들을 수 있었다.

Promises_27

마침내 이룬 성공

타마꼬아에서의 성공은 하루 아침에 우연히 이루어진 것은 아니었다. 부산에서 담배 팔던 시절의 기억을 떠올리고, 사업에 도움이 되었던 3가지 원칙을 적용하며 20년을 펜실베이니아에서 보냈다. 나는 정직하게 열심히 일했고, 직원들에게 공정했고, 경쟁사보다 더 좋은 제품을 고객에게 제공했다고 자부했다. 어머니의 가르침과 규희의 기도를 따르려 노력한 결과다. 성공은 쉽게 오지 않았지만 노력의 대가는 왔다. 규희는 내가 회사를 설립하고 눈부신 성과를 이루는 동안 변함없는 지지와 사랑으로 내 곁을 굳건히 지켜주었다.

타마꼬아는 코스트코의 새로운 동부지역 사업을 지원하기에는 위치적으로 좋았다.

내가 그곳을 공장부지로 선택한 이유 중 하나는 내가 자란 곳 회령과 풍경이 매우 흡사했기 때문이었다. 나는 그 선택으로 펜실베이니아 주 스퀼킬 카운티에서 만난 정겨운 사람들을 위해 회사를 세워 타마꼬아를 더 나은 지역으로 만들어 볼 생각을 했었다. 훗날 그 결심이 더 없이 옳았다는 것을 절실히 깨달았다. 그 바쁜 시간 중에도 하나님의 축복 가운데 우리 가족은 행복하고, 건강하고, 사랑이 넘쳤고 규희 또한 자신의 자리를 지켰다.

내 사무실 벽에는 다음과 같은 결의문을 걸어 두었다.

“우리 공장을 안전한 장소로 유지하고, 양질의 제품을 효율적으로 생산하고, 공정하게 경쟁하며, 고객들에게 신뢰할 수 있는 서비스를 제공한다면 우리는 성공할 것이다.”

우리 회사는 실직했던 노동자들을 고용하고 교육시켜, 그들이 믿음직스럽고 자신감 넘치는 직원으로 변하는 걸 보았다. 그 다음 우리는 그들에게 공정한 보상을 했고, 그렇게 함으로써 지역 사회에 공헌했다. 어느 한 해는 수입보다 지출이 많았지만, 나는 모든 근로자에게 전년도 이익에 걸맞은 휴가 보너스를 주었다. 그들이 보너스 수표를 받을 때의 행복한 얼굴을 나는 결코 잊을 수 없었다.

직원들과 나와의 관계는 특별했다. 그들은 나를 만나면 반가워했고, 나는 아무리 바빠도 그들과 대화의 시간을 가졌다.

긴 대륙 횡단 비행 후, 뉴욕 공항에서 빌린 차를 타고 타마꼬아까지 서쪽으로 세 시간 동안 펜실베이니아 고속도로를 타고 갈 때는 산이 깊어 라디오 음악을 거의 들을 수 없었다. 이 말을 들은 야간 근무 포장공 ‘잔’은 그가 좋아하는 컨트리 웨스턴 음악을 직접 녹음한 CD를 내게 주었다. 덕분에 뉴욕 공항으로 돌아가는 여정이 지루하지 않았다. 이러한 직원과의 교감은 나를 기분 좋게 했고, 내가 열심히 일한 보람을 느끼며, 활기찬 기업의 창업자로서의 기쁨을 만끽하게 해주었다.

직원들과 서로 가족사진을 공유했는데, 특히 우리 회사 창업 초기에 만나 결혼하고 아기를 낳은 젊은 부부의 결혼사진은 나를 보람있고 즐겁게 했다. 직원들은 내가 작업장이 깨끗하고 안전하기를 원한다는 것을 알기에, 내가 도착하기 전에 반짝반짝 빛날 때까지 시설 전체를 청소했다.

회사는 안정적으로 성장했고, 직원과 그들 가족은 자신의 회사라고 여겨 자발적으로 참여하고 만족하며 행복해한다는 소문이 그 지역 주변에 널리 퍼졌다. 펜실베이니아주 상원의원 '데이비드 아갈'은 코스트코 설립자 '짐 시네갈'에게 다음과 같은 편지를 썼다.

"어느 날, 이상한 이름을 가진 자그마한 남자가 스퀼킬 카운티에 와서, 경제적으로 가장 어려운 시기에 우리 마을을 일하기 좋은 작업장으로 바꾸어 놓았습니다."

»»»»»««««««

우리는 매년 크리스마스 즈음에 안토니노 식당에서 휴일 명절 파티를 성대하게 열었다. 그 지역에서 파티하는 회사는 우리 회사뿐이라 이웃 회사들이 부러워했다. 공장에서 청바지만 입었던 모든 여성 근로자들이 드레스로 갖춰 입고, 일부는 화려한 하이 톱 모자를 쓰고 라이브 밴드에 맞춰 춤을 췄다. 그때마다 규희와 나는 10명씩 앉은 열 테이블 이상을 돌며 악수와 포옹으로 명절 인사를 나누었다.

한번은 파티에서 펜실베이니아주 하원 의원 '제리 노울스'의 연설이 있었다.

"스퀼킬 카운티의 모든 지역 사회는, 미스터 배의 헌신적인 공헌과 이 지역 주민에 대한 그의 사랑에 매우 감사하고 있습니다."

그는 의자로 돌아가면서 감사 표시로 내 어깨를 툭 치며 말했다.

"고마워요! 미스터 배!"

나 역시 고마운 마음으로 그의 칭찬을 감사하게 받았다. 옆에서 내 손을 잡고 있던 규희가 속삭였다.

"준, 난 당신이 정말 자랑스러워."

»»»»»««««««

내가 회사 경영에서 가장 엄격하게 다루는 원칙 중 하나는, 제품 품질의 일관성을 유지해야 한다는 확고한 신념이었다. 그것이 성공에 필수요건이라고 믿었기 때문이었다. 일부 경쟁업체는 모든 제품이 포장의 크기와 무게 조건을 준수해야 한다는 연방 규정을 위반하기도 했다. 하지만 나는 늘 엄격한 기준을 유지했다.

나의 주요 고객들인 회사에는 무게, 규격, 강도를 테스트하는 실험실이 있고, 가정에서 직접 사용해 보는 실험 집단도 있었다. 그 결과, 우리 회사 백이 항상 표준을 초과한다는 보고를 받았다.

성실성과 품질에 대한 나의 명성으로, 나는 '다우 케미컬'과 '유니온 카바이드'라는 두 거대 화학회사 간의 합병 청문회에서 증언을 요청받았다. 두 회사 합병에 플라스틱 제품의 원료인 고성능 폴리에틸렌 수지의 제조 및 마케팅 문제에 이해충돌이 있었냐는 질문이 있었다.

나는 다우에서 옥텐 폴리에틸렌 수지와 유니온 카바이드에서 슈퍼 헥씬 폴리에틸렌 수지를 구매하고 있었다. 우리는 코스트코의 '커클랜드 시그니처' 개인 상표 쓰레기 백을 제조하기 위해 이 두 가지 고성능 수지를 모두 사용 중이었다. 우리의 품질 보증 테스트 결과, 충격, 찢김, 구멍 뚫림 및 표면 마찰의 기계적 속성 측면에서 그 두 가지 수지로 만든 백은 동일했다. 따라서 나는 청문회에서 두 회사 간의 합병이 독점 금지법을 위반하지 않을 것이라고 증언했다.

2001년 2월 6일, 연방 무역위원회는 다우사가 유니언 카바이드와의 합병 제안과 관련된 독점 금지 문제를 해결했다고 보고했다. 이에 따라 다우 케미칼은 유니온 카바이드사를 93억 달러에 인수했고, 그 후로 이 합병은 다우에게 그들의 시장을 확장하고 나중에는 세계 최대의 화학 회사가 될 수 있는 원동력이 되었다.

나는 이 사건을 통해서 원자재 생산자(다우), 제조자(트랜스 웨스턴), 그리고 소매업자(코스트코) 등 3자가 힘을 합쳐, 질 좋고 가치 있는 제품을 대중에게 정당한 가격으로 전달한다는 공통 목표를 추구한다면, 그것은 미국 경제의 최고 모범이 될 것이라 알리고 싶었다. 나는 또한 미국에서 사업하면서 부정직하게 이윤을 남기려고 해서는 안 되고, 성공하려고 욕심을 부려서도 안 되며, 업계에서 앞서려고 경쟁자들을 깎아내려서도 안 된다는 것을 믿었다.

2011년까지 트랜스 웨스턴은, 코스트코에서 추가적인 매출 성장과 BJ's와 같은 신규 고객 확보로 크게 성장했다. 400명 이상의 직원으로 연간 매출 1억 7천 5백만 달러를 매출하는 회사가 되었다.

Promises_28

여행의 즐거움

마크 트웨인(Mark Twain)은 "여행은 편견과 편협 그리고 옹졸함과는 치명적으로 어울리지 않는다."라고 한 적이 있다. 미지의 세계 미국으로 와서, 상상뿐이던 기회를 잡기 위해 편안함을 포기하고 우리는 성공을 위해 열심히 일하며 엄청난 희생을 했다. 꿈을 추구하는 데는 큰 용기가 필요했다. 우리는 서로를 믿기에 주저하지 않았고 미국에 정착한 후 망설임 없이 꿈을 향해 달렸다.

규희와 나는 타고난 여행자다. 나는 회사를 창립하고 미 전국을 뛰어다니며 독특한 여행 경험을 수없이 했다. 내 여행은 편안함과는 거리가 먼 여행이긴 했다. 특히 회사가 성장하고 순조롭게 운영되면서 펜실베니아로 수없이 비행기를 타고 가야 했다. 사랑하는 사람과 헤어지기 싫었고 긴 이별의 시간은 괴로웠다. 간호직과 교회 활동, 그리고 아들들을 돌보는 규희는 펜실베니아 새 공장에 몇 번 다녀간 외에는 여행할 기회가 없었다.

회사가 성장함에 따라 견디기 힘들었던 공백도 사라지면서, 나는 규희와 함께 세상을 보며 새로운 모험을 시작하고 싶었다. 우리는 다시 여행자가 되기로 했다. 펜실베이니아로 가는 긴 비행시간 동안, 나는 규희가 가고 싶어하는 곳을 구상하면서 여행 잡지를 뒤지는 것이 재미있었다. 규희가 세계 어느 곳이든 이국의 사람들의 문화를 배우고 풍경을 즐기기를 원하기에 나는 역사적이고 문화적인 장소들을 골랐다.

미지의 것을 경험할 수 있고 호기심 많은 두 영혼이 만족할 만한 나라들을 가고 싶었다. 우리 노동의 결실을 누리는 시간이었기에, 여행 외에 더 좋은 방법은 생각할 수 없었다. 규희와 내가 함께했던 여행에 대한 나의 추억은 항상 내 마음만 열면 볼 수 있다. 선명하고 활기찬 스냅사진 안에 두 영혼은 빛나는 황금빛으로 결코 퇴색하지 않는다.

우리는 서로에게 완벽한 여행 동반자로서 용감한 길동무였다. 복잡한 어떠한 길 위의 환경에서도 끄떡없이 적응했으며, 둘 다 우리가 본 장소의 사람들과 문화를 배우는 데 온 관심을 쏟았다. 보지 못했던 장소, 만나보지 못했던 사람들을 찾아 다니는 것이 우리에게는 무척 신나는 일이었다. 여행은 더할 나위 없이 우리를 행복하게 했다.

Promises_29

세계를 탐험하며

1986년 우리의 첫 번째 여행은 오스트리아와 스위스 여행이었다. 오페라는 물론, 웅장하고 역사가 풍부한 쇤브룬 궁정과 모짜르트 동상을 보며 비엔나 초콜릿과 리즐린 포도주를 즐겼다.

1989년에는 아일랜드로 갔다. 당시 아일랜드 경제는 바닥을 쳤고 실업률은 높았지만 사람들은 밝았고 우호적이었다. 이슬비 내리는 흐린 어느 날, '섀논' 공항에서 렌트 차를 빌린 후 내가 도전할 일은 도로 왼쪽에서 운전해야 한다는 것이었다. 특히 아일랜드의 좁은 시골길에서, 그들이 라운다바웃이라고 부르는 둥근 수많은 교차로를 운행할 때면 더욱 그랬다. 일단 내가 그것에 익숙해져야 이 아름다운 나라 여행을 만끽하며 즐길 것이라는 생각이 들었다.

'카운티 클레어'(County Claire)의 '드로모랜드' 캐슬(Dromoland Castle)에서의 첫날 밤, 나는 정장에 넥타이를 매고 규희는 멋진 드레스를 차려 입고 식당에 도착했다. 그곳에서 우리는 아일랜드 드레스를 입은 한 여성의 하프 연주를 들었다. 여종업원이 아이리시 위스키 한 잔을 앞에 놓으려고 내 어깨에 기대자, 내 눈앞에 두 개의 산 같은 거대한 젖가슴이 보였다. 규희가 웃지 않으려고 안간힘을 쓰는 걸 보았다.

우리는 아일랜드에서 많은 것을 보며 마법 같은 분위기에 취했다. 킬라니 국립공원에서는 '블라니 스톤'에 키스하고, '코크' 근처의 '아헨스'라는 작은 해변 식당에서 점심을 먹었다. 큰 접시에 여러 종류의 조개와 그 지역 바다 생선이 풍성한 생전 처음 맛보는 기가 막힌 요리였다.

규희는 걸어가면서 손을 드는 10대 히치하이커 소녀들을 위해, 내게 차를 세워 달라고 했다. 우리는 그들을 태운 뒤 다정한 대화를 즐겼고, 대부분의 소녀들은 우리에게 미국으로 이민 가고 싶다고 했다. 규희와 소녀들은 "오, 대니 보이"를 함께 불렀고, 나는 멋진 합창이 차 안을 가득 채운 초록색 아일랜드 시골길 드라이브를 즐겼다.

»»»»»«««««

나는 3년마다 정기적으로 독일 '뒤셀도르프'에서 7일간 열리는 세계적 플라스틱 산업 국제 무역 박람회인 K-Show에 참석했다. 우리 회사도 새로운 산업 기술 발전을 따라야 한다고 믿었기 때문이다. 그곳이 유럽의 중심이라는 장점을 이용해 규희와 나는 여러 유럽 국가를 여행했다.

규희는 처음 시카고에 도착한 후 클래식 기타를 배웠다. 교회에서 공연도 하고 지역 대학에서 콘서트를 열 정도로 실력이 있었다. 규희는 스페인의 음악과 로맨틱한 그곳 사람들의 열정에 흥미를 느낀다고 자주 말했다.

1991년 K-Show에 참석 후 우리는 스페인을 찾았다. 세계적으로 유명한 마드리드 국립 '프라도' 박물관부터 둘러본 후, 세고비아, 톨레도, 코르도바, 카모나(세빌), 알함브라(그라나다)에 있는 '파라도레스' 호텔에 묵었다. 코르도바에서는 모스크 성당을 방문했고, 세빌에서는 에스파냐 광장에서 야외 산책을 즐겼다.

그날 저녁 늦게, 우리는 작은 공연장에서 젊은 기타리스트가 아랑페즈 협주곡을 연주하는 것을 들었다. 그라나다에서는 붉은 궁전인 알함브라 궁전과 무어 군주들의 요새를 감동스럽게 둘러보았다.

카모나에서는 모든 것이 흥미로워서 눈을 반짝이며 열중하다 보니, 우리는 그만 길을 잃고 말았다. 높은 돌담으로 둘러싸인 카모나의 좁은 길에서 호텔로 가는 이정표가 보이지 않았다. 그때 마침 한 중년 여성이 아기를 업고 어린 소녀의 손을 잡고 걸어가는 게 보였다. 우리가 길을 잃었다는 뜻을 손짓으로 보여주자, 그 여자가 따라오라고 손짓했다. 나는 소녀의 손을 잡고 규희는 여자의 손을 잡고 상당히 떨어진 우리 호텔까지 함께 걸었다. 그러고 나서 그 여자와 아이는 우리가 출발했던 곳으로 다시 먼 길을 돌아갔다. 우리는 헤어지기 전 서로 껴안고 몇 번이고 작별 인사를 하느라 시간이 오래 걸렸다. 그 소녀는 "아디오스! 아디오스!"를 반복했다.

우리는 포르투갈로 일정에 없던 여행을 갔다. 우리는 작은 마을 파티마, 바따용, 오비도스를 지나 해안 도로를 운전했고 프라카

(Praca)라는 포르투칼의 유명한 소시지를 가판대에서 맛보았다.

저녁 늦게 리스본에 있는 유명한 카페에서 저녁을 먹고, 독특한 포르투갈 음악인 '파두(fado)'를 들었다. 심오하고 우울한 그 소리의 특색은 한 번도 느껴보지 못 한 감흥을 주었다. 노래의 뜻은 알지 못했지만, 가수의 얼굴과 몸의 표현을 보면서 한국의 창처럼 깊은 한의 감정을 느낄 수 있었다.

»»»»»«««««

규희가 선택한 다음 목적지는 남미였다. 칠레의 산티아고를 떠나 긴 여행 끝에 우리는 '푸에르토 몽트'에 도착했다. 먼저 시차 적응을 위해 해산물 시장으로 향했고, 그곳에서 친절한 어부가 조개류, 굴, 성게의 껍데기 까는 것을 보았다. 성게는 내가 가장 좋아하는 해산물로 규희는 내가 성게를 마파람에 게 눈 감추듯 먹는 것을 보며 미소지었다. 어부도 그런 식으로 성게를 삼키는 사람을 본 적이 없다는 듯 웃으며 손을 내둘렀다. 시장 사람들은 친절했고 돈을 주려고 해도 사양하며 받지 않았다.

우리는 눈 덮인 산과 수정처럼 맑고 푸른 '토도스 로스 산토스' 호수를 지나 정글을 걸어 통과한 다음, 칠레 언덕에 '아디오스!'라고 작별인사를 하고 돌아서서는 눈 덮인 아르헨티나 땅을 밟으며 '비엔베니 도!'라 환영 인사를 했다.

우리는 버스로 아름다운 녹색 호숫가에 자리 잡은 '싸오싸오' 호텔에 도착했다. 아르헨티나의 '바릴로체'의 웅장한 폭포로 가는 배를 탔고, 거기서 잠시 비행기를 탄 후 아르헨티나와 브라질에 걸쳐 있는 세계에서 가장 아름다운 '이과수' 폭포로 갔다. 천둥소리를 내는 거대한 이과수 아래 아르헨티나 쪽에서 모터보트를 탔다. 다음날 우리는 브라질 쪽에서 폭포의 가장자리를 걸었다. 이과수는 우리가 본 그 어떤 폭포보다도 웅장했다. 폭포수 아래 배 안에서 비옷에서 물이 뚝뚝 떨어지는 가운데, 규희가 내게 말했다.

"인간은 이렇게 장엄한 경이로움을 만들어낼 수는 없겠지? 우리가 여행을 좋아하는 이유가 바로 이런 순간이고, 당신과 함께 이렇게 자연을 즐기는 순간들을 영원히 함께할 수 있기 때문이에요."

그날 밤 호텔 메인 라운지에 앉아 현지 백포도주 토론테스를 마시며, 규희가 젊고 잘생긴 아르헨티나 댄서와 '포르 우나 카베자'에 맞춰 탱고를 추는 모습을 지켜봤다. 나도 아르헨티나 사람처럼 춤을 출 수 있었으면 했다.

우리는 아르헨티나의 '부에노스 아이리스'에서 브라질의 '리우 데 자네이루'까지 비행기를 탔다. 그날 오후, 나는 리우데자네이루에 있는 코파카바나 호텔의 분주한 로비에 앉아 규희가 방에서 내려오기를 기다리고 있었다.

우리가 방문 시기를 일부러 클린턴 대통령의 방문 시기와 일치하도록 한 것은 절대 아니었다. 두 대의 엘리베이터 문이 동시에 열리자, 한 대에서는 규희가 나오고 다른 한 대에서 클린턴 대통령이 나왔다. 낯익은 얼굴을 보자 규희는 그가 클린턴이라는 것을 바로 알아차렸다. 그녀는 마치 "지금 내가 보고 있는 사람이 그 사람인가요?"라 말하는 것처럼 나를 돌아보았다. 규희는 클린턴을 보며 큰 소리로 말했다.

"안녕하세요, 대통령님, 어떻게 지내세요? 리우에 무슨 일로 오셨나요?"

클린턴 대통령은 특유의 능란한 미소를 지으며 친절하게 답했다.

"잘 지내고 있습니다. 국제 회의 참석차 왔습니다."

대통령은 기자들과 비밀 경호원들의 경호 아래, 키 크고 초콜릿 피부를 가진 아름다운 리오 여인들이 태양 아래 춤추고 배구하는 유명한 코파카바나 해변을 향해 걸어갔다. 우리는 '리우 데 자네이루'를 세계에서 가장 아름다운 도시라고 생각했다.

»»»»»««««««

중동에서의 끝없는 분쟁은 오랫동안 내 호기심을 자극했다. 나는 기독교도와 이슬람교도에 대해 읽었던 책들의 근원을 규희와 함께 직접 찾아보기로 했다. 우리는 용감한 한 쌍이었다.

1994년 우리는 '아랍 에미리트 연합', '오만', '시리아', '요르단'과 '레바논'으로 향했다. 사막을 여행하며 시리아와 요르단 국경에 있는 '바그다드 카페 66'에서 진한 커피를 마시고, 시리아에서는 '팔 미라'의 '벨사원' 계단을 올라갔다. '크락 데 쉬발리에'의 성 꼭대기에서 사막의 공기를 마시며, '살라딘'의 전사들이 요새를 선회하는 모습을 상상했다.

요르단의 역사적 고고학적 유적지이자 세계 7대 불가사의 중 하나인 '페트라'에서 우리는 낙타를 타지 않고 사원까지 걷는 길을 택했다. 거기서 석회암 계곡 구석구석을 조용히 감상하며 싱그러운 바람을 느낄 수 있었다. 우리는 양고기, 염소고기, 닭고기와 채소를 섞어 구운 '베드인'의 전통 점심인 '자르브'를 먹고, 돌아오는 길에 한 소년이 조약돌을 팔고 있는 길가에 멈춰 섰다.

나는 낙타 털을 손질하는 가이드 '램지'와 이야기를 나누던 중 주위를 둘러보니, 규희가 소년의 돌을 전부 사서 가방에 넣고 있는 게 보였다. 출발을 위해 낙타 마차에 도착했을 때, 규희는 그 돌 자루를 운전사에게 주면서 그 소년이 다시 팔 수 있도록 돌려주라고 했다.

»»»»»«««««

1995년에는 '잠비아', '짐바브웨', '보츠와나' 그리고 남아프리카를 여행했다. 우리가 가장 좋아하는 TV 프로그램인 '내셔널 지오그래픽', '네이처' 그리고 '동물의 왕국'에서 영감을 받았다. 나는 일찍이 규희에게 말했다.

"우리의 걸음이 느려지고 황혼 여행이 더 어려워지기 전에, 끝없는 평원 '세렝게티' 동물들을 보러 가는 게 어때?"

우리는 하늘을 향해 오르는 불안개에 젖지 않도록 비옷을 입고, '빅토리아 폭포'의 가장자리에 서 있었다. 그곳 리빙스턴 섬에서 석양을 바라보며 샴페인을 마셨다.

»»»»»«««««

남아프리카 공화국에서는 넬슨 만델라가 27년 중 18년이나 수감됐던 최고의 보안 감옥을 둘러보기로 했다. '케이프타운'에서 배를 타고 30분 거리에 있는 돌섬 '로빈' 섬을 방문했다. 6명의 80대 자원봉사 안내원들은 모두 '넬슨 만델라'와 함께 대학에 다녔고, 원주민 흑인들의 권리를 박탈해온 남아프리카 공화국의 인종차별 정책인 '아파르트 헤이트'를 끝내기 위해 오래 싸웠다고 했다. 안내원이 한 장소에서 만델라 주교가 어떻게 고문을 당했는지를 설명하며 눈물을 흘리는 것을 보았다.

"당신은 그 이야기를 하면서 매번 이렇게 울어요?"

내가 물었다.

그는 하루에 한 번, 일주일에 여섯 번 8년을 안내했는데 그때마다 운다고 했다. 그들이 자유를 위해 치른 대가를 생각하며, 우리도 깊은 슬픔에 빠져 눈물을 흘렸다.

»»»»»«««««

칠레의 '파타고니아'에 관한 TV 다큐멘터리는 우리에게 깊은 인상을 남겼다. 1996년 파타고니아로 가서 그곳의 놀라운 풍경과 자연을 직접 경험하기로 했다.

긴 비행 후, 우리는 파타고니아의 남단 부근의 항구도시 '푼타 아레나스'에 도착했다. 그곳에서 과나코, 퓨마, 라마와 같은 동물들이 사는 '토레스 델 파이네' 국립공원을 향해 길고 울퉁불퉁한 길을 버스를 타고 갔다. 그 공원은 높은 산, 푸른 호수, 빙하, 팜파스와 초원으로 잘 알려져 있었다.

우뚝 서있는 돌산들, 그런 원시 자연환경에서, 우리는 위압적인 산에서 하이킹을 하며 5 마일 오솔길을 따라 반나절이나 걸었다. 그 후에는 배를 타고 밤에 베글 해협을 유람하며 색색의 조명으로 반사되는 빙하의 거리를 보았다.

이어서 우리는 조디악을 타고 남미 대륙에서 가장 낮은 지점인 '케이프 혼'에 갔다. 그곳에서 놀랍게도 몇 년 전 남아프리카의 가장 낮은 지점인 '케이프 포인트' 근처에서 보았던 똑같이 생긴 작은 펭귄들에게 인사했다. 우리는 남미와 남아프리카의 최남단 두 곳까지 이 멋진 지구를 여행하고 탐험할 수 있었다.

»»»»«««««

1997년 '시칠리아'에서는, '시라쿠사'에서 '아그리젠토'까지 차를 타고 가다가 작은 마을 '피아차 아르메리나'에 들러 포도주 한 잔을 마셨다. 12월의 하루는 맑고 따뜻했다. 우리는 마을 노인 두어 명이 앉아 있는 작은 테이블 옆에 앉았다. 뜻밖에도 결혼식 행렬이 지나갔다.

그 광경은 〈대부〉에 나오는, '마이클 콜리오네'(Michael Corleone)가 시칠리아 소녀 '아폴로니아'(Apollonia)와 결혼했을 때인 바로 그 장면과 같았다. 신랑은 흰색 '부토니에르'가 그려진 검은색 정장을 입었고, 부케를 든 신부는 아름다운 흰색 웨딩드레스를 입었다. 수십 명의 가족과 친구들이 트럼펫 소리에 보조를 맞추어 신랑 신부를 따라가고 있었다. 나는 포도주 한 모금을 더 마신 후, 규희를 바라보며 손을 꼭 잡았다.

"우리 다시 결혼합시다."

"좋아요!"

규희는 내가 처음 청혼했을 때처럼 고개를 끄덕였다. 우리를 향한 시칠리아 노인들의 미소는 마치 우리에게 "축하합니다!"라고 하는 것 같았다. 우리는 미시간 호수가 내려다보이는 시카고의 '탑 오브 더 락'에 와 있는 느낌이었다. 마치 시간이 정지한 것 같았다.

1989년 9월, 우리는 결혼 25주년 기념일에 캘리포니아주 '샌 라몬 매리어트' 호텔 그랜드 볼 룸에서 두 번째 결혼식을 올렸다. 아들인 제임스와 스티븐은 2백 명이 넘는 손님들 앞에서 우리를 놀렸고, 하객들 모두 "키스! 키스!!"라고 외치며 박수를 쳤다. 우리가 춤을 출 때 규희는 새 웨딩드레스를 보며 나를 쳐다보았다.

"준, 나는 너무 행복해. 새 옷을 입었어. 첫 결혼식에서도 내가 너무 행복했었다는 것을 알아줬으면 해."

나는 규희 귀에 대고 속삭였다.

"50주년에는 하와이 '카와이' 섬에 있는 고사리 동굴에서 다시 하면 어떨까?"

규희는 다시 한 번 고개를 끄덕이며 행복한 미소를 지었다.

»»»»»«««««

1999년, 우리는 이집트 '기자'에서 오페라 '아이다'를 관람하고 '나일' 유람선으로 '카이로'를 체험했고, '럭서르', '아스완 댐', '아부 심벨' 등을 관광했다. 시원한 저녁 공기 속 피라미드 그늘에서 공연한 베르디의 걸작 〈아이다〉는 웅장했다. 이탈리아 오페라단이 이집트의 특수부대 천 여 명을 엑스트라로 투입한 이 공연은 완벽에 가까웠다.

아이다는 이집트의 젊은 전사 '라다메스'와 노예로 이집트에 잡혀 감금된 에티오피아 공주 '아이다'의 금지된 사랑을 노래한 오페라다. 이집트와 에티오피아 전쟁을 배경으로 한 비탄과 배신에 관한 이야기로, 그것은 금지된 사랑에 대한 시대를 초월한 이야기이기도 하다.

다음 날 이른 아침, 규희와 나는 매우 키가 큰 두 마리의 낙타를 탔는데 규희가 탄 낙타는 '로자'라는 이름의 암컷이었다. 낙타를 탄다는 것 그 자체가 특별한 경험이다. 낙타는 앞다리를 이용해 앉은 자세에서 일어서는데, 일어설 때 탄 사람은 먼저 덜컹거리면서 뒤로 젖혀진다. 그 다음 낙타의 뒷다리가 일어서면서 같은 힘으로 앞으로 숙여지기에 튕겨 나가지 않도록 안장을 단단히 잡고 있어야 한다. 일어나는 것에 성공하면, 타고 가는 길은 마치 비단처럼 부드럽다.

일단 낙타가 일어나서 움직이자, 우리의 낙타 타기는 잊을 수 없는 장엄한 경험이 되었다. 잠시 후 우리 둘은 하나가 되어 우아하게 피라미드로 다가갔다. 피라미드에 가까워지자 규희는 손을 뻗어 내 손을 잡아 팔을 들어 올리며 세상이 다 들을 수 있을 만큼 큰 소리로 외쳤다.

"준, 당신은 나의 영원한 사랑이야. 시간이 멈추고 이 순간이 영원히 지속되기를 바라요."

나도 그녀에게 사랑의 눈빛으로 답하며 그녀와 약속했다.

"규희야, 우리 사랑은 영원할 거야!"

Promises_30

나의 두 아들

몇 년 후, 우리는 규희가 예전부터 간절히 원했던 가족휴가를 떠났다. 제임스와 스티븐은 뉴욕시에 있는 뉴욕대학교와 컬럼비아대학교에 다니고 있었다. 우리는 그들과 함께 할 수 있는 시간에 맞춰 멕시코 '유카탄' 반도에 있는 카리브해 해변 휴양지 '칸쿤'으로 갔다.

둘째 날, 두 아들과 나는 호텔 수영장에서 한 시간 동안 스쿠버 다이빙 수업을 받고 보트에 올랐다. 배를 타고 30분 동안 이동한 후, 검고 깊은 바다에 뛰어들어 10m까지 내려갔다. 바다 속 모래바닥에 앉아 있는데 내 마스크가 새기 시작했다. 나는 급히 수면 위로 헤엄쳐 올라갔는데, 놀랍게도 제임스가 벌써 갑판 의자에 앉아 있는 것이 보였다. 그는 어두운 바다 속이 불안하다고 했다.

반면에 스티븐은 오랫동안 물속에서 즐기며 올림픽 선수처럼 수영을 하고 비디오를 찍었다. 그날 오후 스티븐은 칸쿤 앞바다에서 다이빙으로 바다 속 세계를 탐험하며, 마치 다이빙 선수가 된 듯 평생에 할 도전과 모험을 전부 만끽하는 듯했다.

제임스는 창조적이고 호기심이 많은 예술가 타입이다. 어렸을 때 규희가 그 애를 바이올린 학교에 등록시켰는데 단번에 음악에 관심과 탁월한 재능을 보였다. 제임스는 고등학교때 작은 록밴드를 결성해서 동네 피자집에서 소리치며 팔팔거리는 여학생들 앞에서 엘비스 스타일로 노래하며 기타 연주를 했다.

제임스는 샌디에이고 주립대학교 경제학과를 졸업하고 회계법인에 잠시 근무했지만, 그의 마음은 거기에 없었다. 예술이 그를 불렀다. 어느 날 그는 내게 영화 연출 공부를 위해 뉴욕 컬럼비아대학교에 가도 되겠느냐고 물었다. 젊은 시절 부산에서 시작된 영화에 대한 나의 관심과 배우고 싶던 내 자신의 욕구가 생각났다.

나는 그들이 자신의 열정을 추구하기를 원했다. 스티븐에게 그랬던 것처럼 제임스에게도 금세 원하는 것을 할 수 있도록 축복해 주었다.

제임스는 연출학 석사학위를 받고 졸업했다. 그는 공상과학 러브스토리인 '퍼즐헤드'를 위한 기발하고 창의적인 대본을 썼고, 그 후 장편 영화를 제작하고 감독했다. 퍼즐헤드는 2005년 이탈리아 '트리에스테'에서 열린 공상과학 영화제에서 최우수 장편 영화상과 '오스틴 판타스틱' 영화제에서 심사위원상을 수상했다.

제임스는 뉴욕의 '트라이베카' 영화제를 포함한 여러 영화 경쟁 부문에 출품했다.

뉴욕 영화제에서는 상영이 끝나 불이 켜진 후 열렬한 박수를 받았다. 질의응답 시간이 되자 제임스는 아시아계 미국인으로서 영화를 만드는 도전과 극복에 대해 이야기했다. 그리고 아버님의 지원에 감사하다는 말도 덧붙였다. 그날 밤 내게는 제임스가 맨해튼에서 가장 훌륭한 청년처럼 여겨졌다. 인정받은 사람은 제임스지만, 어쩐지 그 명예는 나에게 온 것 같았다. 이 영화는 배급사에 팔렸고 여러 해 동안 넷플릭스에서 방영되었다.

제임스는 뉴욕대학(NYU) 법학과를 다니던 '애니'와 결혼해서, 세 명의 잘생긴 아이스하키 선수 루크(17세), 조나(15세), 에런(13세)을 두고 있다. 제임스는 계속 각본을 쓰고 다큐멘터리 영화를 제작하며, 기타 연주 등 음악을 하고 노래로 연결된 지역 모임과 작은 밴드 지휘에 열정을 다하고 있다.

스티븐은 매우 사적이고 동기부여가 강한 청년이다. 남캘리포니아 대학에 다니다 2학년 때 예술에 끌려, 그 분야에 선택 받은 소수만이 입학 가능한 뉴욕대학의 '티쉬' 예술학교로 옮겨 연출을 공부했다. 영화감독이 되고 싶은 두 청년의 열망은 영화에 대한 나의 DNA 에서 유래한 것은 아닐까 짐작만 할 뿐이나, 이유야 어쨌든 그것은 매우 특별한 축복으로 생각된다.

스티븐은 뉴욕대학을 졸업하고, 2001년 9월 11일 세계무역센터에서 두 블록 떨어진 아파트에서 살았다. 그날 그는 화재, 인도를 강타하는 건물 조각들, 먼지구름, 소방차와 구급차의 사이렌 소리, 무엇보다 고층 빌딩에서 떨어지는 사람들의 끔찍한 비명을 포함한

911의 참상을 비디오로 찍었다. 그는 그날의 외적 충격에서 살아남긴 했지만, 시에서 건강문제로 다시 아파트로 돌아가는 것을 금지시켰다. 캘리포니아로 이주한 그는 뉴욕 합기도 무술 스튜디오에서 만났던 '제니퍼'와 결혼했다.

스티븐은 트랜스 웨스턴의 사장으로 12년 넘게 나를 도와 일했다. 현재 자신의 투자 사업을 운영하고 있는 스티븐에게는 챔피언 토론자며, 챔피언 고등학교 수영, 조정 선수로 키가 6 피트에 17세가 된 아들 '이안'이 있다.

2000년에 스티븐과 나는 케냐와 탄자니아로 사파리를 떠났다. 우리는 사자가 물소를 죽이고, 어미 치타가 새끼를 돌보는 것을, '세렌게티' 위를 나르는 열기구에서 내려다보았다. 세상에서 가장 아름다운 새의 여왕 공작은 한때 '윌리엄 홀든'이 소유했던 '케냐 사파리 클럽'에서 우리를 맞이했다. 노래와 춤을 추며 우리를 마중 나온 '마사이 마라' 족장과 부족들과 악수하며 그들의 사는 집과 마을을 구경하였다. 그리고 헤밍웨이가 그랬던 것처럼 시원한 오후에 킬리만자로 산 아래서 현지에서 생산한 포도주를 마셨다.

내가 본 코끼리 중 가장 거대한 코끼리가 우리가 타고 있던 지프로 돌진해 왔다. 새끼를 뒤에 두고 울부짖으며 우리를 향해 달려든 코끼리가, 우리와 불과 몇 미터 떨어진 곳에 멈춰 서더니, 날카로운 소리를 내며 앞발 두 개를 높이 쳐들었다. 순간 나는 정신이 아찔해졌다.

코끼리는 자신의 몸통을 꼬리로 치며 머리를 세차게 흔든 후에야 떠나 자기 새끼에게 갔다. 겁먹은 가이드 맥스가 웅크리고 있는 모습을 보면서, 코끼리의 그런 맹렬한 공격은 드물다는 것을 알았다. 맥스는 우리에게 엄마 코끼리가 새끼를 보호하기 위해서 그러는 것이라고 설명해 주었다. 생각만 해도 아찔한 경험으로, 스티븐은 훗날 그 사건이 그의 인생 중 가장 무서운 경험이었다고 말했다.

아들과 단 둘이 가진 아프리카 사파리의 추억은 아직도 내 기억에 생생하게 남아있다.

북한의 고향 돕기

Part 04

더 높은 소명 - 가장 적절한 선물

1997년 1월 초 어느 날 오후, 고속도로를 타고 집으로 가던 중 갑작스레 폭우가 쏟아졌다. 차들이 속도를 줄이다가 멈춰 서서 비가 그치기를 기다리고 있었다. 나는 자동차 와이퍼가 유리창을 빠르게 움직이는 것을 바라보며, 라디오 방송에서 흘러나오는 뉴스를 들었다. 지난 한 해 동안 10만 명의 북한 아이들이 기아로 죽었다는 뉴스였다.

그 순간 나는 큰 충격을 받았다. 가뭄때문에 그 많은 아이들이 죽었다는 것이 믿기 어렵고, 그 숫자 또한 도저히 감이 잡히지 않았다. 북조선은 수년간 계속되는 가뭄으로 농작물 수확이 사상 최악이라는 보도가 있었다. 그 이유 중 하나는 러시아의 경제 붕괴로 북조선 독립 이후 처음으로 원유, 천연가스, 비료 등을 공급받지 못했다고 한다.

게다가 주체사상에 따라 수십 년을 홀로 서 있던 북조선이 연명할 수 있었던 것은, 중국 및 경제적 어려움을 겪고 있는 러시아를 비롯한 몇몇 나라들과 최소한의 무역이 전부였다. 가뭄과 같은 자연재해와 싸울 어떠한 계획이나 준비도 되어 있지 않았기에, 흉작으로 주민 모두 식량 부족으로 위태했다. 내 고향 땅에서 그 많은 아이들이 굶어 죽고, 평범한 고향사람들이 기아선상에 있다는 생각으로 잠을 이룰 수 없었다. 규희 또한 그 끔찍한 소식을 받아들이지 못해 괴로워했다.

우리는 먼저 내 고향 회령부터 가서 피해 상황의 정도를 살펴보아야겠다고 생각했다. 그러기 위해서는 우선 내가 들은 뉴스들이 정확한지, 미국시민인 내가 그들을 돕는 일이 가능한지, 북조선의 허락을 받을 수 있는지, 무엇보다 내 자신을 희생하면서 불가능할지도 모르는 일에 전념할 수 있는지도 알아야했다.

먼저 그 전 해에 북조선에 있는 삼촌을 방문했던 친구 박은식에게 연락했다. 그는 북조선으로 가는 비자를 얻는 가장 좋은 방법은, 평양 해외동포부에 식량을 선물로 보내면 가능할 것이라고 했다.

얼마 후 나는 박 형이 구매 매니저로 일했던 시카고의 '슐츠 버치' 비스킷 회사로부터 '토스템' 빵 천 상자를 구입했다. 40피트 컨테이너를 채우는 개별 포장된 오십만 개 이상의 양이었다. 박 형의 제안으로 LA에 거주 하는 화물 운송 사업을 하는 분에게 연락해서, 중국을 통해 북조선으로 가는 선적을 주선해 달라고 부탁했다. 두 달 후 시카고를 떠난 컨테이너가 홍콩과 베이징을 거쳐 출발해 4월 8일 평양 교육부에 도착했다.

생각지 않았던 사실은, 북조선 최고의 지도자요 건국의 아버지로 불리는 김일성 수령의 생일, 즉 북한 최대의 기념일인 태양절 4월 15일을 일주일 앞두고 컨테이너가 도착한 것이다. 나는 당시 태양절이 어떤 날인지 모를 뿐 아니라 바로 그 기념일 전에 컨테이너가 도착할지는 더욱 몰랐다.

따뜻한 봄 4월 15일, 나는 그 빵이 김일성광장에서 시작해서 하루의 행진을 마친 수천 명의 학생들에게 완벽한 간식이 되었다는 소식을 듣고 만족했다. 교육부는 내게 깊은 감사를 표하며, 가장 의미 있는 날에 가장 적절한 선물을 해준 것은 참으로 사려 깊은 일이었다고 했다.

조선민주주의인민공화국은 곧바로 입국 비자를 발급해 주었고, 나는 즉시 북으로 갈 준비를 했다. 이에 가족과 친구들 모두 심각한 우려와 함께 여러 경고의 말들을 했다. 큰형은 예측 불가능한 위험한 나라로 가는 것은 신중하게 결정해야 한다며 가지 말라고 거의 애원하듯 했지만, 나는 "하느님께서 내 걸음마다 함께 하실 것이니 염려하지 마세요."라며 모두를 안심시켰다.

1997년 여름, 나는 서울에 도착해서 중국 연길로 가는 비행기로 갈아탔다. 수년간 알고 지내던 조선족 조광훈이 마중 나와 나를 중국 두만시로 데려다 주었고, 마지막 구간은 걸어서 다리를 건너 회령으로 갔다. 무엇이 나를 기다리고 무슨 일을 경험할지 전혀 모르는 일이라, 그동안의 어떤 여행보다 긴장하였지만 나는 마음 편히 1947년 고향을 떠난 지 50년 만에 처음으로 회령 땅을 밟았다.

Promises_32

고아원 지원

내가 중국에서 두만강 건너 함경북도 남양에 도착하자, 해외동포부 소속 안내원 2명이 나를 기다리고 있었다. 그들의 보호를 받으며 내 고향 회령까지 무사히 도착한 다음날 기아에 허덕이는 수천 명 고아들의 충격적인 모습과, 식량 부족으로 기로에 선 집단 농장 지역 농부들의 참담한 모습을 생생하게 목격했다. 나는 뉴스로 들었던 보도를 확인할 수 있었다.

함경북도 인민위원회 지도자들은 나를 환영하면서 내게 도움을 청했다. "먼 길로 선생님 고향, 우리 어머니의 생가인 회령에 오신 걸 전 시민을 대신하여 깊은 감사를 드립니다. 선생님은 외국에 살고 있는 우리의 형제입니다."

"우리를 도와주십시오."

이들이 언급한 어머니는 김일성 수령의 부인이자 김정일 위원장의 어머니인 김정숙 여사다. 그녀가 태어난 작은 오두막은 박물관이 되었고, 3m 높이의 그녀의 동상이 도시 광장 가운데 서 있었다.

그들의 따스한 환영을 받고 고향 땅을 밟으니 마치 내가 이곳을 떠나지 않았던 것 같은 느낌이었다. 나는 김일성 수령이 회령을 방문할 때마다 묵었다는 호텔에서 4일간을 머무르며 여러 곳을 돌아보았다.

내가 방문했던 곳은 고아원 두 곳, 양로원, 그리고 집단농장 네 곳이었다. 가는 곳마다 현지 안내원들은 김일성 수령과 김정일 장군을 찬양하며 반갑게 나를 안내해주었다.

회령에서 차로 반나절 거리에 있는 북한 제2의 도시 청진에 있는 '애육원'이라는 고아원에 도착했다. 그곳 원장은 나를 반갑게 맞으며 고아원의 실상을 알려 주었다. 매일 밤 한두 명의 아이들이 영양실조와 설사로 죽는다는 공포스러운 장면들을 이야기하며, 식량과 의약품, 깨끗한 물이 급히 필요하다고 했다.

"지난 겨울 간호사들은 죽은 아기들을 돌같이 언 땅에 바로 묻을 수 없어서, 헛간 뒤에 쌓아 두고 건초로 덮은 채 겨울 동안 그대로 두었습니다. 눈과 얼음이 녹는 따뜻한 봄이 되어서야 수십 명의 얼어붙은 시체들을 땅에 묻었습니다."

이렇게 원장은 말했다. 나는 더 이상 지체할 시간이 없어, 급히 그들을 도울 계획을 구체화하기 시작했다.

미국으로 가는 길에 중국 연길에 들러, 조광훈을 만나 지역 구매시장을 잘 아는 그의 회사직원 안미화 씨를 소개받았다. 우리 셋은 어떤 물품이 고아원에 지금 당장 필요하고 가장 효과적일지에 대해 심도 있게 논의했다.

우리는 회령에서 두만강 건너편에 있는 연길과 두만시의 도매시장에 가서 아동복과 신발을 구입했다. 화물 운송업자를 수소문한 후 그에게 배송하도록 하고, 안 씨에게 유아용 분유, 밀가루, 옥수수, 옥수수 기름, 양배추, 순무, 말린 과일, 그리고 다른 필수품들을 준비시켰다. 당시 중국은 쌀 품귀현상을 빚고 있었기에 정부는 쌀 수출을 금지하였다.

또 다른 곳에서 기저귀, 양말, 신발, 겨울 옷, 비누, 플라스틱 그릇, 가루 살충제, 기타 필요한 것들도 구매한 후, 40피트 컨테이너 4개에 실었다. 컨테이너는 회령에 하나, 청진에 둘, 그리고 길주에 하나 이렇게 네 곳 고아원으로 전달됐다.

첫 출발은 무난했지만, 앞으로 이 사업을 효율적이고 지속적으로 추진하려면, 엄청난 서류작업과 운송 부담이 있을 것이라는 것을 직감적으로 알았다. 그래서 나는 평양 해외동포부 담당자와 의논할 필요를 느꼈다.

나는 그동안 영업직에서 오래 근무했던 경험으로 이 일을 성사시키기 위한 효과적인 방법을 알고 있었다. 북조선 인민위원회의 지원, 선적 허가, 입국 비자, 유능한 안내, 필수적인 지방 정부의 지원 등이 필요하지만, 그것들을 수월하게 얻으려면 면담이 필수인 것을 경험상 잘 알고 있었다.

내가 저녁 식사 때 북조선에 갈 계획을 규희와 상의하던 중, 아들 제임스가 북한 지원에 대한 내 계획에 호기심과 지대한 관심을 보이며 자신도 동행할 수 있는지 물었다. 나는 동의했고 다행히 규희도 아들의 동참을 기꺼이 허락했으며, 북조선 또한 지체하지 않고 제임스의 비자를 발급해 주었다. 산적한 일들이 우리를 기다리고 있는 북으로의 출발을 제임스와 나는 설레며 기다렸다.

일이 진척되다 - 아들과 찾은 고향

1997년부터 2000년까지 4년 동안, 나의 지시를 받고 구호사업을 돕고 있는 중국 연길에 있는 조광훈 팀은 매년 두 번씩 컨테이너 4개에 고아원에 꼭 필요한 물품을 선적했다. 나는 효율적이고 효과적인 운송 방법을 찾느라 고심했다.

애육원의 리 원장은 키 크고 마른 60대 초반의 여성으로, 부드러운 미소에 상냥한 말투로 따뜻하게 나를 맞아주었다. 그녀는 고아원에서 받을 화물과 수량 확인, 도착시 상품 상태, 그리고 그들이 다음 선적에서 급히 필요로 하는 물품들에 대해 내게 말해주었다. 원장이 나를 고아들의 방으로 차례차례 안내하던 중, 친근해 보이나 낯선 내 모습을 본 간호사가 감성이 풍부해 보이는 한 여아를 내게 안겨주었다. 그 아이가 나를 계속 쳐다보기에 내가 아이에게 물었다.

"할아버지와 함께 미국에 갈까?"

아이는 내 말을 이해한 듯 호기심 어린 천진스러운 눈으로 나를 쳐다보았다. 간호사들은 그 모습을 보고 웃었지만, 내 마음속은 진심으로 그 애를 포함해 그곳의 모든 아이들을 미국으로 데려갈 수 있었으면 하고 생각했다.

간호사 중 한 명에게 각 방의 아이들과 함께 있는 사진을 찍어 달라고 부탁했다. 카메라를 본 적이 없는 아이들은 무슨 일이 일어나는지조차 모르는 것 같았다. 그들은 내가 그들을 웃게 하려고 온갖 광대 노릇을 해도 웃지 않은 채, 나를 그저 바라보기만 했다. 내가 머문 꽤 오랜 시간 동안 아이들이 전혀 웃지 않는 것을 보며, 아마도 그들이 웃음을 아주 잃어버린 것은 아닌가 생각했다.

원장과 그곳 직원들을 만났을 때, 나는 그들이 당면한 문제와 아이들이 필요로 하는 것들이 무엇이든지 당당하게 요구하도록 격려했다. 원장은 회의가 끝날 때마다 미소를 지으며, 그들이 받은 물품 목록을 큰 소리로 읽곤 했다.

"우리가 요청한 모든 물품을 잘 받았습니다. 감사합니다. 우리는 우리 아이들에 대한 선생님의 사랑을 절대 잊지 않을 겁니다."

한번은 원장이 가스로 작동하는 사슬 톱을 보내줄 수 있는지 여부를 물었다. 나는 필수품도 아닌 물건을 요구하기에 왜 그것이 필요한지를 물었다.

그녀는 한 간호사를 방으로 부르더니 그녀에게 손바닥을 펴보라고 했다. 고급 요리사처럼 큰 모자를 쓰고 흰색 유니폼을 입은 간호사가 내게 다가와 손바닥을 폈다. 나는 상처 가득한 그녀의 손을 보고 충격을 받았다. 장갑도 없는 맨손으로 아이들 방에 불을 때기 위해, 망치로 얼어붙은 나무를 깨려고 노력한 흔적이었다.

그 간호사는 농부들이 근처의 작은 나무들을 이미 모두 베어 버려서, 자신들은 남은 눈이 쌓인 먼 산까지 큰 나무를 찾아 올라가야 한다고 했다. 그나마 힘겹게 거기까지 갔더라도 아름드리 언 나무를 자르려고 해도 자를 수 없어 손에 상처만 남기고 빈손으로 돌아왔다고 했다. 그래서 나무가 아이들의 유일한 열원이었음에도 아이들은 찬 방에서 겨울을 지낸다고 했다. 나는 천사 같은 간호사의 피범벅이 상처투성이 손을 잡고, 내 손에서 뿜어진 사랑의 힘이 그녀의 손을 적셔 빨리 치유되기를 기도했다. 하얀 유니폼을 입은 그녀의 모습은 옛날 아내 규희의 모습과 같았다.

나는 원장에게 그런 열악한 상황에서 젊은 자원봉사 간호사들이 보여준 희생에 감동받았다고 격려한 후, 그들에게 선물을 주고 싶으니 어떤 선물이 그들에게 가장 적합할지를 물었다.

"정말 사려가 깊으세요. 원하신다면 담요를 보내주시면 감사하겠습니다."

"담요요?" 내가 묻자 원장이 답했다.

"우리 전통에 예비 신부는 보통 담요를 혼수로 가지고 갑니다."

나는 다음 컨테이너에 장래 예비 신부들을 위해 담요 24장을 포함시켰다. 신혼부부의 따듯한 보금자리가 될 거라 생각하니 내가 누구에게 보낸 선물 중 최상의 선물로 여겨져 마음이 흡족했다. 그 컨테이너에는 4개의 엔진동력 체인 톱과 휘발유도 함께 실었다.

1998년 4월, 베이징 공항 내 고려항공 출발 라운지에서 아들과 기다리던 중, 한 남성이 다가와 한국말로 물었다.

"아들과 평양에 가시는군요. 왜 그 위험한 곳으로 아들까지 데려가는 거죠?"

나는 조금 떨어진 장소에서 책을 읽고 있던 제임스가 그의 말을 듣지 않은 것에 안도했다. 나는 그 남자의 말이 께름칙해서 다시 아들에게 확인했다.

"제임스, 평양에 가는 게 불안하지 않니?"

제임스는 일말의 머뭇거림도 없이 답했다.

"아버지, 나는 아버지와 함께 우리 고향에 가는 거지요? 그렇죠?"

해외동포부 부장과 안내원들이 한국계 미국인 2세가 고향에 찾아왔다며 기뻐했다. 우리의 방문을 축하하는 만찬에서, 제임스는 미국식으로 식탁을 돌며 고위 관리들에게 평양 소주를 따랐다. 그것이 우리의 전통은 아니었지만 아무도 개의치 않았고, 지도자들은 오히려 그걸 고마워하는 것 같았다. 부장이 잔을 들더니 건배를 제안했다.

"재미동포 2세 중 처음으로 공화국을 찾은 배성국(제임스의 한국 이름)을 환영합니다. 우리는 먼 나라에 살고 있는 우리 아들딸들이 더 많이 부모님 고향에 찾아오기를 바랍니다."

우리가 평양에 머무는 동안, 제임스는 여러 역사적 장소들, 고아원, 농촌도 방문하며 안내원 임 동무와 깊은 관계를 맺고 정이 든 것 같았다. 나는 공항 출국장에서 제임스가 임 동무에게 영한사전을 작별 선물로 주는 것을 보았다.

그들은 눈물을 글썽이며 서로를 껴안았다. 집으로 돌아오는 경유지 베이징으로 가는 길에 제임스가 나를 바라보며 진심 어린 눈으로 말했다.

"아버지, 저를 모국으로 데려가 주셔서 감사합니다."

나도 감사했다. 우리는 평양과 신뢰를 구축했고, 고아원을 지원하려는 내 노력도 차질 없이 순조롭게 진행되었다.

15년을 건넌 통일대교

회령을 오고 간 수차례의 여행은, 규희와 내가 지난 세월 동안 했던 여행을 통해 얻은 인내심과 침착성 모두를 무색하게 했다. 1997년 당시, 북조선으로 가기 위해 미국 여권을 소지하고 남양의 200m 길이의 꽤 넓은 '두만병강교'를 건너는 사람은 나 혼자뿐이었다. 나는 그 다리를 '통일대교'라고 부르며 작은 여행 가방을 끌고 그 대교를 건너 북조선 남양시로 갔다.

1997년부터 2013년까지 15년 동안 나는 그 다리를 스무 번 이상 건넜다. 다리의 정 중간 지점에는 가느다란 하얀 페인트 선으로 중국과 북조선의 경계 표시가 그어져 있었다. 바람 소리만 세차게 들리는 그 경계선을 혼자 넘어가는 일은 언제나 섬뜩했다. 시베리아 벌판에서 남하하는 찬 회오리 바람이 몸을 스치듯 서늘하게 느껴졌다.

북조선 쪽 다리 끝으로 가면 언제나 10대 중반으로 보이는 군인이 지키는 작은 경비초소를 지나야 했다. 소총을 어깨에 맨 그는 공중전화 부스만한 초소에서 힘찬 경례로 나를 맞이하곤 했다. 대화가 허용되지 않았기에 지나면서 서로 쳐다보기만 했지만, 나는 그에게 "다시 만나서 반가워요."라고 말하듯 따뜻한 미소를 지어주곤 했다.

그는 나와 같다는 감정을 표현하기 위해 어두운 얼굴에 가늘고 수줍은 미소로 화답하곤 했다. 다리를 건너는 상인이나 어떤 보행자도 본 적이 없기에, 나를 본 것이 그날 그 젊은 국경수비대원에게는 아마도 유일한 즐거움일 거라고 여겨졌다.

나는 그 소년병을 볼 때마다 우리의 대치 상황을 생각했다. 그 부근 도시 회령에서 태어나 미국에서 50년을 살아온 늙은 할아버지 나와, 두 나라의 국경을 지키는 불확실한 미래를 가진 소년과의 대조이다.

그 다음해 지난 번 보초 군인과 얼굴도 비슷하고 맞이하는 모습도 비슷한 또 다른 교대 군인을 볼 때, 나는 그를 꼭 끌어안아주고 싶은 충동에 사로잡혔다. 세계에서 고립된 북조선으로 가기 위해선 북조선 비자 외에 중국 비자도 필요했다. 불행히도 복수 입국 비자가 없던 시절로 두 비자를 발급받는 데는 오랜 시간이 걸렸다.

나는 북조선에 갈 때마다 의료용품은 꼭 챙겼다. 북조선에는 응급진료소가 없고 구급차나 헬기 등 응급수송차도 없다. 휴대전화는 나라 전체에서 허용되지 않아서 입국 때 세관에 맡기고 출국 때 찾았다.

항공편은 북조선의 국적 항공사인 고려항공뿐이다. 회령에 가려면 센프란시스코에서 인천으로 간 다음 연길 행 비행기를 갈아탄다. 연길에 도착하면 조광훈이가 나를 두만시 국경 출입국관리사무소에 데려가서 중국 출국 수속을 도와준다.

'통일교'를 건넌 후 북조선 세관으로 들어가면, 그들은 자주 방문하는 나에게 매번 일제히 큰 소리로 감사를 표했다.

"우리 민족을 위해 고향으로 오신 배 선생님 환영합니다. 또 어려운 우리에게 기부를 해 주셔서 감사합니다."

그리고 첫 번째 직원이 상냥하게 내 주머니를 비우도록 요청한 후, 내 지갑과 개인 소지품들을 확인한다. 내 카메라의 모든 사진 클립과 노트를 훑어보고, 마지막으로 위에서 아래로 내 몸을 점검한다. 성경이나 성경 구절 또는 다른 종교적 자료를 가지고 있지 않은지 확인하는 절차였다.

다른 직원은 내가 100달러 지폐로 미화 5천 달러를 소지한 것을 확인하고, 중국 위안화나 유로화로 된 현금이 더 있는지를 묻는다. 북한에서는 신용카드는 받지 않고 이 세 가지 통화만 받는다. 그리고 내가 얼마나 돈을 남겨올 계획인지를 묻는다.

"고향에서 돈을 다 기꺼이 쓸 것입니다."

내 말에 직원은 크게 화답했다.

"정말 멋지십니다."

내가 세관 건물을 떠날 때면, 이전 여행에서 잘 알고 지내던 북조선 요원들이 나를 반겨주었다. 특히 나의 지원활동과 감독 역할을 담당하는 평양 주재 해외동포부 소속 신상화 요원은 잊지 못할 동반자였다. 다른 요원들로는 해외동포부 지방소속 공무원, 그리고 내가 정보 요원으로 의심하는 한 사람과 운전기사 한 사람을 합쳐 나까지 총 다섯 명이 한 팀을 이뤘다

회령에 갈 때 우리는 구형의 낡은 도요타를 타고 약 3시간을 달렸다. 도로만 잘 정비되었다면 한 시간도 채 걸리지 않을 거리였다. 우

리는 비포장도로에 나 있는 커다란 웅덩이를 피해가며 임시 나무 다리와 부서진 콘크리트 다리 위로 차를 몰았다.

항상 힘든 여행이었지만, 고아들을 돕는 기회가 주어진 것이 너무도 감사했던 나로서는 북조선 여행이야말로 가장 행복하고도 기쁨을 느끼는, 내게는 가장 이기적인 여행이었다.

나는 1997년부터 2005년까지 9년 동안 1년에 가을과 봄 두번 고아원을 방문했고, 2006년부터 2013년까지는 1년에 한 번 방문했다. 아이들이 잘 보살핌을 받고 있는지, 내가 보낸 물건들이 그들이 급히 필요한 것들을 채워 주었는지 눈으로 확인하기 위해서였다. 연길에 있는 안 씨에게 책임을 맡겨, 40피트 컨테이너 트럭이 들어갈 때마다 북-중 양쪽에 있는 국경 통제 사무소에서 허가증에 서명하고 영수증을 받고 배송을 확인하도록 했다.

조광훈은 나중에 두만시에 세운 내 회사 트랜스 웨스턴 연변의 사장이 되었고, 내가 송금한 자금을 관리하고 구매와 배송을 조정했다. 북조선 방문은 늘 정확한 절차에 따라 진행됐다. 불행히도 내가 2017년까지만 지원할 수밖에 없던 이유는, 북조선 정부가 정치적 이유로 외국인 입국을 허락하지 않았고, 구호물자도 받지 말라는 선포와 함께, 미국에서는 '오토 웜비어'(Otto Warmbier) 학생 사건으로 경제 제재를 걸었고 국무성에서 미국 시민의 북조선 방문을 허락지 않았기 때문이다.

Promises_35

남겨진 고아들

규희도 나와 북조선 여행을 같이하며 고아들의 미래에 희망을 밝혀주기 위해 노력했다. 규희에게는 미국에서의 즐거운 삶과, 회령에서 경험하는 날들은 극과 극의 대비였다. 북한에서의 규희의 동선은 정보요원들과 함께하는 길이기에 처음부터 조심스러웠다. 그럼에도 오로지 규희의 걱정은 자신의 안전이 아닌, 자신이 돕고 싶은 고아들의 복지였다. 규희는 혹시라도 정보요원들을 자극해서, 우리 본연의 임무가 위험에 빠질까봐 늘 조심하며 그 땅을 밟았다.

회령에 도착하면서 눈에 많이 띄는 것은, 광고판이나 높은 건물 옆면에 붙은 반미 포스터였다. 대부분이 미군이 북조선 민간인을 공격하거나 창으로 북조선 국기를 찢는 포스터였다. 회령의 주요 도로는 콘크리트 포장이지만 샛길은 딱딱하게 굳은 진흙길이었다. 헝겊으로 묶은 큰 다발을 머리에 이고 균형을 잡으며 걸어가는 여자들, 무언가를 손수레에 싣고 끌고 가는 부부들이 보였다.

우리는 항상 하나밖에 없는 회령 호텔에 묵곤 했다. 커다란 리셉션 홀에는 손님이 전혀 없어서 내가 유일한 손님일 때가 많았다. 저녁 식사는 주로 보리밥 한 그릇에 생선구이, 김치, 그리고 나물국이었다. 나는 그 호텔에 가면 늘 위대한 지도자들이 머물렀던 그랜드 스위트룸에 묵었다. 그 룸에는 침실 외에 커다란 거실과 욕실이 있고, 세 개의 방에는 천장에서 내려오는 전선에 매달린 낮은 와트의 알전구가 희미하게 켜 있었다. 어두워지면 방에서 책을 읽기는 어려웠다.

침대 틀은 곱게 이은 조각보로 둘러 있었지만 매트리스는 아주 얇았다. 울퉁불퉁한 불편한 길을 오래 달려 온 지친 내 몸은, 그것이 어떤 침대든 상관없이 깊은 잠에 빠졌다. 변기 손잡이는 녹슨 채 부서져 있어서 나는 나무 양동이로 욕조 물을 퍼서 변기에 부어 물을 내리곤 했다. 방은 추워서 옷을 입고 잤고 재킷을 여분의 담요로 사용하곤 했다. 어느 날 밤, 욕실에서 나는 소리에 잠을 깨서 불을 켜자, 욕조 주위를 뛰어다니는 두 마리의 커다란 쥐가 보였다. 그날 밤 지친 내 심신을 깨울 것은 아무 것도 없었다.

아침 식사는 빵 한 조각과 삶은 달걀 한 개, 가루 커피로 했고, 안내원들은 뜨거운 죽을 먹었다. 내가 북조선을 방문한 목적과 당면한 과제에 비하면, 고향 방문 중 불편함은 그리 중요하게 느껴지지 않았다.

고아들이 그들의 집을 떠나 고아원에 입실하려면, 여러 슬프고도 우울한 과정을 거쳐야 했다. 정부요원들은 각 집안 사람들의 생사 확인을 위해 마을을 수색한다. 그 중 아이들의 부모가 죽고 아이들만 살아있는 가정도 있다. 하지만 요원들은 아이들의 부모가 죽은지 얼마나 되었는지는 알 길조차 없다. 어떤 집에 가면 살아남은 아이들이 죽은 부모를 안고 있거나, 이미 사망한 어머니의 젖을 빨면서 놓아주려 하지 않고 울고 있다. 고아원에 들어온 아이 중 다수는 그들 부모에게 무슨 일이 일어났는지 이해하지 못하는 경우가 태반이었다.

정부요원들은 고아들의 출생 기록을 통해 이름을 알아보려 하지만, 정보가 없을 때는 고아원 원장에게 고아들의 새 이름을 지어주라고 요청한다. 고아원으로 들어오는 숫자의 통계는 충격적이어서, 어느 날은 스무 명이나 되는 아이들이 새로 들어왔다고 한다. 고아원에 도착하면 건강한 아이들은 밤새 울지만, 그중 일부는 신생아들로 몇몇은 살아남지 못했다. 어떤 아기들은 마지막이 다가오면 입도 열지 못 한 채 조용히 숨을 거두었다.

Promises_36

자라나는 희망

북조선에서 두 번째로 큰 도시이자 함경북도 북동부의 수도 청진에 있는 두 고아원을 방문했다. 거기에는 4살까지의 어린이를 돌보는 애육원과 5살에서 8살까지 아이들을 돌보는 육아원이 있었다. 애육원에는 5평 정도 되는 10개의 한국식 마루방에 신생아부터 2살까지 40명의 아이들이 수용되어 있었다.

고아들의 제일 큰 사망 원인은, 정화되지 않은 식수와 비위생적이며 소화되지 않는 음식과 설사 때문이었다. 아이들의 유일한 음식인 순한 콩죽도 소화하기 어려웠다. 콩죽은 밀과 잘게 간 옥수수를 올이 가는 천으로 걸러낸 다음, 섞어서 끓인 담백한 죽이다. 아이들은 태양절과 같은 특별한 날에만 따뜻한 분유를 먹을 수 있었다.

좀 더 큰 3~4세의 아이들에게도 수시로 공격하는 설사에 대한 약이나 대책이 없었다. 그들은 바닥에 둥글게 앉아 접시나 기저귀를 씻는 데 사용되기도 하는, 크고 비위생적인 플라스틱 그릇에 담긴 콩죽을 퍼먹곤 했다.

아버지 곁을 떠난 고아들에게는 처음 본 유일한 남자가 바로 나였다. 나이 든 한 명의 의사를 제외하고 고아원에서 일하는 사람들은 모두 젊은 자원봉사 여성이었다.

내가 정기적으로 방문하며 만난 아이들은 나만 보면 작은 소리로 "아버지! 아버지!"라고 불렀다. 어떤 아이들은 큰 목소리를 내보려고 해도 소리가 안 났고, 또 어떤 아이들은 힘없이 입안에서만 맴돌았다.

»»»»»««««

1997년 가을부터 나의 보급 트럭들은 정기적으로 고아원들에게 식품을 실어다 주었다. 1년이 지난 후 1998년에 나는 분홍색으로 변한 뺨과 웃는 얼굴의 아이들을 보고 더없이 만족스러웠다. 나는 자그마한 결실을 보았다. 또한 하얀 유니폼을 입은 천사 같은 간호사들이 아기들을 돌보며 환한 미소를 짓는 것도 고마웠다. 보람과 기쁨을 안겨주는 고아원 방문에도 불구하고, 때로는 부모 사랑을 받아보지 못한 아이들을 보는 것이 내 가슴을 아프게 했다.

북조선에 도착하면, 나는 하루도 빠지지 않고 이른 새벽에 일어나 침대 옆에 무릎을 꿇고, 이 불쌍한 영혼들을 돕는 데 부족함이 없게 해달라고 기도했다. 더 큰 사랑과 지혜도 달라고 간절히 매달렸다. 하루는 내가 갈 길을 가르쳐 달라고 하느님께 기도하는 중에 나도 모르는 강한 성령에 끌리는 느낌이 나를 압도했다. 그리고 거의 한 시간 이상을 흐느끼며 통곡했다. 그때 나를 믿어주고 응원해 온 어머니의 부드러운 목소리가 들렸다.

"준아, 네 이웃을 사랑해라."

규희의 목소리도 나를 일으켜 세웠다.

"당신은 하느님의 사랑하는 아들이에요. 가난한 사람들을 돕는 것은 당신의 사명이고요."

그 순간 어머님이 자주 부르던 하느님의 강렬한 메시지가 내 마음에 강하게 와 닿았다.

"복되도다 마음이 순결한 자들이여, 그들이 하느님을 볼 것임이요. 복되도다 화평케 하는 자들이여, 그들이 하느님의 자녀들이라 일컬음을 받을 것임이요."

안내원 신 동지가 놀라서 문을 두드리며 별일 없느냐고 물었다. 육아원에는 한 방에서 지내는 5살에서 8살 사이의 30명의 아이들이 있었다. 한 아이는 구석에 있는 변기에 앉아 있고, 다른 아이들은 차례를 기다리고 있었다. 설사 때문에 늘 있는 일이었다. 나는 손을 뻗어 그들의 손을 만지며 "안녕?"이라고 했지만 그들은 무표정했다. 내가 누구인지 궁금해하는 눈동자로 나를 뚜렷이 쳐다보면서도, 두려워하지는 않았다.

매년 하복과 동복, 양말, 신발, 매트리스, 담요, 비누, 그리고 나의 손자 또래의 아이들의 필수품들이 전달되었고, 이발기, 밥솥, 산업용 세탁기도 포함되었다. 방문이 계속되면서 나는 희망을 주는 믿을 수 없는 연쇄 반응들을 목격했다. 어린이들은 적절한 영양을 섭취하면서 건강해졌고, 더 많은 야외 활동을 시작하면서 나는 축구공과 골대, 배구공과 네트, 그리고 운동복들을 보냈다. 그 결과로 그들은 더 자주 목욕하고 더 자주 유니폼을 세탁해서 결과적으로는 더 많은 목욕 비누와 세탁용 가루비누를 소비했지만, 그것은 감사할 일이었다.

딱딱한 흙 위에서 축구를 하는 것은 신발을 빨리 닳게 한다. 아이들은 새 신발을 받으면 감춰두고, 완전히 신을 수 없게 될 때까지 낡은 신발을 계속 신었다. 그들이 뛰고, 웃고, 씨름하는 것을 보는 것이 내게는 더할 나위 없는 기쁨이요 보람이었다.

어느 날 나는 내가 도울 수 있는 또 다른 새로운 것을 발견했다. 교실에서 아이들이 몽당연필로 검고 거친 종이 위에 글씨를 쓰고 있었다. 흑연이 거의 남아 있지 않은 몽당연필로, 그들은 남아있는 아주 작은 흑연을 찾느라 연필 끝을 자꾸 핥았다. 그후 나는 각 교실에 공책, 연필, 칠판, 분필, 그리고 다른 학용품들을 보냈다.

내가 자주 가면서, 유아기부터 나를 보아왔던 아이들이 나를 알아보기 시작했다. 그들과 친밀해지자 내가 도착하면 그들은 나에게 달려와서 원을 그리며 뛰어올라 나를 만지려 했다. 내가 떠날 때가 되면 아이들은 모두 내 손을 잡으려고 둘러싸며 애원했다.

"할아버지, 가지 마세요. 왜 가셔야 해요? 언제 다시 오실 건가요?"

나를 껴안고 안타까운 작별 인사가 끝나지 않을 때마다, 나는 차마 떨어지지 않는 발걸음을 떼며 흐르는 눈물을 아이들에게 보이지 않으려고, 뒤도 돌아보지 못한 채 무거운 걸음을 옮기곤 했다. 그래도 그들의 섭섭해 하는 함성은 한참을 들을 수 있었다.

"안녕히 가세요, 할아버지! 안녕히 가세요, 할아버지!"

아이들이 먼저다

규희는 내 잦은 북한 여행이 우리 가족에게 남긴 불편에도 불구하고, 고아들을 돌보는 것을 우리 부부의 최우선 과제로 알고 이해했다. 기근과 설사로 수많은 어린이들이 죽어가는 것에 경악하며 우리는 깊은 슬픔에 빠졌다. 무엇보다 그들의 배고픔을 면하게 하는 일이 급선무였다. 규희와 나는 회령, 청진, 부령 이 세 곳에 빵 공장을 짓기로 했다. 고아원, 유치원, 공립학교에 나가는 아이들에게 점심을 제공하기 위해서였다. 우리의 꿈은 이루어져 각 공장에서 만들어진 둥글고 푹신한 롤빵을 아이들에게 나누어 주기 시작했다.

나는 고아들 방문을 위해 미국의 긴 휴일 주간을 이용했다. 규희는 추수감사절 직전에 내 짐을 싸면서 말하곤 했다.

"당신 아이들에게 갈 날이 가까워와요."

추수감사절에 규희와 아들들이 나 없이 칠면조 식사를 하는 모습을 생각하면 나의 여정은 더욱 길게 느껴졌다. 7년이라는 긴 세월 동안 나는 집에서 칠면조 식사를 하지 못했다. 고아들을 돕겠다는 규희의 헌신은 나만큼이나 확고해서 자주 동행을 원했다. 그녀는 고아들과 농부들을 만나 아낌없이 사랑을 나누고 온정을 베풀며, 내가 자주 방문했던 지역을 함께 걷곤 했다.

규희와 나는 빵 반죽 개선을 위해 연구했다. 규희는 빵 만드는 일을 즐겼고 빵을 더 풍성하고 맛있게 만들기 위해 소금을 조금 넣자고 제안했다. 빵공장에서의 존재감이 그녀의 힘든 여행을 가치 있게 만든 것 같다. 빵 공장의 여공들은, 미국에서 온 한 여인이 수수한 옷차림으로, 마치 그들 중 한 사람인 양 함께 일하는 걸 보면 신기해하면서도 반가워했다. 나는 여자들에게는 쉽고 빨리 서로 좋아하게 되는 특별한 비밀이 있다는 걸 그때 알았다.

한번은 나와 규희가 '부령'에 있는 빵 공장에서 새로 찐 빵을 맛보았다. 규희는 빵 속에 팥이나 달콤한 과일을 넣어 만들면 얼마나 맛있을지 제의하였다. 빵 공장 지배인 동무와 비용을 분석해 보니, 재료를 추가하면 빵 숫자가 절반으로 줄어들 것으로 계산이 나왔다.

양은 많지만 맛없는 빵? 양은 적지만 맛있는 빵? 어느 것을 선택할까 생각했지만, 답은 빠르고 단호했다. 맛은 좀 덜해도 더 많은 빵이 정답이었다. 나는 규희에게 위로의 말을 했다.

"농장들이 과일을 더 많이 생산해서 공장에 납품하도록 하면 빵을 더 맛있게 만들 수 있을 거야."

빵을 여러 곳에 식기 전에 전달하려면 자동차가 필요했다. 나는 부령의 빵 공장에 낡은 승합차 한 대를 구해준 후, 정부에 휘발유 쿠폰을 발행해서 비용을 부담해 달라고 요청했다. 빵 제공이 잘 이루어짐에도 불구하고 나는 곧 너무도 당연한 사실을 알게 되었다. 빵이나 내가 보내주는 다양한 물품들이 그들의 필요를 어느 정도 충족을 시켜 주기는 하지만, 어머니의 사랑에 결코 대치될 수 없고 그들의 공허한 마음을 채워줄 길은 없다는 점이었다.

청진과 길주의 두 곳 중학교의 학생은 8세에서 14세까지로 각각 800명씩 모두 1,600명이었다. 그 아이들은 내가 회령을 떠날 때의 내 나이 또래로, 대부분 나와 같은 환경에서 자라왔다. 내가 처음 그들을 봤을 때, 그들은 영양실조로 뼈만 앙상할 정도로 말랐고 가난의 올가미에 사로잡혀 있었다. 그들이 퀭한 눈으로 아무런 표정도 없이 나를 바라볼 때, 나는 그들 안에 들끓고 있는 속마음이 궁금했다. 그들은 과거의 나를 떠올리게 했고, 가족과 함께 부산으로 피난가던 악몽같은 날들을 떠올리게 했다.

오늘의 그 아이들과, 이틀 동안 굶은 채 부산정거장에 도착한 나와 차이점이 있다면, 나는 항상 어머니의 끊임없는 사랑과 보살핌을 받았다는 점이었다. 남으로 정처 없이 걷던 춥고 배고프던 밤, 나를 몸으로 따뜻하게 감싸주던 어머니의 품에서 안정감과 위안을 얻을 수 있었다. 나는 이 아이들이 어머니의 사랑이 얼마나 그리울까 짐작만 해볼 뿐, 그들에게 어머니의 포근함을 위로로 대신해 줄 해결책은 도저히 없었다.

»»»»»«««««

어느 날 교실을 지나다 바이올린 연주 소리를 들었다. 나는 멈춰서서 소년 소녀들이 몇 개의 오래된 악기로 음악 공부 하는 것을 보았다. 나는 음악 선생님에게 다가가 내가 악기를 좀 기증해도 괜찮은지 물어 보았다.

"아이고 좋습니다! 좋습니다" 신이 난 그녀가 반갑게 대답했다.

다음 떠나는 컨테이너에는 바이올린 7개, 아코디언 10개, 트럼펫 4개, 드럼 1개, 그리고 그들이 연습하고 공연하는 큰 홀에 장치할 음향 시스템이 실렸다. 선생님들은 음악적으로 재능이 있는 학생들을 선발하고 그들에게 각각의 악기 연주법을 가르쳤다. 나는 악기를 연주할 수 있게 된 학생들의 터질 듯한 기쁨과 흥분을 상상할 수 있었다.

어느 날 학교에서 나를 학생들이 공연하는 콘서트에 초대했다. 그 날은 마침 내 생일이었다. 나는 그들이 한국민요 '아리랑'을 연주할 때 복잡한 여러 감회에 사로잡혀 가슴이 벅차올랐다. 감미로운 아리랑의 멜로디는, 두만강 바위 밑에서 가재를 잡고, 친구들과 수영을 하고, 마을 변두리에 있는 중국 가게에서 모락모락 김이 나는 만두를 먹던 날들을 떠오르게 했다. 내 일본 친구인 아키코도 생각났다.

콘서트가 끝난 후 교장은 나를 운동장으로 데려갔다. 거기에는 새 겨울 옷, 재킷과 바지, 스웨터와 새 신발을 신은 800명의 소년 소녀들이 나를 맞이하기 위해 줄지어 서 있었다. 그들은 몸을 굽혀 다 같이 절을 하고 일제히 몸을 일으키면서 하늘을 향해 팔을 쳐들고 외쳤다.

"감사합니다, 할아버지!"

나도 흥분된 떨리는 목소리로 크게 답했다.

"나도 감사합니다. 이 모든 일을 가능하게 해준 멀리서 여러분을 사랑으로 지원하는 할머니 동지께도 감사하기 바랍니다."

기쁨에 찬 손자 손녀 800명의 감사를 받다니, 나는 마치 하늘에 오른 듯 뛸 듯한 기분이 들었다. 규희와 이 순간을 함께 누렸으면 얼마나 좋을까 싶었다. 어느 날 교장 선생이 내게 근심 어린 얼굴로 말했다. 몇몇 아이들이 자신들이 먹을 점심 빵을 반으로 쪼개서, 배고픈 부모에게 가져가기 위해 숨긴다고 했다.

나는 어떻게 하면 그런 일이 일어나지 않게 할 수 있을까 고민하기 시작했다. 그때 내 머릿속에 유일한 해결책이 떠올랐다. 북조선의 농업 수확량을 늘리는 것이었다. 나는 즉시 근처 농장에서 수백 명의 농부가 일하는 것을 볼 수 있는 언덕으로 올랐다.

"벼와 옥수수 수확을 늘리는 방법을 배워서 저들에게 가르쳐야 한다."

이렇게 크게 소리쳤다. 나는 무릎을 꿇고 농업 혁명을 할 수 있는 지혜와 용기를 달라고 하느님께 기도했다. 그리고 규희에게 약속했다.

"이제 아이가 부모님을 위해 자신의 작은 빵을 반으로 쪼개는 일은 없도록 할 거야."

Promises_38

농업 혁명

1996년부터 1998년까지 북조선 최악의 기근은 지속되었다. 혹독하게 추운 기후와 열악한 토양 때문에, 회령의 농부들은 벼를 4월 중 지극히 짧은 2주간만 파종할 수 있었다. 국가에서는 농부들이 필요로 하는 농기구와 비료, 씨앗 등 필요한 것들을 공급하지 못했고 또한 그것을 어디서 구한다는 것도 불가능한 일이었다.

그들은 볍씨를 약 760평 정도 되는 땅에서 약 20평 면적의 모퉁이 땅에 채로 친 흙으로 묘판을 만들어 파종한 다음, 발아할 때까지 파종에 필수적인 비닐 시트로 덮었다. 농업 농장 플라스틱 시트는 수분을 유지하고, 햇빛으로부터 적외선을 끌어당겨 흙의 온도를 높이고 성장 과정에서는 잡초를 제거한다. 시트를 쓰지 않으면 줄기는 발육이 부진해지고 이삭이 발아하지 못한다.

일단 씨앗이 발아하면 농부들은 손으로 벼를 논에 이식했다. 노동 집약적인 일이었지만 기계가 없으니 그렇게 할 수밖에 없었다.

»»»»»«««««

유용석 장로님과 나진·성봉 자유경제 무역지대에 갔을 때, 안내원 조 동무에게 내가 미국의 플라스틱 필름 시트와 백에 대한 전문 지식이 있고, 그런 물건도 생산할 수 있는 회사를 운영한다는 사실을 알려주었다. 그는 재빨리 평양 해외동포부에 밤을 새며 통신 전화로 연락해서, 다음날 아침 내가 회령 협동농장을 방문할 수 있는 임시 입국 허가서를 받았다

조 동무의 안내로 처음으로 회령에 들어가서 저녁 늦게까지 농민들과 이야기를 나누며, 그들의 벼 재배 과정에 농업용 필름 시트가 그들에게 절실히 필요하다는 사실을 직접 들었다. 그날의 방문은 벼 생산에 대해 내가 보고 배우는 기회가 되어, 생산을 증가시킬 방법을 연구하기 시작했다. 중국 연길에 들러 현지 조광훈의 소개로 농업 전문가들을 만나, 그들에게서 벼 생산량을 늘리는 데 꼭 필요한 다섯 요소에 대해 배웠다.

(1) 그 지역 토양에 적합한 질 좋고 건강한 씨앗

(2) 그 토질에 적절한 화학 비료

(3) 농업용 필름, 뿌리 덮개 필름, 온실

(4) 논 근처의 소규모 저수지

(5) 무엇보다 이 모든 것을 가능하게 할 노하우

중국 전문가들은 내가 회령 주변의 협동농장 책임자들을 설득해서, 그 다섯 가지 필수요소들을 받아들이게만 한다면, 쌀과 옥수수 생산량을 두 배 혹은 세 배로 늘릴 수 있다고 자신있게 말했다. 그러나 그들은 "북조선 책임자들은 아마도 이 방법을 쉽게 받아들이지 않을 것입니다."라고 언질을 주었다.

나 역시 발전을 위해서는 기존의 방식을 포기하고 용기를 가지고

새 방법을 추구해서, 어떤 혁신도 받아들일 때 그에 상응하는 보상을 얻는다고 믿었다. 나의 그러한 삶의 철학을 농부들에게도 나누고 싶었다. 북조선 중앙위원회는 협동농장을 제대로 지원하지는 못하면서 수확의 분배는 통제했다. 협동농장은 위원회의 지시에 따를 뿐 농업 관행을 바꿀 자유가 없었다. 정부에서는 해당 연도 목표 수확량을 지정하여 농부들은 그 목표에 달성하지 못할까봐 두려워했다.

내가 예상했던 대로, 대대로 관습을 따르는 그들에게 새로운 방법을 시도하게 하는 것은 어려운 일이라는 걸 확인하였다. 농부들은 내 제안이 획기적이고 필요한 재료를 무료로 제공받는다는 약속에도 불구하고 나의 제안을 받아들이지 않았다. 나는 그들을 도저히 이해할 수 없었다. 농부들은 전통적으로 일년 후 생산된 확실한 결과물을 볼 때까지는 어떠한 새 방법도 받아들이는 것을 어려워했다. 또한 그들이 시도했던 새로운 방법이 그들의 기준이나 기대치보다 낮을 때는 그걸 회복할 방법이 없다는 것을 두려워했다.

그래서 나는 만일 내가 제안한 방법이 효과를 내지 못한다면 그에 대한 보상도 지원하겠다고 약속했다. 나는 또한 평양 중앙위원회에게 협동위원회가 내 권고를 받아들이도록 지시해 달라고 했다. 결국 회령과 청진의 8개 협동농장이 내 요청을 받아들였다.

»»»»»««««««

1999년, 나는 미국에 있는 회사의 판매 수요를 보충하기 위해 회령 대동강 옆 두만시에 자회사를 설립했다. 중국에서의 회사 설립은 수많은 어려움이 있었지만, 내 속마음은 현지에서 북조선 인구의 20%를 차지하는 함경북도 지역에 농업용 필름을 생산해 농업 혁신을 꾀하는 일이었기에 감당할 수 있었다.

드디어 나는 혁신에 불을 지피며 즐겁게 도전해 원하던 필름 생산에 돌입했다. 이것은 수많은 함경북도 시민의 끼니를 돕는 혁신의 시작이었다. 새로운 농법을 위해 연길의 두 농업 전문가를 고용해, 협동농장에서 2년 동안 거주하며 농부들에게 교육을 시키도록 했다. 그들은 하루 24시간을 두 명이 교대해 가며 농부들에게 씨앗의 발아부터 수확까지 가르쳤다.

마을 사람들은 남녀노소 모두 낫과 삽을 들고 언덕에서 연못을 만들기에 가능한 곳으로 가서 작은 연못을 만든 다음, 기슭의 물을 가두어 논으로 흘려 보냈다. 나는 80톤 무게의 수천 개 농업용 필름 롤을 4대의 트럭에 실어 보냈다. 나는 필름 롤에 "미국에 사는 우리 마을의 아들 배병준의 선물"이라는 라벨과 사용 설명서를 붙였다.

이듬해 쌀 수확량은 지난 10년 동안의 한 해 평균 생산량의 4배나 됐다. 옥수수 재배를 위해서 20톤의 뿌리 덮개 필름도 보냈고 그 결과는 더욱 엄청났다. 지역에 따라 조금 차이는 있었지만 이전 연도의 한 해 수확량의 약 5배나 됐다. 뿌리 덮개 필름의 사용은 특히 무우나 감자, 토마토, 오이 같은 채소의 성장에도 상당한 영향을 미쳤다.

중국, 일본, 남한에서는 채소 재배에 온실을 사용해 큰 효과를 얻는 것을 잘 알고 있었다. 나는 남한과 중국의 온실 사용자와 몇 년 전 북조선에서 감자혁명을 일으킨 서울 건국대학교의 김 교수님도 만나 온실 건축에는 비용이 많이 든다는 것을 알게 되었다.

조광훈과 나는 비용을 절약하며 온실을 지을 수 있는 방법을 연구했다. 서 있는 구조물 대신, 언덕을 깎아 그것을 흙벽으로 삼아 온실 구조물 일부를 만든 다음, 온실의 나머지 부분을 그 구조물에 붙이는 방법이었다. 흙벽의 효과는 온실을 잘 버티게 할 뿐 아니라 강한 바람도 견딜 수 있으며, 그보다 더 중요한 사실은 건축 비용이 반밖에 들지 않는다는 점이다. 다른 농업 필름 시트와 달리 온실의 지붕 덮개는 두껍고 자외선 차단제가 들어 있기에 3년 또는 4년마다 교체하면 된다.

그것은 그야말로 혁신이었다.

오이와 토마토를 온실에서 재배하자 생산량이 3-4배로 증가했다. 나는 쌀과 채소의 생산을 위해 온실을 이용하면 엄청난 이점이 있다는 것을 실험으로 확인했다. 그렇게 이상적인 조건에서 싹을 틔운 볍씨는 북동부의 차가운 공기와 지속적인 바람을 견뎌내는 건강하고 단단한 뿌리가 됐다. 그러한 모종은 또한 내한성을 갖게 되어 논에 이식할 수 있게 되자, 그 엄청난 성공에 농부와 우리 관계자들 모두 감동했다.

8개 협동농장 전부에 온실을 건축하기에는 너무도 큰 자본이 필요하기에, 여유가 생기는 대로 협동농장마다 한 개씩 건축하기로 했다. 1999년, 나는 청진과 회령의 협동농장에 농업용 필름으로 채운 트럭 네 대와, 뿌리 덮개 필름 트럭 두 대를 보내 주었다. 그 결과, 그 다음해인 2000년의 쌀 생산량은 헥타르 당 전해 수확량이 2톤이었던 것이 5톤으로 증가했고 옥수수 수확량도 4톤에서 8톤으로 증가했다. 이것은 그 지역들의 수십 년 동안의 수확량의 연간 기록을 경신했다.

나는 이러한 성과를 알려주기 위해, 각 협동농장 사무소 문 앞에 옥수수 두 개를 나란히 매달아 놓았다. 한 개는 창고에서 가져온 지난해의 옥수수고, 다른 한 개는 전날 수확한 것이었다. 두 개의 차이는 너무도 커서 나는 그 대조를 통해 효과적인 방법을 보여줄 수 있었다.

수확량은 매년 증가해서 2002년에는 헥타르 당 평균 7톤의 쌀과 12톤의 옥수수를 수확했다. 어느 온실에서는 오이가 너무 커서 규희는 그것을 드는 데 애를 먹으며 말했다.

"준, 당신은 농부예요. 나는 농부의 아내가 돼도 상관없어요."

온실 농업의 놀라운 결과에 만족한 나는, 내 고향과 함경도 전체의 식량 상황을 어쩌면 우리가 개선할 수 있다고 믿기 시작했다. 그런 놀라운 결과는 하느님의 축복이 있어야만 찾아오는 기적이라고 나는 믿었다.

Promises_39

믿음의 선물

청진 인근 해변에 자리 잡은 영분지 협동농장은, 토양과 바다 모래, 추운 날씨 때문에 옥수수 재배에 어느 농장보다도 적합하지 않았다. 지난 해에도 그 농장에서의 수확량은 헥타르 당 반 톤의 옥수수였다.

2000년 송순아 농장장은 뿌리 덮개 필름과 적절한 비료 사용과 내가 데려온 전문가와 함께 일하자는 내 제안을 받아들였다. 2001년, 그녀의 농장은 북조선에서 헥타르 당 13톤의 옥수수를 생산하며 역사상 기록을 깼다. 중앙당은 그녀에게 공훈장을 수여했고 함경북도 공산당에서 그녀를 높은 지위로 승진시켰다.

어느 날 그녀는 해변 공원의 소나무 아래서 나와 몇 명 농부들에게 정성스레 점심을 대접했다. 농부들은 나에 대한 감사의 뜻을 표시하려고 해 뜨기 전에 깊은 바다에 나가서 게와 전복을 잡아왔다고 했다. 우리는 아코디언 음악 반주에 맞춰서 한 마음으로 〈나의 살던 고향〉을 불렀고, 그 동네의 특산품인 진한 백살구주를 마시며 춤도 추었다.

나는 농부들이 각자의 스타일로 기쁨을 표현하며 자유롭게 춤을 추는 것을 보며, 규희와 그리스 섬들을 여행할 때 보았던 그리스인들이 생각났다. 모두가 어머니에게 바치는 노래를 부르는 것을 보고, 나는 그들이 항상 어머니에게 깊은 애정을 갖고 있다는 것을 알 수 있었다. 나는 농부들이 벼에 씌우는 방막 필름과 일회용 시트 덮개 필름, 그리고 온실 필름을 바르게 사용하고 있는지 확인하고, 농사의 현황을 알아보기 위해 협동조합 농장을 자주 찾았다.

긴 하루의 일과 후 어느 날 밤, 우리는 20여 명 되는 농부들과 농장 식당에서 저녁을 먹기 위해 긴 테이블에 앉았다. 그때 한 사람이 내게 말했다.

"배 선생 동지, 우리는 선생님이 기독교인이고 기독교인들은 식사 전에 기도한다는 것을 들었습니다. 그러니 우리에게 신경 쓰지 말고 기도하십시오."

나는 식탁에 둘러앉은 사람들의 얼굴에서 그들도 그의 요청에 동의한다는 눈빛을 보았다. 나는 그 자리가 기독교에 대한 내 믿음을 전달할 수 있는 기회라고 느꼈다. 그들이 종교가 무엇을 의미하는지, 그리고 왜 다른 나라 사람들은 신을 믿는지에 대해서 듣고 싶어 하는 것 같았다. 나는 기도했다.

"하느님, 애육원과 육아원 아이들을 잘 돌볼 수 있도록 도와 주시고, 금년에는 풍년이 되도록 우리에게 복을 내려주십시오. 이곳에 사는 동포들과 미국에 있는 우리 가족의 안전과 안녕을 보살펴 주시기를 기도합니다. 우리 조국이 통일되어 하나 되기를 기도합니다. 하느님을 통한 평화와 영원한 생명을 믿습니다. 하느님, 저는 저의 온 마음과 영혼과 정신을 드려 하느님을 사랑합니다. 하느님, 우리 모두를 축복해 주십시오. 예수 그리스도의 이름으로 기도합니다."

기도 후 내가 식탁을 둘러보았을 때, 그들은 마치 전설 속 이야기를 들은 표정으로 나를 바라보았다. 나는 어떻게 이곳에서 상상조차 못한 이런 기회가 나에게 주어졌는지 놀라웠고 그들 앞에서 기도할 수 있었었다는 사실에 감사했다.

내가 말한 믿음의 의미를 이해하지는 못했겠지만, 그들이 내가 하느님을 믿고 사랑하는 것을 부러워하는 것처럼 느껴졌다. 이 모든 것이 나를 통한 하느님의 인도요 축복이었다.

»»»»»«««««

1998년 나는 중국 선양 공항에서 평양으로 가는 비행기를 기다리는 동안, 연길대학교에서 동물학을 가르치는 최 교수를 만났다. 그는 여러 해 동안 염소를 길러본 경험이 있다며, 염소는 거의 모든 곳에서 자급자족할 수 있고 우유를 생산하고 고기를 제공하기에 훌륭한 가축이라고 했다. 더욱이 북조선의 작은 농촌 마을에서는 염소의 번식력이 매우 높아서, 내가 돕고 있는 일과 잘 맞을 것이라고 했다.

나는 북조선 나진 근처 농장에 염소 100마리를 기증했다. 다음 해, 그 농장을 방문했을 때 목동들의 말을 들었다.

"배 선생이 주신 100마리 염소 모두, 알지 못하는 질병으로 죽었습니다."

나는 그들이 염소들을 잡아먹은 것은 아닌가 하는 의심이 들었다.

뉴욕타임스, 위키피디아, 윌슨 센터 등 많은 국제 언론들은 1994년부터 1998년까지 4년 동안 약 3백만 명의 북조선 주민들이 기근으로 죽었다고 보도했다. 한 언론은 '북조선이 지난 4년 동안 24만 명이 사망했다고 보고했지만, 국외 여러 언론들은 150만 명부터 350만 명까지 추산하고 있다.'고 했다.

나는 북조선에 있는 동안, 사람들이 누더기처럼 헝겊 조각을 합쳐 꿰맨 배낭을 메고 검은 옷을 입고 시골길을 걷는 모습을 자주 봤다. 초저녁이나 심지어 어둠이 내린 후에, 비가 오든 아니든 날씨에 상관없이 걷고 있는 그들이 궁금했다.

'그들은 어디로 가고 얼마나 멀리 가고 있는 것일까?'

한번은 소년과 함께 흙길 가장자리를 걷는 남자를 보았다. 목이 말라 보여서 물병을 주기 위해, 운전기사에게 차를 세워 달라고 부탁하고는, 그 남자에게 다가가서 물병을 건네려 했으나 그는 받지 않았다. 낯선 사람이 물을 준다는 것이 이상하다는 표정이었다. 내가 물병을 그의 앞에 놓고 차가 떠난 후, 그 남자가 먼지구름 속에서 병을 집어 드는 것을 보았다. 그들은 가난하나 높은 자존심을 가진 백성들이라는 생각이 들었다.

또 궁금한 것은 사람들이 그냥 길거리에 앉아 있는 것이었다. 지나는 차에서 일으키는 먼지 속에 할 일도 없고 갈 곳도 없어서인지 마냥 앉아 있는 것처럼 보였다. 어떤 얼굴은 얼룩덜룩 붉기도 했는데, 그것은 아사가 임박한 징조라는 것을 기사에게 들었다. 아마도 죽어 가기는 해도 마지막 순간이라도 혼자 있고 싶지 않아서 길가에 서라도 자신을 노출시키려고 하는 게 아닌가 싶었다. 하느님은 우리에게 풍족하게 주셨는데 왜 이들은 굶어 죽어야 하는지 의문이 들었다.

»»»»»«««««

북한의 시골길 운전은 늘 위험했다. 특히 높은 산길을 통해 이어지는 회령과 청진의 좁은 도로가 더욱 그랬다. 무엇보다 흙과 자갈로 뒤덮인 도로 가장자리에 낙하 방지를 위한 가드레일이 없어서 차가 수직으로 떨어질 위험도 있었다. 내가 탄 차가 도로 밖으로 미끄러져 나갈 뻔한 적도 몇 번 있었다.

어느 11월 말 오후, 회령을 떠난 우리 팀 4명은 통일대교로 향했다. 눈이 덮인 회령에서 남양까지 가는 중, 마지막 산을 넘어 남양-두만강-연길-서울을 거쳐 캘리포니아 집으로 가는 길이었다. 우리가 탄 도요타는 스노우타이어가 없고 트렁크에는 눈삽도 없었다. 언덕 기슭 중간 지점에서 우리 차는 눈길에 미끄러지며 전진할 수가 없게 되었다.

태양이 먹구름 속으로 빠르게 사라지면서 눈이 점점 더 쌓이고, 우리 넷이 힘을 다해 밀어도 차는 움직이지 않았다. 가장 가까운 마을은 20리나 떨어져 있고, 전화 통화는 물론 어떤 연락도 불가능한 산속이었다.

우리 차에는 한 줌의 생 땅콩과 물 두 병만이 있을 뿐이었다. 나는 하느님께 도와 달라고 기도했다. 구름이 잔뜩 낀 하늘을 올려다보며 어머니와 규희에게 기도를 청했다. 긴 시간이 지난 후 태양이 구름을 뚫고 나오더니 따스한 햇볕이 눈을 녹이기 시작했다. 나의 기도에 응답한 것이다.

두 시간 후 남양에 도착해 통일대교를 건너 중국 도문시에 도착하자, 하늘이 다시 어두워지고 바람이 불더니 다시 한 번 폭설이 내리기 시작했다. 마중 나온 조 사장은 우리가 방금 지나온 산꼭대기에 눈이 쌓이고 있을 것이라고 했다. 나는 우리 팀과 나를 보호하고 무사히 여행을 마치게 해주신 하느님께 감사했다.

우리는 목표를 달성했고 농부들에게 좋은 결과를 얻을 수 있는 방법을 가르쳤다. 새로운 농업 혁신의 장점을 확신시킨 것이다. 이후 5년간 북동부 지역의 농장 생산을 추적해 보니, 새로운 기준인 헥타르 당 쌀 6톤과 옥수수 11톤의 수확량을 유지한 것으로 확인됐다. 나는 아이들이 부모를 굶게 하지 않으려고 빵을 반으로 쪼개 집으로 몰래 가져가는 일이 일어나지 않도록 약속했던 것을 이루었다.

혼신을 다해 일하는 농부들, 두 명의 중국인 농업 전문가들, 나의 중국 팀, 그리고 규희의 변함없는 지원과 어머님의 기도로 모두가 불가능하다고 하는 것을 성공시켰다.

최악의 조건과 열악한 장소에서 나는 농업 혁신의 불을 붙이는 데 성공한 것이다. 나는 내 고향 아이들이 기근으로 죽는 것을 막기 위해, 내가 할 수 있는 최선을 다했다는 뿌듯함으로 안도의 숨을 내쉬었다. 하느님은 나를 그렇게 축복해 주셨다.

영화 제작의 성공과 마지막 약속

Part 05

평생의 꿈

내가 여덟 살 때, 나는 고향의 작은 극장에서 넋을 잃었다. 내 인생의 첫 번째 영화인 러시아 영화로 천연색 자연 다큐멘터리 작품이었다. 그 영화를 본 후, 영화는 나를 압도해서 13살 곤궁한 부산 피난 시절, 내 어린 삶의 돌파구요 안식처가 되었다. 비참한 피난 생활을 거치고 전쟁에 대한 회의에 빠져 정의, 이상, 인간의 가치에 대해 답을 추구하던 사춘기에 영화 감상은 나에게 한줄기 빛을 주었다. 그리고 언젠가는 영화를 제작하고 감독할 수 있을까 하는 엉뚱한 꿈을 꾸어 보기도 했다.

북조선을 방문하려면 캘리포니아에서 서울 인천국제공항까지 13시간, 공항 호텔에서 1박, 중국에서 연길까지 2시간이 걸리며, 그 외 통관 및 출입국 심사를 거쳐야 한다.

1997년부터 2005년까지 9년 동안 나는 36차례 북조선을 방문했다. 끝없이 지루한 긴 여행 동안 나는 여백의 시간들을 글로 채우기 시작했다. 고아들과의 경험, 농부들의 삶, 분단 이후 50여 년 동안 만나지 못한 사랑하는 사람들과의 이별과 그리움에 관한 이야기가 시작이었다. '피와 눈물'에 젖은 남북한 사람들의 심정을 나는 양쪽의 시선으로 볼 수 있었기 때문이다.

그리고 인간의 가장 큰 비극은, 사랑하는 사람들의 강제 이별이라는 것을 남북의 비극을 통해 더욱 확실하게 알리고 싶은 마음이 우러났다. 빈 시간을 채우기 위해 시작한 글이지만, 갈수록 헤어질 수밖에 없는 사람들의 애잔한 마음, 그리고 그분들의 한을 나의 글로 표현하고 싶었다. 왜 우리나라가 여전히 분단국가로 남아있어야 하며 왜 통일에 대한 희망조차 버린 것인지 그 사실이 안타까웠다. 동족상잔의 처참한 전쟁을 치르고도 한국은 여전히 분단된 유일한 국가라는 사실이 나를 괴롭혔다. 북조선과 미국이 오늘날까지도 평화협정에 서명하지 않는 점도 이해되지 않았다.

여러 번 오고 갔지만 회령과 주변 마을 대부분의 주민들이 느끼는 감정을 가늠하기는 쉽지 않았다. 종종 나는 그들이 그들의 지도자를 열정적으로 찬양하며 감사하는 것을 듣곤 했다. 시민들은 낯선 사람과 공공연히 말하는 것조차 허용되지 않는 등 자유가 없음에도 불구하고, 나는 그들이 불평하거나 그들의 삶이 불편하다고 불만스러워하는 느낌을 받지 못했다. 아마도 너무 오랫동안 바깥세상과 격리되어 있어서 그들이 무엇을 놓치고 있는지 알지 못하기 때문은 아닌지, 아니면 아무도 그들의 말을 들으려 하지 않으니 오히려 침묵하는 것인지, 그렇지 않으면 그들이 무엇을 말하든지 체제에 대한 불평으로 받아들여질까 두려워서 입을 다무는 것이 안전하다고 생각하는 것 같기도 했다.

나는 동심으로 돌아가 그리운 마음으로 회령에서의 어린 시절을 한 줄 한 줄 적어 나갔다. 고향의 장엄한 산세의 풍경 속에서 뛰놀던 이야기나, 친구들과 은빛 반짝이며 흘러내리는 폭포 옆에 앉아 놀던 날들, 해안가 소나무 숲을 걸으며 바닷가 바위 위에서 밀려오는 파도를 즐기던 원산의 명사십리 이야기도 담았다. 그 시절을 돌이켜 보면 볼수록, 그때가 얼마나 평화롭고 순수했는지 그 추억이 꿈처럼 되살아났다.

무엇보다도 소리 없는 고향 사람들의, 치유되지 않은 상처를 대변할 수 있는 사람은 나밖에 없다는 생각도 들었다. 내가 북조선에서 본 것이 침묵하는 사람들의 통일과 평화를 위한 외침이 되어, 세계가 들을 수 있게 하라고 기도하는 어머니와 규희의 간청이 들리는 듯 했다. 글을 쓰는 동안 나는 흰 종이에 글자가 눈물로 번지는 것을 여러 번 보았다

나는 그렇게 5년 동안이나 글을 이어갔다. 글을 쓰면 쓸수록 지난 시절들이 영화의 한 장면처럼 더욱 선명해지며, 그동안 잊고 있었던 영화에 대한 어릴 적 꿈이 되살아났다. 나는 내 고향 사람들의 통일과 재회에 대한 간절한 바람을, 영화라는 메시지로 효과 있게 전달해 볼 수는 없을까 생각하게 되었다. 그리고 내가 쓴 글들을 시나리오로 바꾸고 싶은 불타는 욕구가 생겼다.

Promises_41

꿈이 이루어지다

나는 북조선 지도자들이 영화에 열정적이라는 사실 외에는, 그들의 영화 세계에 대해 아는 바가 전혀 없었다. 아는 것이라면 그들의 영화 산업이 활발하고 역동적이라는 사실과, 오로지 최신 기술이 부족하다는 것뿐이었다. 제임스와 북조선 여행중 평양 도시 외곽에 위치한 수십만 평의 대규모 실내-실외 스튜디오를 방문한 기억이 났다.

나는 영화 단지에서 수백 명의 엑스트라를 수용할 수 있는, 진짜 마을같이 지어진 여러 세트장을 보았다. 그 단지에는 1930~1940년대의 러시아 마을, 일본 여관과 경찰서 건물, 그리고 만주 마을의 복제품들이 구비되어 있었다. 그 외에도 미군과 일본군의 군복, 총, 탱크 등 의상과 소품을 보관하는 대형 창고도 여럿 있었다.

그 세트들은 1930년부터 1945년까지 만주에서 게릴라 투사로 일본 제국군에 저항해 투쟁한, 김일성 수령의 생애의 다양한 일화를 다룬 영화 제작을 위해 건축됐다. 북조선의 영화는 오로지 김일성과 김정일 두 지도자의 업적과 공산주의의 이상을 교육시키기 위한 도구로 사용되고 있었다.

»»»»»«««««

2005년 8년의 노력 끝에 드디어 나는 <산 너머 마을>이라는 영화 대본을 완성했다. 어머니와 규희는 내가 대본을 쓰는 데 늘 영감을 주었다. 한국전쟁을 계기로 만난 두 연인의 운명적인 사랑을 담은 대본이었다. 북조선의 작은 마을 천암리에서 젊은 간호사 선아가 전투에서 낙오된 한국군 부상병 일규를 구한다. 그가 어머니를 천암리로 데려 오기 위해 남으로 돌아가야 한다고 말하기 전까지 선아는 그가 남조선 사람인 것을 몰랐다.

돌아온다는 약속을 믿고 선아는 그를 평생 기다린다. 일규는 사랑하는 사람과 재회하기 위해 온갖 방법을 다 썼지만 이루지 못했다. 그가 개업의사로 거주하고 있는 네덜란드와 북조선 사이에는 외교관계가 없기 때문에 재회가 불가능했다.

세월이 흘러 그들의 젊음은 사라졌지만 서로의 사랑은 시들지 않았다. 일규는 적십자를 통해 선아가 세상을 떠났다는 사실을 알게 된다. 그는 우여곡절 끝에 평양에 올 수 있는 뜻밖의 기회를 얻게 되는데, 이때 그는 선아가 살아있다는 것과 그녀가 병원을 짓고 고아들을 돌보겠다는 헤어질 때의 약속을 지키고 있다는 것을 알게 된다.

일규와 선아는 헤어지던 '추억의 나무'에서 눈물로 만난다. 재회 직후, 선아는 췌장암으로 죽는다. 일규는 그들이 사랑을 나누었던 산꼭대기에서 선아를 추억하며 그녀를 부른다. '선아야! 선아야!'

그녀의 영혼이라도 만나기 위해 그는 폭포 위 높은 절벽 꼭대기에서 뛰어내린다. 마을 노인들이 절벽 아래서 일규의 시신을 발견한다.

내가 하려는 무모한 과제에는 두 가지 장애물이 더 있었다. 우선 미국인인 내가 쓴 대본을 바탕으로 북조선에서 영화 제작을 허락해 줄지 알아야 했다. 평양의 해외동포부는 국제적인 사업 활동, 사상 선전, 정보, 관광, 그리고 외국인 방문객들을 위한 안내를 감독하고 승인하는 기관이다. 나는 그들의 허가를 받아야 했다. 해외동포 위원장 김경호는 내가 김정일 위원장 어머니의 고향인 회령 사람들을 위해 한 일에 대해 자주 칭찬을 해준 사람이었다. 그를 만난 나는 그에게 대본을 주며 말했다.

"북조선 나의 고향에서 영화를 만들려고 대본을 썼습니다. 이걸 읽고 동지의 생각을 알려주시면 감사하겠습니다."

이틀 후 내가 그의 집무실을 방문했을 때, 그는 나의 대본을 감명 깊게 읽었다며 내 손을 꼭 잡고 굵은 목소리로 말했다.

"배 동지, 당신의 고국에서 그 대본으로 영화를 제작해서 우리의 위대한 지도자와 우리 민족을 기려 주길 바랍니다."

Promises_42

까다로운 협상

김 위원장은 내 대본을 여러 권으로 복사한 뒤, 예술-과학부장이며 영화 대본 협회장인 리해창 교수에게 추천서와 함께 전달했다. 리 교수는 한 무리의 시나리오 작가들을 모아 놓고 내 대본을 보여주었다.

리 교수는 고려호텔 회의실에서 청진 출신의 전도 유망한 젊은 작가 김은옥을 소개했다. 김은옥은 김일성종합대학을 졸업하고 자기가 쓴 여러 대본이 비평가들에게 호평을 받은 바 있는 신진 작가였다. 크고 아름다운 검은색 눈을 가진 그녀를 처음 보았을 때 나는 오래전 고촌에서 죽은 막내 동생 정옥이 생각이 났다. 정중하고 공손한 말투에 나는 곧 은옥을 좋아하게 됐다. 그녀는 내게 그녀 삼촌이 1950년 한국전쟁 중에 목숨을 잃었다며 내 대본의 주제에 더욱 관심을 가졌다고 했다.

인사를 나눈 우리는 회의실에서 대본에 대해 토론했다. 토론 초반 은옥은 갑자기 얼굴이 붉어지며 몸을 떨며 거듭 말했다.

"우리의 여성은 남조선 군인과 사랑에 빠질 리 없고 그럴 수도 없어요."

그런 일은 그녀에게는 상상조차 할 수 없는 일이었다. 우리는 밤이 깊도록 서로 다른 이념에 대해 의견을 교환했다. 우리나라는 같은 언어를 쓰고, 같은 혈통, 같은 성을 가졌다는 것에 대해, 나는 그녀를 납득시키기 위해 노력했다. 또한 우리나라는 민족 차별을 하는 미국인, 계급 차별을 하는 영국인, 종교 차이로 갈라진 중동 사람들처럼 갈라진 나라가 아니다. 한국을 분열시키는 데 적합하다고 본 초강대국들의 변덕에 의해 갈라졌다고 강조하며 다시 말했다.

"우리는 모두 전쟁으로 분리된 가족입니다."

나는 미국, 영국, 러시아 등 3대 강국이 얄타에서 열린 제2차 세계대전 종전 회의에서 우리나라를 분단하기로 합의했다고 설명했다. 나는 단호한 목소리로 "독일의 히틀러와 일본의 히로히토가 전쟁을 일으켜 수천만 명의 무고한 사람들을 죽였고, 우리에게 얼토당토 않은 국토 분단을 비롯한 인류 최대의 비극을 안긴 그들을 악인으로 기억해야 한다."고 지적했다. 시종일관 잠잠하던 리 교수가 마침내 입을 열었다.

"이것은 사랑에 빠진 두 사람의 이야기입니다. 그럴 수 있습니다. 이것은 전쟁과 사랑하는 사람과의 이별로 고통받아온 우리 민족의 이야기입니다. 우리 모두 조국 통일을 바라지 않나요? 나는 배 선생의 대본에 담은 말을 존중합니다."

호텔의 긴 에스컬레이터를 타고 내려가던 중, 은옥은 내 손을 꽉 잡으며 말했다.

"할아버지, 북조선 사람들 전부가 조국의 통일을 원한다는 것을 남녘의 형제자매들에게 보여줄 멋진 영화를 만듭시다."

그녀의 따뜻하고 작은 손을 잡으면서, 나는 우리 사이에 같은 피가 흐르는 것을 느꼈다. 우리가 현관에 내려갔을 때, 밖은 칠흑같이 어두웠다. 전력난 때문에 거리나 고층 건물에는 한동안 불이 켜 있지 않았다. 새벽 2시라 나는 걱정이 되었다. 리 교수와 은옥이가 집에 무사히 도착하기를 바랐다.

»»»»»«««««

영화 토론의 흥분과 시차 때문에 나는 잠을 거의 잘 수 없었다. 매일 아침 6시에 평양 거리에서 연주하는 노래 소리가, 침실 창가의 스피커에서 퍼져 나올 때까지 나는 침대에서 몸을 뒤척거렸다. 산책을 나가 기차역 근처 지하 통로로 발걸음을 옮기는 중이었다.

통로 계단에 몇 명의 아주머니들이, 고아처럼 보이는 다섯 살쯤 된 행색이 초라한 소년을 원을 그리며 둘러서 있었다. 그 소년은 무릎 위 백에 들어있는 건빵을 정신없이 먹고 있었다. 그것은 내가 수십 년 전에 먹었던 미군의 건빵을 생각나게 했다. 나는 소년이 빽빽하게 입에 가뜩 건빵을 먹고 있는 모습에, 물이 필요할 것 같아 물병을 가지러 세 블록 떨어진 내 호텔로 달려갔다. 내가 돌아왔을 때 불과 몇 분 전까지도 있던 소년은 안 보이고 한 여자가 계단을 쓸고 있었다.

"여기 앉았던 아이 못 보셨어요?"

내가 묻자 그 여자는 못 보았다고 했다. 그 장소로 걸어오던 또 다른 여자 청소부에게도 물었지만 그녀도 역시 모른다고 했다. 그들은 진실을 말하고 있는 것 같지 않았다. 주위를 둘러보았지만 소년은 어디에도 없었다. 먹여 살릴 방법이 없는 절박한 어머니가, 자기 애를 도시 관리인이 데려가도록, 사람들이 많이 다니는 지하 계단에 두고 갔을 거라는 의심을 지울 수 없었다. 나는 아픈 마음을 안고 호텔로 돌아왔다. 어머니가 어디 있는지 다시 찾아올 것인지도 모르면서, 계단에 홀로 앉아 있던 소년이 받았을 충격에 대해 나는 생각해보았다.

여동생 정옥이를 묻었을 때 나를 압도했던 것과 같은 슬픔이 몰려와, 나는 몸까지 떨렸다. 왜 이런 일들이 일어나야 하는지 다시 절망감이 나를 엄습했다. 자신에게 무슨 일이 일어나고 있는지도 모른 채 멍하니 앞을 바라보던 소년의 무표정한 얼굴을 나는 결코 잊지 못한다. 그 소년은 내 손자 또래의 아이였다.

병들고 허약한 상태로 대정시를 떠돌며 먹을 걸 구걸했던 큰 형 생각이 났다. 그리고 요동치는 바다 위에서 수천 명의 난민들과 함께 메리디스 빅토리호 갑판에 비집고 앉아, 여러 날을 배고프고 추웠던 병진 형도 생각했다. 나의 두 형의 상황은 위험과 고난으로 가득 찬 날들이었지만, 그들은 사랑과 애정으로 어머니가 그들을 기다릴 걸 알고 있었다. 하지만 계단에 있던 소년은 어떠했을까? 나는 지금도 그날 아침 내가 목격한 소년을 떠올리면, 어머니가 자식을 버리는 인류 최악의 비극에 대한 생각을 멈출 수가 없다.

Promises_43

어렵게 얻어낸 승인

영화 대본은 여러 이해 관계자들의 승인을 받아야 한다. 촬영을 한다고 하더라도, 그 전에 타협과 토론과 정밀 조사가 요구되기에 〈산 너머 마을〉 대본도 예외는 아니었다.

고려호텔에서 리 교수와 은옥이를 만난 다음 날 오후, 나는 보통 사람들의 의견을 듣고 싶어, 70~80대의 연로한 작가 4명과 영화를 전공하는 젊은 대학생 3명에게 대본을 보여주었다. 며칠 지난 후 그들을 만나자 그들은 모두 "제발 이 대본으로 영화로 만들어 주세요."라고 했다. 모두들 사랑과 통일의 훌륭한 메시지라고 했고 젊은 작가들은 대본을 읽고 눈물을 흘렸다고 했다.

나는 당의 2명의 선전부 수장을 포함한 9명의 예술과학부 국장의 승인을 받아야 했다. 그들은 한국전쟁의 비극 중 하나인 노근리 사건을 대본에 덧붙이기를 원했다. 그들은 "전쟁 초기였던 1950년 7월 26일, 미 7군 제1기병사단이 조선을 나누는 군사분계선 인근 농촌 마을 노근리에서, 여성, 노인, 어린이 등 피난민 400명을 학살했다."고 했다.

미국은 남한을 해방시키려고 한국에 와서, 수만 명의 젊은 아들과 딸을 희생시켰다. 미국에 대한 북조선의 부정적인 시각을 <산 너머 마을>에 반영시키기를 나는 원치 않았다. 나는 노근리 사건이 평범한 두 사람의 사랑 이야기와 무관하다고 보아서 그 제안을 거절했다. 대본을 검토한 북한 지도자 중 2명의 선전부 수장의 이념적 차이를 체념시키기가 쉽지 않았다.

그들은 자라면서 마르크스-레닌주의식 공산주의의 영향을 받았고 평생 그것을 실천해 온 사람들이다. 반면 나는 미국 자본주의와 자유 아래 살면서, 50년이나 그 영향을 받으며 오늘의 성공을 이뤘다. 두 이념의 차이로 어느 쪽도 물러서지 않아 대본 논의가 교착 상태에 빠졌다.

나는 스스로를 설득시키기 위해 노근리에서의 진실을 알아보려고, 찾을 수 있는 한 많은 신문 기사와 통신원 보고서, 정부 공식 보고서 등을 읽느라 밤잠을 설쳤다. 미 국방부, 국회 그리고 "노근리에서 한국 민간인들이 목숨을 잃은 데 대해 깊은 유감을 표한다."고 말한 빌 클린턴 대통령의 성명을 찾을 수 있었다.

나는 최종 각본에 완전히 합의하기 전까지 평양을 무려 다섯 번이나 더 갔고, 결국 우리는 몇 가지 쟁점에 대해 타협했다. 내가 <산 너머 마을>에 노근리 사건을 추가해 달라는 그들의 요구를 받아들이는 대가로, 그들은 내가 내 이야기에 필수적이라고 믿는 기독교 개념인 '영원한 생명'이라는 하느님의 선물에 대한 메시지를 남기는 데 합의했다. 무엇보다 나에게 중요한 일은 어머니와의 약속을 지키는 일이었다.

우리의 교착 상태가 해소된 후, 북한 문화성 지도자들은 고아원과 농장에서 내가 아무 조건 없이 도와준 일에 대해 감사를 표하면서, 북한 주민에 대한 나의 변치 않는 사랑이 타결을 보게 한 것이라고 했다. 그리고 통일에 대한 주제도 그들의 의사결정에 큰 역할을 했다고 했다.

마침내 북한 역사상 최초로 자신들과 다른 체제에 속한 작가가 쓴 영화 대본을 그들이 승인했다. 그들은 두 사람 사이의 궁극적인 영원한 사랑을 보여주는 두 장면을 대본에 넣는 걸 허락했다. 그 장면들이 바로 내가 전하고 싶은 기독교의 메시지였다.

한 장면은 내가 함경북도 칠보산에 갔을 때 한 승려가 들려준 전설을 대본에 넣은 것이다.

"한 젊은 여성의 연인인 전사가, 13세기에 고려 왕조를 침략한 몽골인들과 전투에 출정하기 전, 두 연인은 영원한 사랑을 약속하며 상대방의 손가락에 서로 짝을 이루는 옥반지를 끼워준다. 3년 전쟁이 끝난 후, 승전가를 부르며 돌아오는 전우들은 그의 투구와 옥반지를 그녀에게 전했다. 그녀는 연인의 반지를 함께 끼고 폭포 위에서 뛰어내렸다. 그날부터 폭포 아래 연못의 물은 그들 반지에서 반사된 햇빛에 의해 옥빛으로 변했다"고 그 전설은 전한다.

내가 쓴 〈산 너머 마을〉의 마지막은, 주인공의 연인인 간호사 선아가 죽었다는 것을 알고 한국 군인이었던 일규가 절벽에서 뛰어내리는 장면이었다. 위원회는 자살이 그들 사회에서는 불명예스러운 행위라고 하여 나는 그 장면을 일규가 심부전증으로 사망하도록 수정했다.

북한 지도자들은 노근리 사건을 추가해, 그 작은 마을의 무고한 사람들에 대한 미 제국주의자들의 비인간적인 행동과, 그들이 '범죄'라고 생각하는 행위가 폭로되기를 원했다. 그리고 그들은 영화를 통해 자신들의 선전 목적을 달성했다고 생각했다.

그러나 나는 내가 더 중요한 목표를 달성했다고 진심으로 믿었다. 시나리오를 통해 사랑은 인간이 만든 모든 불행과 분열을 뛰어넘으며, 죽음은 그 사랑을 분리할 수 없고 사랑은 우리를 하나로 묶을 수 있다는 메시지를 전달했다. 나는 이 영화에서 모든 한국인이 오직 사랑으로 우리의 분단된 땅을 통일시킬 수 있다고 내 마음을 인도해 준 어머니와 규희의 기도를 전달했다. 김은옥은 대본을 다듬고 영어대본을 번역하는 데 큰 도움을 주었으며, 다른 문회성 작가들도 대본을 완성시키는 데 도움을 주었다.

나는 대본 승인까지 주고받은 여러 경험을 특권이라고 생각했고, 북조선에서 영화를 만들게 된 것이 그저 감격스러울 뿐이었다. 영화 <산 너머 마을>은, 언젠가 고향 사람들이 하느님의 축복을 받을 수 있게 어머니가 오랫동안 드려온 기도의 응답이기도 했다.

어머니와 규희에게 한 나의 약속은 그렇게 출발선을 떠났다.

Promises_44

조각이 맞추어짐

대본을 둘러싼 공들인 협상이 완료되고 승인되면서 다음 단계에 들어섰다. 첫 번째는 감독을 뽑는 일이었다. 나는 문화성 영화 그룹에 감독 후보들을 추천해 달라고 요구했다. 네 명의 유력한 후보들을 검토하면서, 나는 그들의 지난 성과에 대해 알려고 했다. 그들의 전작을 시청하고 각각 면담하며, 나는 내 이야기의 진실된 내용을 선명하고 예술적으로 표현할 수 있는 감수성 풍부한 사람을 선정하길 원했다. 나는 면담자 4명 중 장인학 감독을 선정했다.

장 감독은 내 시나리오를 읽고 나와 함께 일하고 싶은 불타는 욕구가 생겼다고 했다. 그리고 그는 두 젊은 사람 사이의 궁극적인 사랑과 희생을 통해, 인간 가치와 삶에 대한 용기와 투쟁을 그린 내 이야기에 매료되었다고도 했다. 장 감독이 여러 극찬을 받은 영화 중에는 〈여학생의 일기〉가 있다. 그 영화는 두 명의 10대 자매와 그들의 부모, 그리고 예기치 못한 비극 후에 그들의 가족을 결속하게 했던 선생과의 교감을 다룬 감동적인 영화다. 나는 장 감독이 단순한 이야기를 특수한 감성과 감정의 흐름으로 돋보이게 표현했다고 생각했다.

장 감독은 나를 제작진의 다른 핵심 인원들과 연결시켜 주었다. 촬영 분야에서 위대한 지도자 훈장을 받은 원로 카메라맨 한룡수 동무와 영화 음악 분야에서 최고라고 높은 평가를 받는 작곡가 성동환 동무를 소개해줬다. 성동환 역시 대본에 반해 영화 주제곡과 사운드트랙 전체를 작곡하고 싶다고 했다. 재능 있는 음악가 성 동무는 대본을 읽으면서 멜로디가 머릿속으로 날아들었다고 했다.

외국인 방문객이 자주 머무는 평양 양각도 호텔 인근 녹음실은, 우산 모양의 지붕이 있는 둥근 건물로 방음실이 12개가 있었다. 녹음실에서는 다양한 악기의 미묘한 음색을 들을 수 있도록 녹음을 위한 장치가 있었고, 또한 백 명의 목소리의 조화된 화음을 위해 수백 개의 마이크를 갖춘 상당한 규모의 중앙 강당도 있었다.

성동환 작곡가는 피아노, 바이올린, 기타, 플루트, 가야금 등 다양한 악기로 주요 곡을 연주하는 솔로 연주자들의 연주를 내가 들을 수 있도록 주선했다. 그는 내게 녹음할 때 연주할 악기를 고르라고 했다. 내가 한 곡을 위해 바이올린과 피리를, 다른 곡을 위해서는 바이올린과 기타 듀엣을 선택하자 그는 탁월한 선택이라며 칭찬했다. 그는 전체 악기의 합주와 100명의 목소리로 구성된 합창을 통해 주제 음악의 두 부분을, 나만 듣도록 연주하도록 했다. 그리고 영화 음악을 최종 녹음하기 전에 내 의견을 묻기도 했다.

음악 학도들과 젊은 여성들로 구성된 합창 단원들은, 모두가 녹음을 하느라 엄청난 희생을 감수했다. 전국이 모든 것을 제쳐 두고 김치 만들기에 전념하는 '김치의 날'에, 한 부분의 녹음이 예정되어 있었다. 겨울을 나기 위한 김치를 담그기 위해, 농부들은 트럭으로 동네 정해진 마당에 그날 하루에 배추를 배달한다. 합창단원들은 배추 트럭이 가을에 딱 한 번만 오기 때문에 김치의 날을 놓칠 수 없다. 하지만 그들 모두 영화의 사운드트랙 녹음을 위해 그날 스튜디오로 왔다. 그렇게 희생으로 탄생된 〈산 너머 마을〉에 담긴 그들의 목소리는 영화와 함께 오래 살아남을 것이다.

나는 성 작곡가가 작곡한 타이틀곡과 사운드트랙에 매우 만족했다. 그는 나의 이야기를 정확하게 그렸고 아름다운 음악으로 표현하였다. 그의 음악은 데이비드 린 감독 작품의 〈닥터 지바고〉를 작곡한 모리스 자르의 위대한 음악을 생각나게 한다. 성 작가의 〈산 너머 마을〉 멜로디는 혼과 사랑, 눈물과 영생을 업고 춤추는 것 같았다. 그의 음악은 줄곧 내 뇌리를 떠나지 않았다.

나는 음악 제작, 연출, 녹음에 관련한 모든 스태프들이 역할의 비중에 상관없이 엄청난 재능을 가진 음악가들이라는 걸 알았다. 세션이 계속되면서 나는 자주 멋진 공연을 해 준 음악가들에게 하이파이브를 하면서 음악 속에 빠지곤 했다. 어린 시절 〈라돈나 에 모빌에〉를 부르던 생각이 떠오르며, 다시 태어난다면 작곡가가 될 거라는 상상도 해 봤다. 성 작곡가는 내가 스튜디오에 참석하는 것이 얼마나 격려가 되고 즐거운지를 반복해서 말하며, 자신의 음악에 대한 나의 관심에 감사를 표했다.

어느 녹음 세션 중, 나는 몸이 빼빼 마른 젊은 여성이 고개를 숙인 채 무릎을 안고 음향실 구석 바닥에 앉아 있는 것을 보았다. 나는 그녀가 잠시 쉬고 있는 스튜디오 청소부라고 생각했다. 성 작곡가는 그녀가 이 영화의 리드 보컬인 최영자 동무라고 소개했다. 북조선에서는 청소부든, 작곡가든, 스튜디오 실장이든 직급에 상관없이 계급 차이가 없고, 모두 평등한 대우를 받는다는 걸 다시 한 번 확인했다.

실제로 나는 작곡가 성동환 씨와 그의 스태프들과 일하는 것이 즐거웠고, 함께 했던 모든 순간들이 기쁘고 신나고 소중했다. 그날들은 내 인생의 황금빛 날들이었고 그들과 다시 일할 기회가 온다면 얼마나 행복할까 생각하며, 나는 항상 그날들을 추억한다. 음악으로 하나가 되었던 그들이 그립다.

Promises_45

마지막 단계인 배우 선발

윌리엄 와일러가 '로마의 휴일'에 앤 공주를 연기할 배우로 무명의 오드리 햅번을 찾았던 것처럼, 우리가 적절한 주연 여배우를 찾은 일은 행운이었다. 단편 텔레비전 드라마에서 리향숙의 연기를 보았을 때, 그녀가 <산 너머 마을>에서 마을 간호사 역을 소화하기에 완벽한 배우라는 걸 직감했다. 직접 인터뷰를 해보니 더욱 확신이 생겼다. 그녀의 아름답고, 순수하고, 굳세게 보이는 얼굴, 무엇보다도 조선적 여성성을 충분히 구현할 수 있는 젊은 여성이었다.

반면 일규를 연기할 주연 배우를 찾는 일은 쉽지 않았다. 처음에는 한 여배우에게 선아 역의 대본을 읽게 하고, 네 명의 후보에게 시나리오의 한 장면을 연기해 달라고 부탁했다. 몇 시간의 평가 후, 장감독과 나는 그들 중 누구도 우리의 기대에 미치지 못한다는 사실을 실감했다. 두 명의 배우를 더 오디션 했는데, 키 크고 잘생긴 젊은 김령민은 강한 정의감과 확고한 신념이 돋보이는 모습이었다. 우리는 그가 주연 배우 일규 역을 소화하기에 적당하다는 것을 알았다. 사냥꾼인 선아 아버지 역으로는 김일성 수령으로부터 공훈장을 받은 배우 신명옥을 쉽게 뽑았다. 나는 그가 이전 영화에서 자신의 배역을 완벽하게 소화했다는 걸 알 수 있었다.

규희가 도착했을 때, 장 감독은 오로지 규희만을 위해 스튜디오 무대에서 배우들이 배경음악에 맞춰 두 장면을 공연하도록 했다. 규희는 그 공연에 크게 감명받았고, 장 감독과 그의 제작진이 〈산 너머 마을〉 제작에 헌신한 걸 칭찬하며 감사를 표했다. 장 감독은 제작진들을 둘러보며 말했다.

"우리를 응원하고 격려하기 위해 멀리서 와준 규희 어머니에게 감사 드립니다."

규희에게 애정 어리고 존경스럽게 '어머니'라고 표현한 것은, 그가 규희를 얼마나 감사하고 고맙게 생각하는지를 보여준 북조선 방식의 최고의 찬사요 존경이었다. 주요 장애물로 생각했던 것들이 해결되었기에, 이제는 촬영 장소를 물색하는 일만 남았다. 실제로 촬영할 때가 가까워 왔다고 모두 흥분했지만, 나는 그것이 큰 오산이었다는 것을 얼마 지나지 않아 곧 알게 되었다.

Promises_46

불가피한 지연

북조선에는 영화를 만들 비전과 재능은 있지만, 영화 촬영에는 꼭 필요한 동시 녹음 촬영기 장비가 없고 사용해 본 적도 없다는 걸 알게 되었다. 하지만 나는 이 작품은 내 생의 전부를 바칠 역작이고 국제 영화제에 출품하려면 그들의 수준에 맞는 동시 녹음 작품이 반드시 되어야 하기 때문에 〈산 너머 마을〉은 동시 녹음으로 촬영하지 않으면 제작을 할 수 없다고 주장했다.

평양 스튜디오에 가보니 장비로는 수십 년 이상은 되어 보이는 낡은 비동기 식 ARRI 카메라 본체 3개와 오래된 렌즈 4개, 그리고 구식 조명 몇 개가 전부였다. 내가 주장한 영화 촬영을 위해서는 동시 녹음 ARRI 카메라 한 세트와 자이스(Zeiss) 렌즈 셋으로 된 한 세트가 필요했다. 신형 카메라와 렌즈 가격은 약 40만 달러였다.

다행히 할리우드 중고 장비 공급업체인 '앨런 고든 엔터프라이즈'에서 중고 AARI 동시녹음 카메라 세트를 8만 달러에 살 수 있었고, 3개의 신품 자이스 렌즈와 레일 한 세트를 5만 5천 백 달러에 샀다. 중고 카메라를 산 덕분에 절약된 돈으로 새 ARRI 실외 조명 시스템을 19만 5천 달러에 구입할 수 있었다.

촬영기사들이 실내조명 장비도 필요하다고 해서 나는 다시 로스앤젤레스로 가서 중고 텅스텐 일광 램프를 구입했다. 그곳에 간 김에 녹음기, 휴대용 음향 수신기, 배터리, 모니터, 필터 및 두 개의 인공 눈 제조기 등을 총 16만 달러를 들여 구입했다. 그 외 분장품, 여러가지 사소한 장비 아이템, 등등 하여 총 장비들을 구입하는 데 운송비 빼고 약 65만 달러가 들었다. 더불어, 제작단과 배우들이 스튜디오와 로케이션을 오가는 데 필요한 중고 버스 한 대를 구입했고, 멀리 떨어진 로케이션에서 촬영 할 때에는 제작진에게 식사도 마련했다.

장비 구입은 그리 어렵지 않았지만 선적에는 또 다른 문제에 봉착했다. 미국의 대북 제재와 항공 운송이 허용하는 카고(화물) 사이즈 때문에 우리는 어느 정도의 지혜를 모아야 했다. 운송업자는 상품을 세 개의 팔레트로 포장해 홍콩으로 운송한 후, 그곳에서 베이징으로 옮겨 싣고, 베이징에서 평양으로 보낸다고 했다. 각 품목은 비군사 품목으로 분류되긴 해도 미국의 물품 수출제재에서 벗어나야 했다.

홍콩과 베이징 운송은 차질 없이 진행되었다. 다만 베이징 공항에서는 북조선 고려항공 화물칸에 맞추기에는 팔레트가 너무 컸기 때문에, 현지 세관 운송업자가 베이징에 보관하다가 포장을 해체한 후 작은 규격의 사이즈로 재포장했다. 따라서 각각의 포장은 새로 허가를 받아야 하고 그에 따른 보험도 다시 들어야 하는 일들이 발생했다. 화물이 스튜디오에 도착하기까지 꽤 시간이 걸린다고 했다.

우리는 드디어 제작할 준비를 마쳤다고 생각했다. 아니 나는 그렇게 믿고 싶었다.

Promises_47

자유란 무엇일까?

호텔에서 두 달이나 카메라가 도착하기를 기다리며 규희와 나는 '스도쿠'를 수없이 했다. 어떤 문제는 까다롭고 도전을 요했지만 규희는 어려워하지 않았다. 내가 그녀에게 도움을 청할 때마다 그녀는 빈 칸을 쉽게 채워주었다. 그녀는 스도쿠의 달인이었다. 시간 때우기가 지루했지만, 규희가 한 번도 불평하지 않는 침착한 모습에 나는 다시 한 번 잔잔한 그녀의 심성을 보았다.

어느 날 우리는 하루 평양 시내를 산책하며 시민들의 일상을 돌아보자고 했다. 무표정하게 지나치는 행인들 옷의 오른쪽 가슴에는 위대한 지도자들의 배지를 모두 달고 있다. 머리에 커다란 보따리를 인 여성들이 아이들의 손을 잡고 전차를 타려고 서두르기도 했다. 주요 건널목에는 파란 제복을 입은 젊고 예쁜 교통 관리원들이 몇 안 되는 차를 호루라기를 불며 교통정리를 했다.

우리는 책을 읽으며 걷는 젊은이들을 스치기도 하고, 마른 몸에 어두운 얼굴의 사람들이 이륜 손수레를 끌고 가는 것도 보았다. 그들의 행색은 초라해도 어딘지 모르게 강한 얼굴에 생존 의지가 풍겼다. 호텔 근처 공원 벤치에 앉아서 지나는 행인들을 바라보며, 인간의 생존의 의미와 인간의 행복이 무엇인가에 대해 깊이 생각해 보았다.

그날 우리가 본 평양의 모습은 1990년 우리가 여행했던 소련의 레닌그라드(지금은 상 페테르부르크)와 매우 흡사했다. 우리가 그곳을 방문했을 때, 그들은 매우 궁핍해서 한여름 더위에도 군인들은 두꺼운 겨울 동복을 입고 있었다. 당시 그곳에는 우리가 머문 호텔 외에는 가게도, 카페도, 주점도 없었다. 사람들은 길게 줄을 서서 가끔 오는 전차를 기다리고 있었다. 그럼에도 레닌그라드는 우리가 여행한 세계 어떤 곳보다도 아름다운 도시 중 하나였다. 허미타지 박물관, 페트로드포르츠비 지역 내 피터 호프, 그리고 넵스키 다리는 도시에 널린 보물과 같았다.

오페라 하우스에서 본 〈파우스트〉의 아름다운 아리아와 멋진 발레는 좋았으나 나는 4막 공연 중에 잠이 들고 말았다. 코까지 골자 규희가 내 다리를 흔들었다. 시차가 풀리지 않고 안락한 자리에 앉아서 어두운 장면을 보고 있었기 때문이었다.

오페라는 어느 곳이나 막마다 막간에 샴페인을 사서 마시는데, 그들은 샴페인 대신 설탕물을 주었다. 그것으로 모든 물자가 얼마나 부족한지를 알 수 있었다. 하지만 그것이 규희의 생각처럼, 이상은 달라도 위대한 음악, 미술 등 모든 예술을 표현하는 데 그들이 뛰어났다는 데는 동감했다.

곱게 생긴 여성 가이드는, 2차 세계대전 때 2천 3백만 명의 러시아인들이 죽었고, 그 중 전투에 참여한 1천 8백만 명의 남녀가 대부분 젊은이들이라고 했다. 그로 인해 수많은 어머니들이 애끓는 슬픔 속에 살아가고 있다고 했다. 그리고 가장 추웠던 겨울에 수십만 명의 러시아 여성들이, 스탈린그라드를 포위 공격하는 히틀러군을 용감히 물리쳤다고 했다. 결국 그 저항은 제 3국의 패배로 이어져 2차 세계대전을 끝내는 데 큰 역할을 했다. 그 말이 끝나기가 무섭게 규희가 가이드를 향해 엄지손가락을 열광적으로 치켜세웠다.

Promises_48

유년을 추억하며

촬영 기구들의 평양 도착이 지연되자, 규희와 나는 미국으로 돌아올 수밖에 없었다. 집으로 돌아온 지 2주 후, 카메라가 베이징을 떠난다는 소식을 들었다. 평양에 도착하는 대로 바로 촬영을 시작할 수 있다는 관계자의 말에 나는 큰 기대를 다시 가졌다.

규희는 학부모-교사 모임, 교회 성가대 활동 등의 일로 분주해 나 혼자 평양으로 갔다. 그동안은 아침 식사가 맛있고 동선이 편리한 중심가의 외국인들이 주로 머무는 고려호텔에 머물렀었다. 내가 머무는 동안 나의 안내원들도 그 호텔에 숙박했다. 이번에는 보통 시민들이 머무는 대동강변 평양호텔로 숙소를 정했다.

산책 삼아 매일 아침 대동강변을 끼고 혼자 김일성 광장을 향해 걸었다. 광장 사열대의 왼편 건물에는 칼 마르크스와 레닌의 거대한 초상화가 걸려 있었고, 돌아서면 대동강변에 우뚝 솟은 주체탑이 보였다.

광장은 건국의 아버지 김일성의 생일, 군인의 날, 공산당의 날, 독립기념일 등 국가 기념일에 수십만 명은 되는 학생들과 군 장병들이 거리 행진을 하는 출발점이다. 광장을 가로질러 걷다 보면 콘크리트 바닥 위에 행진 전후에 서 있어야 할 지점을 알리는 일련번호가 일정한 간격으로 적혀 있다. 주로 고등학교 학생들은 그 지점에서 출발해서 행진 후 다시 제자리로 돌아온다. 나는 60년 전 12살 나이에 공산당에 입당한 후, 수많은 지정 장소 중 한 곳에서 시작해 이 공간을 행진했던 그날이 마치 어제 일처럼 가깝게 눈에 아른거렸다.

하루는 이발소에 갔는데, 이발사는 의자 앞 벽에 붙은 머리 스타일 그림 14가지 중 하나를 선택하라고 했다. 나는 선택권이 없다는 것을 바로 알고 그 중에 나의 평소 스타일을 골랐다. 이발사가 이발하는 동안, 복도 건너편 여자 미용실을 힐끗 쳐다보니, 단발 스타일을 한 19명의 사진이 보였다. 어깨까지 내려오는 머리 스타일은 없었다.

며칠 후면 내가 쓴 시나리오로 내가 태어난 고향 땅에서 오랫동안 꿈꿔왔던 영화 촬영을 시작할 날이 다가왔다고 생각하니, 나는 마치 구름 속으로 뛰어 들어가는 기분이었다. 이렇게 내 일생의 중요한 시점에 대동강 강가 벤치에 홀로 앉아 있었다.

가족들이 그리웠다.

Promises_49

<산 너머 마을>을 위해 태어나다

카메라 도착을 기다리는 동안, 장 감독과 나는 촬영할 장소를 물색했다. 평양의 스튜디오, 평양 근처 구월산, 중국과 국경을 맞댄 압록강의 도시인 신의주, 비무장지대 근처 도시 개성, 그리고 북조선 서쪽의 항구 도시 남포 등 우리는 다섯 개의 장소를 선정했다.

그곳들은 대본에서 실제로 사건이 일어난 장소들이었다. 내가 로케이션에 갈 때마다 장 감독은 항상 나의 제안에 찬성하며, 어떤 장면에는 함께 연출하자고 했다.

나는 어렸을 적부터, 좋은 영화란 뜻있는 각본의 이야기를 움직이는 그림처럼 보여주는 것이라고 생각했다. 장 감독과 나는 감독의 중요성에 대해 의견을 나누곤 했다.

"감독은 영화의 분위기, 장면, 배우들의 연기, 음악 등 모든 구성 요소들을 조합하는 오케스트라의 지휘자이며, 또한 관객을 끌어당겨 그들의 감정을 불러일으키며, 그들이 영화에서 하려는 이야기에 몰입하도록 하는 사람이다."

장 감독은 이렇게 대답했다.

"배 선생님 생각에 동의합니다. 관객들이 관람 후 영화가 전하는 사상이나 의미에 공감하며 자신의 생활까지도 변화시키고 싶은 마음이 들게 되면 최상이죠. 그것이야말로 감독의 최고 임무일 것입니다."

제작자와 감독은 이상, 가치, 정의가 뚜렷한 대본으로 위대한 비전을 가지고 촬영에 임해야 한다. 그리고 작가와 감독은 편집실에서 그들만의 고유한 표정이 담긴 개별 장면에 서로 공감하며 조화를 이루어야 한다.

»»»»»«««««

영화 촬영을 위한 개막식이 있었다. 전 스태프들이 모두 모여 장 감독이 미리 선택한 한 장면의 촬영에 들어가기 전, 장 감독이 개막을 선포했다. 규희를 포함해 모인 사람들 모두 박수로 축하했다.

선택한 장면은, 부상당한 군인들을 치료하는 것으로, 그 때 규희가 간호사였다는 걸 아는 장 감독은, 옆에 있던 규희에게 상처 소독과 치료 방법을 주인공 선아에게 가르쳐 주기를 부탁했다. 규희가 꼼꼼하게 가르쳐주자 장 감독이 카메라 기사들 앞에서 규희에게 고마움을 표했다. 규희도 환한 미소로 깊이 고개를 숙였다.

첫날 촬영 도중, 나는 평양 스튜디오에 시각 효과와 음향 효과가 부족한 것은 알았지만, 분장 기술이 그렇게까지 낙후한 줄은 더욱 몰랐다. 미국으로 돌아온 나는 규희와 함께 샌프란시스코의 분장 전문점 '크리오란'을 찾았다. 눈물을 흘리게 하는 아이 스틱, 피처럼 보이게 만드는 에프엑스(FX) 블러드, 스피릿 껌, 파운데이션, 스킨 크림, 모조 콧수염, 가발 등 다양한 재료의 분장용품을 구입했다.

전투 장면을 진짜 총을 쏘며 폭발물을 사용하는 것을 보고 나는 매우 불안했다. 한 장면에서 폭발로 날아온 유리 조각이 향숙의 이마에 상처를 냈다. 대본에 없는 일이라 나는 장면을 수정한 후 촬영을 이어갔다. 또 다른 장면은 국경선 감옥에서 국군 심문관이 령민을 감방 콘크리트 바닥에 던지는 것이었다. 그곳에서는 물론 '스턴트 맨'은 없고 바닥에는 '매트리스'나 '소프트 랜딩' 패드도 전혀 갖춰 있지 않았다. 이 장면을 4차례나 반복 촬영하자 령민의 무릎과 팔꿈치가 피투성이가 됐다. 나는 향숙이가 그에게 달려가 상처를 닦고 붕대를 감아주는 것을 보았다. 그처럼 촬영 중 생각지 못한 사건들은 촬영 일정을 자주 변경시켰고 시간을 지연시켰다.

또 한번은, 일규가 며칠 굶으며 고문 당하는 장면이 있었다. 감옥 구석 콘크리트 바닥에 앉아 있는 일규 앞에 옥수수가 담긴 양철 접시에 쥐가 와서 먹는 장면이었다. 내가 미국으로 돌아가기 전, 장 감독에게 이 장면이 중요하다고 강조하자, 그는 문제없이 그 장면을 내가 돌아오기 전까지 해 놓겠다고 약속했다.

다시 촬영장에 돌아가니 장감독은 말했다.

"이웃 여러 집에서 세 마리 큰 쥐를 잡아와 카메라를 돌리고 조명을 켠 후, 그 중 한 마리 쥐를 풀어놓았습니다. 그러자 겁에 질린 쥐는 세트장을 이리저리 뛰어다니며 접시에는 가지 않았습니다. 그래서 두 번째 쥐에게는 닷새나 먹이를 주지 않았습니다. 불을 켜고 카메라가 돌아가자 두 번째 쥐는 접시를 향해 간신히 다가가는 것 같더니 갑자기 쓰러져 죽었습니다. 너무 오래 굶긴 것 같아, 세 번째 쥐에게는 3일만 굶겼더니, 이번에는 자기 역할을 잘 해냈습니다."

우리는 다리가 폭파되는 장면을 찍기 위해 실제 폭발물을 사용해, 오래전 한국전쟁 중 훼손되었던 개성강에 걸쳐 있던 낡은 다리를 폭파했다. 거대한 폭발 소리와 함께 폭파하는 장면을 보며 우리는 모두 박수를 치며 함성을 질렀다.

"와! 정말 멋있다!"

령민과 향숙이 촬영 중에 사랑에 빠진 사실은 누구도 알아채지 못했다. 령민이가 감옥 장면을 촬영할 때 나는 그녀가 떨리는 손으로 그의 상처를 닦아주는 것을 보았고, 바위에 앉아 점심을 먹으며 서로를 애정어린 눈으로 바라보는 것을 보았다.

자신들의 사랑이 싹이 난 걸 내가 눈치챘다는 사실을 알고, 그들은 내게 고백하며 그 일은 우리 셋의 비밀로 하자고 했다. 두 배우가 장면 장면을 찍을 때마다, 애틋한 사랑을 담아 표현하는 연기는 더욱 실감나고 진지했다. 참 다행한 일이고 영화 촬영에 축복받는 일이었다.

그들은 촬영이 끝나갈 무렵 결혼했다. 나는 결혼식에는 참석하지 못했다. 그 후 내가 평양으로 돌아가자 그 신혼부부는 나를 훌륭한 전통 한식당으로 초대했고, 그들은 마치 자신의 부모에게 하듯이 내게 공손히 큰절을 했다. 촬영이 끝난 1년 후 그들은 딸 진해를 보았고, 일곱 살이 된 진해는 종종 내게 편지를 보내온다.

"친애하는 할아버지, 보고 싶어요. 언제 우리를 보러 오실 거예요?"

나는 친지나 친구들에게 이렇게 말하곤 했다.

"여러 사람들은 내가 멋진 영화를 제작했다고 하지만, 나는 한 가정을 이루게 한 것이 보다 더욱 가치 있다고 생각해."

우리 촬영팀은 대부분의 야외 장면을 자연의 눈 속에서 촬영했다. 때론 눈이 올 때까지 며칠 동안을 기다려야 했다. 한번은 다행히도 촬영 전날 밤 폭설이 내렸다. 덕분에 연인들의 이별 장면을 포함한 여러 장면을 눈 위에서 촬영할 수 있었다. 한 촬영 감독과 장 감독 그리고 나는 우리가 새 눈 위에서 하는 촬영이니만큼 재 촬영을 하지 말자는 데 동의했다. 우리는 아무도 밟지 않은 하얀 눈 위에 〈산 너머 마을〉의 첫 발자국을 남겨두었다.

현지 촬영 동안 특별한 명절들이 있었다. 나는 배우들과 제작진에게 주먹밥, 닭고기 튀김, 건어물, 그리고 김치 등을 제공해서 그들의 명절을 축하하도록 했다. 북조선 정부도 명절이면 담배와 소주를 주민들에게 나누어 주었다.

정부는 동일한 식량을 배급하고 동일한 액수의 급여를 지급한다.

배급량은 가족 규모, 나이, 성인과 어린이의 수, 그리고 각 가족 구성원이 수행하는 직업의 종류에 따라 결정된다. 예를 들어 힘든 일을 하는 남자는 사무실에 고용된 사람보다 몇 그램의 쌀을 더 받는다.

»»»»»«««««

구월산에서 촬영 중, 장 감독과 촬영감독, 미술감독 그리고 나는, 내가 호텔에서 가져온 점심 도시락을 먹으려 장 감독이 선택한 폭포 옆 평평한 바위에 편안하게 앉았다. 그 순간 빼빼 마른 젊은 군인이 다가와서 장 감독에게 씩씩한 경례를 하면서 말했다.

"선생님들이 먹고 남은 음식을 남겨줄 수 있겠습니까?"

전직 해병대장인 장 감독이 그에게 소리쳤다.

"식사하는 어른들을 귀찮게 하다니."

그 군인이 사과했다.

"죄송합니다. 선생님. 어제부터 아무것도 먹지 못했습니다."

그래도 장 감독은 그에게 30분 후에 다시 오라고 했다. 헐렁한 군복을 입고 터벅터벅 힘없이 언덕을 내려가는 그를 보며, 50년 전 우리 가족이 부산으로 피난을 떠났던 생각이 났다. 그때 뚜껑이 반쯤 열린 깡통 통조림(corn beef hash)에 손을 집어 넣고 보니, 새하얀 구더기가 우글거리던 기억이 났다.

세 동료들은 젊은 군인이 내 앞에서 북조선의 식량 문제를 폭로한 것에 수치심을 느끼는 것 같았다. 나는 동료들에게 아침을 많이 먹었다며 도시락의 절반을 남겼다. 누구도 점심을 다 먹지 않은 걸 알 수 있었다.

병사가 돌아왔을 때, 세 동무들이 몇 숟가락씩 내 도시락에 보태서 그에게 주었다. 젊은 병사는 활짝 웃으며 경례를 하고 나를 향해 말했다.

"선생님, 선생님의 관대함에 진심으로 감사드립니다. 저는 이 음식을 제 부대에 있는 동지와 함께 나눌 것입니다."

그로부터 몇 분 후 우리는 그 일은 잊어버리고 오후의 일에 대해 이야기하고 있었다. 그때 그 병사가 다시 와서 장 감독에게 말했다.

"담배도 몇 대 얻을 수 있겠습니까?"

우리는 모두 웃을 수 밖에 없었다. 장 감독은 자기 주머니에 들어 있던 담배 한 갑을 그에게 주었다.

»»»»»«««««

북한 정부는 수백 년 전에 지은 절들을 그대로 보존해 두었다. 절에서 촬영하기 전날 밤, 장 감독은 나와 스태프와의 친밀감을 돈독하게 하고 촬영 감독 한 동무의 70세 생일을 기념할 목적으로 여덟 명의 배우들과 제작진에게 점심으로 음식을 한 가지씩 가져오자고 했다. 점심시간에 우리는 작은 방으로 비집고 들어가 둥글게 앉았다. 나이 든 주지승이 귀하게 보이는 커다란 도자기에 든 술을 내오면서 한 마디 했다.

"우리 공화국에서 이처럼 좋은 날에 촬영도 하고, 또 촬영 동무의

70세 생신도 기념한다고 하니, 저도 100년 이상 된 술로 함께 축하드립니다."

각자의 도시락을 하나씩 열자, 배추김치, 계란 찜, 오이김치, 참깨 볶음밥, 작은 도루묵 생선, 무김치, 나물 등 수수한 요리들이 모습을 드러냈다. 특별한 날을 위해 그들은 정성을 보였지만, 그 음식들을 보고 나는 그들이 얼마나 풍족하지 못한지를 알 수 있었다.

우리는 모두 한 동지에게 절을 하고 장수를 기원한 다음, 나무잔에 담긴 술을 마셨다.

"교토와 서울에서 좋은 쌀 술을 마셔봤지만 이 술은 내가 마셔본 술 중에 최고입니다."

내가 크게 칭송했다. 우리는 번갈아 우스갯소리를 하며 담소를 나눴다.

나는 이야기 도중 궁금했던 질문을 했다.

"여러분이 사는 곳에는 이혼이나 살인, 자살이 있습니까?"

"아뇨, 없습니다."

나의 질문에 그들은 입을 모아 답하며 덧붙였다.

"아마도 매우 낮은 비율의 이혼은 있을지 모르나, 살인이나 자살은 전혀 없습니다."

그들은 엄격한 사회주의 이데올로기 아래 자신의 어머니를 사랑하고, 서로에게 친절하며 나라를 위해 헌신하도록 배우며 자랐다. 나는 악이 그들 사회에 비집고 들어갈 여지가 있기나 할까 궁금해졌다. '인간은 천성적으로 악하다.'라고 흔히들 말하지만 말이다.

어쩌면 샴페인을 먹고 악행을 저지르는 것보다 설탕물 마시는 그들이 더 행복하지 않을까 생각해 보았다. 아마도 그들이 악행을 해도 더 나은 삶이나 더 높은 지위를 받을 수 있는 덕을 볼 수 없기 때문일지도 모른다. 또한 악이 그들의 삶에 어떠한 영향도 미치지 못하기 때문은 아닐까?

내가 보기엔 그들이 아는 악이란 자신들을 인간 이하로 취급하고 착취한 일본 제국주의자들이 아닌가 싶었다. 그래서 이들을 지구에서 없애겠다는 것이다. 그런데 과연 그것이 악일까?

그날의 점심은 내 인생에서 가장 맛난 점심이었다. 아마도 그것은 음식 맛이라기보다는 우정의 맛, 서로 사랑을 주고받은 정을 나눈 맛이었기 때문이리라.

규희는 평양의 공원 벤치에서 내게 물어본 적이 있다.

"여보, 자유가 없는 사회에서도 서로 사랑할 수 있을까요?"

그리고는 자신 있게 스스로 자기 질문에 답했다.

"그렇게 할 수 있어요. 그건 하느님의 뜻이니까요."

자유가 없어도, 악을 모른 채 진실로 서로 존경하는 마음과 신실한 예의를 표하는 그들을 바라보며, 나는 인간의 아름다움을 보았다.

»»»»»«««««

눈 덮인 장엄하게 얼어붙은 폭포를 배경으로 촬영하기 위해, 우리는 평양에서 차로 4시간 거리에 있는 구월산 정상에 올랐다. 산 뒤에서 떠오르는 태양의 화려한 장관을 카메라에 담을 수 있는 시간은 단 몇 초뿐이었다.

구월산은 호텔도 여관도 없는 깊은 산속으로, 농가만 몇 채 있기에, 장 감독은 제작진과 배우들에게 몇 사람씩 짝을 지어 농가에서 밤을 지내도록 했다. 다음 날 아침 해가 뜨기 직전, 제작진 각자는 감자와 옥수수를 주머니에 넣고 촬영장에 나타났다. 농부들이 자기들의 식량도 부족하면서 그들을 위해 아침을 싸서 주머니에 넣어준 것이다. 열악한 환경에서도 엄청난 열정과 헌신으로 일하는 출연진과 제작진을 보면서, 나는 시나리오 작가나 제작자가 아니라 그들의 인원으로 진정한 소속감을 느꼈다.

그들 모두 내게 개별적으로 〈산 너머 마을〉 제작에 참여하게 된 것이 특권이라고 했다. 몇몇은 내 손을 꼭 붙잡고 다짐했다.

"훌륭한 영화가 되도록 최선을 다하겠습니다."

연로한 배우 신명옥은 말했다.

"배 동지, 훌륭한 대본에 한 몫 끼게 되어 큰 영광입니다."

하루 종일의 촬영이 끝난 후, 배우들과 제작진들이 앉아서 쉬고 있을 때 나는 그들에게 말했다.

"나는 이 영화를 만들기 위해 태어났다고 믿습니다. 여러분도 이 영화를 위해 태어났다고 느끼기를 바랍니다. 우리 함께 훌륭한 영화를 만들 수 있다는 것을 세상에 보여줍시다!"

그들은 나를 쳐다보며 주먹을 치켜들고 큰소리로 외쳤다.

"나는 배 동지와 함께합니다. 최고의 영화를 만듭시다!"

어느 날 촬영이 끝난 후, 우리는 모닥불 주위에 둘러앉아 다음날 예정된 장면에 대해 이야기를 나누었다. 진한 검푸른 하늘에는 손으로 닿을 수 있을 정도로 가까이 느껴지는 수백만 개의 별들이 영롱한 빛을 발하고 있었다.

대학을 갓 나온 조연 여배우 중 한 명이 내게 물었다.

"할아버지 동지, 언젠가 남한에 있는 우리 형제자매들이 이 영화를 보게 될까요?"

"그래, 그날이 올 겁니다. 약속해요."

내가 이렇게 말했지만, 실은 그 말은 나와의 약속이기도 했다. 나는 〈산 너머 마을〉이 북조선과 남한의 모든 이들에게 사랑의 메시지를 전하길 바랐다. 이것이 바로 어머니가 성경책을 읽어주며 가르쳐 주신 '이웃을 사랑하라.'고 하신 말씀에 대한 보답이기도 했다.

Promises_50

통일을 외친 첫 시사회

2012년 5월 15일, 내가 오랫동안 꿈꿔왔던 승전가를 부를 날이 마침내 도래했다. 평양에서 가장 웅장한 모란강 극장에서 <산 너머 마을> 첫 시사회가 열렸다. 관객들은 검은 양복에 넥타이를 맨 평양 남자들과 화려한 전통 한복, 즉 날씬한 긴 소매 상의와 우아한 색색의 긴 치마를 입은 마치 공중에 떠다니는 천사들의 물결처럼 보이는 여성들이었다.

나는 보존되어 있는 수령님의 의자에 앉았다. 그것은 내가 북조선에서 해 온 일들에 대한 예우이고, 또 영화 때문에 이루어진 명예인 것 같았다. 인민복을 입은 고위 정부 관리들은 극장의 앞자리를 차지했다. 그들 뒤로 객석은 모두 만원이었다. 이것은 한국 통일에 대한 희망을 관객들에게 보여 주는 시사회로 앞으로 출품할 국제 영화제의 시발점이었다.

그날 나는 기쁨과 슬픔으로 압도되었다. 나는 오른쪽으로 고개를 돌리며 규희를 찾았다. 그곳에 있어야 할 규희는 없었다. 나는 그녀와 함께 그 순간을 공유하며 함께 느끼지 못하는 것이 슬펐다.

규희는 이미 일상생활을 유지하는 능력을 상실하기 시작했다. 내가 혼자 평양으로 떠날 때 규희는 휠체어에서 일어나려고 애쓰며 작별 키스를 하며 말했다.

"준, 내 걱정은 안 해도 돼요. 건강히 당신 돌아올 때까지 기다릴게요. 성공적인 축제가 되기를 바라요. 장 감독과 배우들, 제작진들에게 모두 보고 싶다고 전해주세요."

규희 생각에 잠겨 있던 중, 김영삼 예술과학부 장관이 나를 관객들에게 소개하며 치하했다.

"위대한 지도자 김정일 어머니의 생가에서 이 영화를 제작한 배 동지의 인도주의적 노력과 당의 사명인 통일 촉진을 위한 헌신에 감사드립니다."

소개를 받은 나는 이렇게 답했다.

"내가 방문한 모든 마을마다 주민들이 보여준 따뜻함과 또한 당과 내각, 스튜디오 스태프, 제작진, 배우들의 노고에 감사를 표합니다. 또한 〈산 너머 마을〉에 지대한 관심을 갖고 영화제작이 가능하도록 지원해 준 북조선 인민위원회에도 특별한 감사를 드립니다."

출연진이 구월산 기슭에서 통일 노래를 부르고 이산가족이 상봉하는 마지막 장면을 끝으로 극장의 조명이 켜졌다. 관객 모두 일어서서, 5분 정도는 되는 것 같은 시간 동안 나를 향해 열정적으로 박수를 보냈다. 나도 일어서서 크게 화답하며 주먹을 치켜들고 외쳤다.

"우리 모두 사랑하는 조국의 통일을 향해 함께 노력합시다!"

관객들도 일제히 주먹을 치켜들면서 한마디로 화답했다.

"통일! 통일!"

나를 포함해 많은 이들은 감격의 눈물을 흘렸고, 나는 희망에 찬 그들의 얼굴에서 가족의 재회와 조국의 통일을 갈망하는 70년의 쓰라린 세월을 보았다. 극장 밖으로 나갈 때 김영삼 장관이 나를 향해 물었다.

"배 동지, 어떻게 이 영화를 완성하셨습니까?"

"난 그저 나무를 흔들었을 뿐입니다. 감독과 배우, 제작진의 열정과 헌신, 엑스트라, 농민, 일반 시민들의 엄청난 성원이 있어서 가능했습니다."

그가 덧붙였다.

"배 동지, 동무의 영화는 우리나라 영화 역사상 가장 위대한 영화로 등극할 것입니다. 우리는 동무의 업적이 자랑스럽습니다. 배 동지는 우연히 먼 나라에 살고 있는 우리의 큰형입니다. 하지만 당신은 항상 우리와 함께 있습니다."

그는 내가 귀국하는 날 작별 인사를 하러 내가 있는 호텔로 와서 "오래오래 간직하기 위해 <산 너머 마을>을 공화국 공문서 보관소에 보관할 것입니다. 또한 스튜디오 앞 중앙 광장에 선생님의 동상을 세울 계획입니다."라고 말했다.

어느 날 중국 심안 영사관 참사를 통해 김 장관이 나에게 전해달라는 메시지를 전했다. "북한 주민 모두가 극장과 TV에서 <산 너머 마을>을 세 번 이상 봤다."는 것이었다. 중국 연길의 북조선 식당에서 저녁을 먹던 중, 웨이트리스들이 내가 누구인지 알아보고 내 테이블로 와서 사진을 찍자고 했다. 그들은 <산 너머 마을>을 여러 번 봤다면서 타이틀 곡을 부르고 영화의 대사도 암송했다. 한반도의 절반에서는 성공했지만 아직도 내게는 절반이 남아 있었다. 아니 전 세상이 남아 있었다. 나는 또 더 높은 산을 향해 걷기 시작했다.

Promises_51

하와이 세계 영화제 시사회

2012년 10월 17일과 22일, 호놀룰루의 '돌 캐너리' 극장에서 하와이 국제 영화제가 있었다. 그것이 〈산 너머 마을〉의 세계 시사회였다. 이번에도 규희는 참석할 수 없었다. 나는 축제 시작 3일 전에 호놀룰루에 도착해 규희가 없는 해변을 따라 걸으며 마음이 허전했다. 와이키키 해변을 그녀 손을 잡고 다정히 걷던 기억이 났다. 규희가 보고 싶었다.

나의 절친이며 과거 사업 파트너였던 하와이 현지인 '배리 제이'와 나는 시사회를 위해 전단을 나눠 주기로 했다. 모든 한국 교회, 미니스토어, 미용실, 한국인이 모이는 곳에 들러 주인들에게 출입문과 창문에 포스터를 붙여 달라고 부탁했다.

따가운 오후 햇살 아래 호놀룰루 한인들 방문에 꼬박 3일이 걸렸다. 그들 모두 친절하게 우리를 환영했고 손님들에게 나눠줄 전단지를 두고 가라고 했다. ABC TV의 계열사인 현지 KGMB의 'Sun Rise'와 'Morning Life Now', 그리고 두 개의 한국 라디오 방송국이 나를 생방송으로 인터뷰했다. 내가 컴퓨터로 확인한 결과 시사회 표가 이틀 전 완전 매진된 것을 알고 매우 기뻤다.

나는 배경이 다른 여러 종족이 모여 사는 하와이 관객들이 관심을 가지고 수용한다면, 북조선에서 만들어진 <산 너머 마을>이 해외 어느 곳에서도 관심을 가질 수 있는 분명한 징조이고 앞으로도 희망이 있다는 내 믿음을 강화시켰다. 하와에서의 첫 상영 때, 나는 무대에 서서 영화 소개를 하려고 마이크를 들고 감격과 설렘으로 몸을 떨며 아무 말도 할 수 없었다. 200명이 넘는 관객 앞에서 어머니와 규희, 그리고 평양에서 함께 일한 팀원들의 얼굴이 눈앞에 어른거려 눈물을 참을 수 없었다.

나는 더 이상 무대에 서 있을 수가 없어 내려오며, 나를 소개해준 프로그램 매니저 앤더슨 르에게 마이크를 넘겼다. 그러자 그가 나를 껴안고 무대로 밀어내며 말했다.

"괜찮아요. 미스터 배, 관객들은 당신의 말을 기다리고 있어요."

무대에 다시 올라선 나는 마음을 가다듬고, <산 너머 마을> 월드 프리미어를 하와이로 선택한 일이 얼마나 기쁜지에 대한 소감을 말했다.

"내 영화의 세계 시사회에 이보다 더 아름다운 도시를 선택할 수는 없었습니다. 멀리 떨어져 있는 북조선에서 만든 이 영화를 받아주어 대단히 감사드립니다. 오늘 밤 북조선에 있는 친구들이 지금 여기에 나와 함께 있지 않은 것이 섭섭합니다."

조용한 극장 무대에서, 나의 옆에 서서 내 손을 꼭 잡고 규희가 "준, 당신이 자랑스러워요" 하는 말이 들리는 것 같았다.

상영과 질의응답 시간이 끝난 후, 나는 출구에 서서 돌아가는 관객들과 악수를 하며 그들의 감상평을 들었다. 관객마다 "촬영, 연기,

음악, 풍경, 감동적인 사랑 이야기에 감명을 받았다"고 했다. 또한 북한 사람들이 통일을 원하는지 몰랐다는 말들도 했다. 모든 영화제에 참가한 영화들은 한번만 상영하는데, 내 영화는 이틀 전에 매진이 된 관계로, 영화제 측에서는 〈산 너머 마을〉을 일요일에 한 번 더 상영하기로 했다.

일요일 오후 상영이 끝난 후, 80대의 한국전쟁 참전용사 2성 장군 5명과 해군 제독 한 명이 무대에 올라와서 "큰일을 했다." "우리 통일에 의미 있는 영화다." "남한에서도 보여주면 좋겠다." 등의 말로 축하해 주었다.

관객들 모두 박수로 답했고 몇몇은 무대로 올라와 나를 축하하며 감사를 표했다. 영화제 주최자는 관객이 나와 함께 사진을 찍을 수 있도록 극장 밖에 연단을 설치했다. 나는 아카데미 시상식에서 트로피를 받으면 아마 이런 기분이 아닐까 생각했다.

Promises_52

여러 시상과 영예

하와이 영화제를 성공적으로 마친 후 <산 너머 마을>은 다른 영화제에서도 찬사와 인정을 받았다. 두 번째 미국 국내 영화제는 우리의 두 번째 고향인 시카고에서 열렸다. 규희를 만나 결혼했던 곳, 내가 첫 직장을 시작한 곳, 첫 집을 지은 곳, 우리의 둘째 아들 스티븐이 태어난 곳, 그리고 나의 성공 기반을 마련한 곳이기도 하다. 내 영화가 시카고의 '지구 평화 영화제'라는 이름에도 걸맞고 우리에게는 의미 있는 적절한 장소로 여겨졌다.

시카고 지역 신문들과 텔레비전 그리고 라디오 방송국 기자들이 나와 생방송 인터뷰를 하기 위해 극장 앞으로 나왔다. 시사회는 여기서도 역시 감동적이었다. 참석자 200명 이상은 시카고와 근처 도시에 사는 교포들로 나의 회사 동료들, 오랜 친구들, 그리고 가족으로 극장이 꽉 찼다.

그날 만난 친구들이 이렇게 말했다.
"당신 그동안 어디서 어찌 지내고 있는지 궁금했는데 이제 알겠네."
나는 몇 년을 오직 이 한 영화를 위해 35번이나 북조선을 드나들며 노력해 얻은 결과물을 시카고의 여러 사람들에게 보여주게 되어 감개가 무량했다. 시카고 영화 축전에도 규희가 내 곁에 없다는 사실은 또다시 슬픈 일이었다.

시카고 영화제는 성공적이었다. 상영이 끝난 후 관객들과 나는 한 시간 동안 질의응답 시간을 가졌다. 관객들은 이런 질문들을 하였다.

"무엇 때문에 이 영화를 만들게 되었나요?"

"미지의 나라 열악한 환경에서 영화를 찍는 것이 얼마나 어려웠나요?"

"북한 정부와 문제는 없었나요?"

"영화를 만드는 데 비용은 얼마나 들었습니까?"

"이야기 중 어느 부분이 자신의 경험에서 나온 것입니까?"

"영화를 만들면서 가장 좋았던 기억은 무엇인가요?"

나는 성의껏 그들의 질문에 답을 해 주었다. <산 너머 마을>은 시카고 영화제 최우수 작품상을 받았다. 그 상은 내가 받은 여러 상 중에 첫 번째 상이고, 또 시카고에서 받은 상이라 더욱 의미가 컸다. 수상을 하는 순간, 나는 이것이야말로 전 제작진의 노력의 대가이며 나에게 사랑을 심어준 어머니와 그 사랑을 보여준 규희에 대한 보상이라고 생각했다.

이어서 인도네시아 자카르타에서 열린 '평화, 영감, 평등을 위한 인도네시아 국제 영화제'에서도 초청을 받았다. 애석하게도 나는 아픈 규희를 두고 갈 수 없고 또 먼 곳에서 열리는 축전이라 참석하지 못했다. 영화제가 끝난 다음 날 영광스럽게도 최우수 장편 영화상과 심사위원 특별상을 받았다는 연락을 받았다. 그로부터 며칠 후

트로피와 상장이 우편으로 도착했다.

〈산 너머 마을〉에 대한 예상치 못한 또 다른 보상은 중국 연길에서 있었다. 연길과 두만시의 조선족 예술 TV 협회는 시민들에게 나의 영화를 보여주면 좋겠다는 요청을 했다. 나는 300석 규모의 극장에서 이틀 동안 상영하기를 원한다는 그들의 청을 영광으로 받아들였다.

1920년부터 1935년까지 일본 점령 치하에서 많은 한국인들이 연변 지방의 도시와 마을에 강제로 정착했다. 그들의 백만 후손들은 현재 230만 명의 연변 전체 인구 중 43%를 차지한다. 1999년, 내가 그 지역 두만시에 공장을 지어 북한 농민들을 위한 농업용 필름을 생산할 때 내게 도움을 준 사람들을 떠올려보았다. 그 사람들은 내가 기아에 허덕이는 북조선 어린이들을 도울 때 협조를 아끼지 않은 조선족들이었다.

중국과 여러 나라 공식 소식통들은 한국전쟁 당시 약 100만명의 중국군(인민지원군)이 가담해 약 40만 명이 작전 중 죽거나 질병, 기아, 유기 등으로 사망했다고 보도했다. 정확한 숫자는 보고되지 않았지만, 그들 이야기로는 연변 일대 조선족 청년들도 포함되어 있었다. 그 일은 그 지역 어머니들과 할머니들의 가슴에 씻을 수 없는 상처를 안겼다고 그들은 말했다. 이 말은 우리가 레닌그라드 방문시 안내원이 말했던 비극을 떠오르게 했다. 노인이 된 생존자 중 한 분은 내게 이렇게 말했다.

"그 전쟁으로 마을에는 삽 하나 들어 올릴 건강한 사람은 남지 않았어요."

나는 언제나 산 많고 추운 중국 땅에 사는 차분하고 순박한 우리 동포들을 존경한다. 그들은 100년이 지난 오늘까지 아이들에게 조선 고유의 언어를 가르치고, 조선의 전통 의상 한복을 입히고 조선의 전통 명절을 기념한다. 그들은 내가 아는 세계 어느 지역의 디아스포라보다 민족성을 소중히 여기는 사람들이다.

상영이 끝난 뒤 많은 관객들이 흐느끼며 손수건을 적셨다. 대부분 체구가 작고 주름진 얼굴에 수줍은 미소를 가진 노인들이었다. 그들은 내게 다가와 작지만 따뜻한 손을 내밀어 나를 잡으며 말했다.

"고맙습니다."

그들은 가장 순수하고, 정직하고, 마음이 따뜻한 사람들이라고 나는 생각한다.

»»»»»«««««

집에서 가까운 샌프란시스코 영화제는 특별했다. 기쁘게도 규희가 참석할 수 있었다. 내가 거주하는 지역이기에 많은 교우, 친지, 친구들이 참석했다. 영화를 소개하면서, 나는 구월산 정상의 별 가득한 밤하늘 아래, 한 젊은 북조선 여배우에게 했던 약속이 생각났다. "할아버지 동지, 미국인들에게도 우리 영화를 보여주셔서 기쁩니다."라고 말하는 그녀의 소리가 들리는 듯했다. 나는 그녀가 이 자리에 있었다면 얼마나 좋았을까 생각해 보았다.

자리로 돌아오자 아들 스티븐이 내 손을 꼭 잡았다.

"아버지, 축하해요."

상영이 끝난 후 친구들이 경외심을 표하며 내게 말했다.

"준, 참으로 훌륭한 영화를 만들었어! 대단한 걸작이야."

»»»»»«««««

맨해튼에서 열린 '뉴욕 한인 영화제'는 2세, 3세 청년들로 가득 차서 특별한 기쁨을 내게 안겨주었다. 그들 중 다수는 대학 교육을 받고 있는 젊은이였다. 그들은 〈산 너머 마을〉의 깊이와 힘에 놀랐다고 하며, 특히 한국전쟁과 같은 역사적 관점에서 이야기를 전개한 것에 큰 관심을 보였다.

상영이 끝난 후 질의응답 시간에 몇몇 학생들이 노근리 사건에 대해 그것이 사실인지 의심하며 질문하자, 청중 가운데 일어선 인근 뉴욕대학교의 정치학과 교수가 보충 설명을 했다. "영화에서 보여주듯 그 사건의 모든 세부 사항이 역사적으로 정확합니다."

»»»»»«««««

이 밖에도 스위스의 '루선 국제 영화제', '뉴저지 영화제', 그리고 7개의 또 다른 영화제에서 수 천명 관객들과 나의 이야기를 나눌 수 있었다. 나는 남한에 갈 준비를 시작했다.

Promises_53

남한 시사회

나는 북한 사람들에 의해 만들어진 영화는 남한에서 상영을 못하도록 금하고 있다는 남한의 법을 처음으로 알았다. 하지만 나는 단념하지 않았다.

2014년 서울의 통일부로 〈산 너머 마을〉 상영 허가 요청 편지를 썼다. 통일부는 2년 연속 내 요청을 거절했다. 2017년에 요청했을 때는 통일부가 대통령선거 후보 3명 중 남한과 북한 간의 우호 관계를 중시하는 문재인 후보가 당선되면 기회가 있을지도 모른다고 알려주었다. 몇 년 만에 작은 희망이 생긴 것이다.

그 희망은 결실을 맺어 문재인 후보가 그 해 한국 대통령으로 선출되었다. 그의 당선은 〈산 너머 마을〉이 남한의 영화제에서 상영될 수 있는 길을 열어주었다.

2018년 초, 나는 문 대통령에게 편지를 썼다. 나의 북한에 대한 20년간의 인도적 지원과 북한에서 영화를 만든 목적, 즉 국경의 양쪽에 있는 우리 한국인 형제자매들에게 한반도 전체의 평화와 번영을 위해 단결을 촉구하는 목적을 밝혔다. 〈산 너머 마을〉 DVD도 동봉하였다.

그로부터 2주 후, 청와대로부터 한국의 남단 도시 울산에서 열리는 영화제에 연락하라는 내용의 이메일을 받았다. 2018년 가을, 전적으로 북한 국민이 만든 <산 너머 마을>이 남한에서 처음으로 영화제에 참가한다는 것은 그 의미만으로도 역사적인 사건이었다.

규희는 이번에도 가지 못했다. 울산으로 떠나면서 나는 현관에서 그녀의 손을 잡고 작별 키스를 하며 말했다. "당신을 내 마음속에 간직하고 축전에 가요."

휠체어에서 일어설 수조차 없도록 쇠약한 규희는 나를 바라보며 미소를 지었다.

"당신은 꿈을 이루었어요. 당신이 정말 자랑스러워요. 내 걱정은 마세요. 축제에서 우리 메시지를 잘 전달하고 안전하게 돌아오세요."

내가 없는 동안 남동생 병극과 그 아내를 규희와 함께 지내게 했고, 매일 그녀를 돌봐 줄 간호사과 치료사들도 정기적으로 오게 했다. 미국에서 울산까지 가는 여행 중, 비행기 안에서나 공항 라운지에서 그리고 울산 호텔에서 3박을 지내는 동안 나는 규희의 건강을 계속 걱정하며 그녀가 보고 싶었다.

울산 영화제에서는 이틀에 걸친 두 차례 상영에 200여 명의 관객이 좌석을 채웠다. 첫 상영이 끝나자, 시장이 무대에 올라 북녘 주민과 그들의 처지를 영화를 통해 소개한 나의 노력을 치하하며, 내게 축제 참여를 기리는 트로피를 수여했다. 질의응답 세션은 각각의 영화 상영 후 진행되었다. 나는 울산에 사는 한국 관객들이 물어

볼 질문들이 많이 궁금했었다. 하지만 놀랍게도 아무도 내가 <산 너머 마을>을 통해 공산주의의 이념 홍보를 원했는지는 묻지 않았다.

한 질문자는 내가 어떻게 그 영화의 제목을 선택했는지를 물었다.

"100년 전 우리는 큰 산 넘어 건너편 사람들을 방문할 수 있는 교통편이 없었습니다. 그래서 항상 서로에 대해 궁금해 하기만 했습니다. 산만 없었다면 양쪽 사람들은 서로 만날 수 있었을 것이고 서로를 두려워할 이유가 없다는 걸 알게 되었을 것입니다. 즉, 그들은 같은 민족이고, 인간의 공통적 행복 추구에 관심을 가진 사람들이라는 것을 알았을 것입니다" 라고 나는 답변했다

다른 질문들 모두 일반적인 관심사를 나타냈다.

"북한 사람들은 통일을 원합니까?"

"북한 사람들은 남한 사람들을 어떻게 생각하나요?"

"당신이 북한에 있는 동안 식량 부족 상황은 어땠나요?"

"평양냉면이 가장 맛있다는 것이 사실입니까?"

한 노인은 일어서서 큰 목소리로, "왜 강대국들은 우리를 그냥 내버려 두고 우리가 우리의 운명을 스스로 결정하게 하지 않습니까?" 와 같은 질문을 하기도 했다.

어느 할머니는 특별히 기억에 남는 사건이 있느냐고 물었다. 나는 그녀에게 장 감독에게 들은, 영화에서 중요한 역할을 한 사냥꾼 송씨의 개 '고미'에 대한 이야기를 했다.

촬영장 주변을 뛰어다니는 작고 하얀 강아지를 발견한 후, 장 감

독에게 그 강아지가 왜 거기 있는지를 물었다. 장 감독은 강아지를 캐스팅하라는 명령이 고위층에서 내려왔다고 하며, 그 개는 2000년 평양 정상회담에서 김대중 대통령이 김정일 국방위원장에게 선물한 강아지의 손자라고 말했다. 북한 당국은 <산 너머 마을>의 주제가 통일을 촉진하는 것이기에, 한국 대통령의 선물인 3세대 강아지를 영화에 참여시키기를 원했다. 하지만 자그마한 개는 작품 속 사냥꾼의 개 이미지와는 어울리지 않아 나는 장 감독에게 무슨 수를 써서라도 그 강아지를 다른 개로 교체하도록 했다. 그후 장 감독은 그 배역에 완벽한 갈색 털이 많은 커다란 사냥개 '고미'를 캐스팅했다. 그 부인이 다시 큰소리로 말했다.

"그 강아지를 캐스팅 했어야 했어요. 그랬다면 우리는 벌써 통일이 됐을 텐데."

모두 한바탕 웃었다.

나는 관객들이 영화가 전달한 메시지를 충분히 그리고 민감하게 이해한다고 생각했다. 즉, 그들은 북한에 있는 그들의 형제자매들과 다를 바 없었다. 아름다운 풍경을 배경으로 한 두 젊은이의 러브스토리와 통일에 대한 북한 주민의 희망에 대한 메시지를 이해했다고 자신했다. 그 후 문 대통령으로부터 편지를 받았다.

"북한 주민들에게 식량이 절실히 필요할 때 조건 없이 도와준 노력에 대해 존경하며 영화를 통해 남북통일 되도록 힘쓴 공을 높이 평가합니다. <산 너머 마을>의 상영은 아름다운 경치와 함께 북한 동포들의 삶을 볼 수 있는 특별한 기회가 되었습니다. 이런 문화교

류가 더 많아지면 남과 북의 마음이 더 가까워질 수 있다고 봅니다. 한반도에 평화와 번영을 가져다 주는 방향으로 계속 노력해 주시기 바랍니다."

Promises_54

나의 어머니 이윤희 학교

2016년과 2017년 함경북도 지역에서 발생한 심각한 홍수로 여러 마을이 중국과 접경한 두만강으로 휩쓸려 갔다. 2016년 최악의 홍수는 수많은 집과 학교를 파괴해 아이들은 공부할 교실마저 잃었다. 적십자사 보고는 이러했다.

"가공할 힘을 가진 홍수는 지나는 길목의 모든 걸 파괴했다. 수백 명이 사망했고 수만 명의 이재민이 발생했다. 회령에는 손상되지 않은 건물이 거의 없다."

홍수는 주요 농작물을 파괴해 기존의 만성적인 식량 부족을 증폭시켰고 비극적으로 공중 보건 위기를 초래했다. 나는 2013년 초부터는 집 가까이에서 규희를 돌봐야 하기에 북한 방문이 어렵게 됐다. 게다가 2017년 미국 시민의 북한 여행 금지가 시행되어 갈 길도 막혀버렸다. 하지만 내가 미국에서 감독하던 대단위 프로젝트가 있었다. 내 고향 회령에 학교를 짓는 일이었다.

2017년 봄에 시작해서 2년이 걸려 850명의 학생을 수용할 수 있는 견고한 3층 학교 건축이 잘 마무리되었다. 내구성이 강한 재료로 튼튼하게 지었기 때문에, 그 후 계속된 홍수에도 회령 학교 건물은 피해 없이 잘 견뎠다고 한다.

그 프로젝트를 위해 나는 안미화를 포함해 팀을 구성하고, 미화에게 회령을 방문해 건물의 크기, 설계, 그리고 우리가 필요한 재료에 대해 회령시 관리자들과 논의하도록 했다. 나는 그 건물은 고품질 자재, 즉 두꺼운 강철 빔, 고급 시멘트, 최상품의 목재 문과 창문, 두꺼운 타일 지붕, 단단한 목재 바닥, 그리고 그 지역의 춥고 긴 겨울 동안 안정적으로 열 공급을 할 수 있는 내구성 강한 대형 보일러로 건축해야 한다고 요구했다.

시민들이 함께 건물의 기초를 놓고 벽을 세웠고, 지역 목수들이 건물의 뼈대를 짜고 책상과 의자를 만들었다. 회령에 사는 사람들은 누구나 공사 시작부터 끝까지 지켜보며 모든 건축을 관리한 미화에게 밝은 노란색과 주황색으로 칠해진 학교가 너무 아름답다고 칭찬하였다.

만나는 사람마다 멀리에 있는 배 선생에게 우리의 깊은 감사를 전하라고 했다. 나는 건축을 준비하는 동안 행정관들에게 학교는 나의 어머니가 주신 선물이라는 것을 미화를 통해 강조했다. 이렇게 나는 어머니의 소원을 이루었다.

극심한 폭풍을 견뎌내며 자라는 아이들이 따뜻한 교실에서 수업할 수 있게 된 것은 나에게 또 다른 의미와 보람을 느끼게 했다. 나는 학교 이름을 어머니를 기념하기 위해 '이윤희 학교'라고 명명했다.

부산으로 가는 오랜 피난길 동안, 어머니는 내게 다윗 왕의 이야기를 들려주었다. "다윗 왕의 굳건한 믿음과 죄에 대해 용서를 구하는 기도, 그리고 백성들에게 주는 사랑 때문에 하느님은 그를 사랑했다."

어머니의 그 가르침은 내게 기독교 진리를 가르치고 겸허하게 순종하며 온 마음과 정신을 다해 하느님을 사랑해야 한다는 것이었다.

규희도 "이웃을 사랑하는 것은 하느님을 사랑하는 것이다."라고 자주 말했다. 어느 새해 전야에 시칠리아 '아그리젠토'라는 작은 마을에서 그녀와 나는 신전 계곡을 걸어 내려갔었다. 먼저 '콘코르디아' 신전에 들렀을 때 규희는 내게 아브라함과 사라 이야기를 들려주었다. 다음 신전에서는 이삭과 레베카의 이야기를, 세 번째 신전에서는 야곱과 라헬에 대해 들려주었다. 마지막 신전인 '템피오 디 제우스'에 도착했을 때, 그녀는 예수 이야기를 했다. 그날 밤 규희가 자신만의 방법으로 지혜롭게 소개한 성경 이야기에 나는 흥미를 느꼈다.

어머니와 규희는 내 마음 깊이 기독교의 씨앗, 즉 사랑을 심어 주었다. 어머니는 사랑의 의미와 가치를, 규희는 매일 그 사랑을 어떻게 실천할 수 있는지를 직접 보여주었다. 규희는 항상 내 일과 임무를 지원해 주었고, 내 곁에서 희생과 격려로 나를 세워주었다.

어머니는 말했다.

"나는 네가 고향에 돌아가 언젠가 기독교 학교를 세우길 바란다. 네가 그곳에 가서 헐벗고 못 배우는 아이들을 도와줘라."

나는 그때 어머니와 굳게 약속했었고, 그 약속을 지켰다.

규희를 돌보며

1996년 새해 첫날, 규희와 나는 해발 820m 높이의 시칠리아 '에리체'로 여행을 했다. 작은 호텔에 들어서자마자 규희는 가슴에 통증을 느낀다고 했다. 통증이 계속되자 나는 급히 호텔 프론트로 전화를 걸었지만 새해 첫날이어서인지 아무도 받지 않았다. 나는 그곳의 수도 '팔레르모'에 있는 여행사 직원에게도 전화를 했지만, 그들 역시 연락이 닿지 않았다.

나는 그 순간 회령의 고아원을 떠나 마지막 봉우리 산만 넘으면 국경선에 도착하는 곳에 눈으로 차가 묶였던 기억이 났다. 그때 나는 하느님께 햇빛을 보내 달라고 간절히 기도했고 하느님은 내 기도에 응답해 주셨다.

나는 지금도 그때의 기적을 다시 한 번 보여 달라고, 규희의 머리맡에 무릎을 꿇은 후 내 손을 그녀의 가슴에 얹고 하느님께 간절히 기도했다. 한 시간 후, 놀랍게도 규희의 고통은 사라졌다. 규희는 지난 20여 년간 심장 판막이 약한 승모판 협착증을 앓고 있었다. 그것은 1900년대에 태어나 소아 폐렴을 앓았던 아시아 여성들에게 흔한 질환이었다.

스탠퍼드 대학 병원의 심장 전문의 '알란 영' 박사가 FDA가 새로운 시술을 승인한 지 1년 후인 1988년에 규희의 승모판을 수술했다. 댄빌에 살면서 10년 동안 우리는 정기 검진을 위해 매달 스탠퍼드 병원에 갔다. 규희는 갑작스런 통증 때문에 밤에 여러 번 응급실에 갔었고, 어떤 때는 며칠씩 병원에 입원을 했다. 그녀는 심장 박동이 정상이 되도록 심장 율동전환 치료를 세 번이나 받았다. 그때마다 간호사들은 규희의 혈액 샘플 채취를 위해 정맥을 찾느라고 애를 썼다. 규희의 가느다란 팔에 몇 번이고 바늘을 찌를 때마다 나는 그 고통이 규희 것이 아닌 나의 것이기를 바랐다.

치료를 받기 위해 스탠포드 병원까지 다녀오려면 거의 하루가 걸리니 영박사는 우리 집에서 가까운 '램포드 응' 박사를 소개해 주었고 규희를 모니터 해주었다. 규희가 장기 입원을 할 때마다 나는 24시간 병실을 지키며 그녀와 여행에서 나누었던 즐거움을 함께 추억하곤 했다.

어느 날 밤은 시칠리아에서의 여행이 떠올랐다. '팔레르모'에서 가장 아름나운 해변 도시 '타오르미나'까지 차를 몰고 가면서 '시라쿠사' 도시 근처의 셸 주유소에 들렀다. 주유원이 연료탱크를 가득 채운 후, 우리가 약 30분을 달리자 연료 게이지가 반쯤 가리키는 것을 규희가 알아챘다. 우리는 서로를 바라보며 돌아가자는 눈빛을 동시에 교환했다. 돌아가다가 길을 잃기도 했지만 우리는 다시 주유소에 도착했다. 주유한 종업원이 나를 보더니 깜짝 놀라는 표정을 지었다. 나는 탱크를 다시 가득 채운 뒤 노즐을 제자리에 놓지 않고 그에게 건네며 말했다.

"이봐! 다시는 해외 여행자들을 속이지 마!"

우리가 차를 몰고 떠나려고 하자 그 종업원이 알아 듣지 못할 이탈리아어로 우리를 향해 큰소리를 쳤다. 우리는 '타오르미나'까지 2시간을 달리는 동안 신나게 여러 번 하이파이브를 했다. 그곳이 바로 마피아의 대국인 시칠리아이기에 자신의 죄를 들켜서 화가 난 종업원이, 장총을 들고 나와 우리에게 분풀이를 할 수도 있다고 생각했다.

그럴 때 보통 여자라면 누구나 "그냥 잊고 가요. 해 지기 전에 타오르미나에 도착해야 돼요."라고 했을 것이다. 하지만 규희는 달랐다. 규희는 나의 성향을 알기에, 나의 생각에 동의하며 기쁘게 해주려고, 그 먼 곳까지 돌아가자는 나의 눈동자에 응답한 것을 나는 안다. 규희는 늘 그랬다.

2002년 우리는 '플레젠턴'에 새 집을 지었다. 프랑스 남부 대 저택풍의 외관은 내 취향에 맞추었고, 규희는 내부 시설과 색상 선택을 맡았다. 우리 집을 방문한 사람들 모두 분수를 뿜어내는 수영장과 뒤뜰이 운치가 있다고 했다.

새 집에 살며 집을 완성해 가던 그 해 어느 날 아침이었다. 규희는 내가 자신의 환갑에 사 준 반지를 찾을 수 없다며, 집을 공사하며 드나들던 캐비닛을 설치한 사람이 훔쳐 간 것이 틀림없다고 했다. 이틀 동안 온 집안을 뒤졌더니 그녀가 거의 입지 않는 잠옷 주머니에서 반지가 나왔다.

나는 그 이후 기억상실의 초기 단계에 있는 사람들의 특이한 행동에 대해 알아보러 많은 시간을 할애했다. 한 의학 저널 기사는 사람을 의심하는 것은 기억 퇴행의 초기 증상 중 하나라고 했다.

몇 달이 지난 후 두 번이나 운전면허증이 없어졌다고 했다. 내가 집안 곳곳을 이틀이나 뒤졌지만 두 번 다 찾을 수가 없었다. 처음에는 새로 면허장을 발급 받았는데, 두 번째에는 규희가 70이 되어서 새 면허증 발급을 받으려면 필기시험을 봐야 한다고 했다. 운전면허증 없이는 운전을 할 수는 없으나, 대개 면허증은 신분증 역할을 하였다.

5주 동안 매일 아침 식사 후, 우리는 캘리포니아 자동차 부서에서 발행한 예상 문제집을 열심히 공부했다. 면허 갱신을 위한 필기시험은 21개의 문제로 합격하려면 18개는 맞아야 했다. 문제는 객관식으로 캘리포니아 교통표지판과 교통법에 대한 총 정보를 망라한 것이었다. 한 예상 문제는 음주 운전의 불법은 혈중 알코올 농도가 0.08%였다. 나는 그 문제가 틀림없이 시험에 나올 걸 알고 매일 아침마다 규희에게 그 질문을 했다.

차량관리국에서 두 시간이나 기다린 후 규희는 드디어 시험장으로 들어갔다. 나는 규희가 시험을 치르는 것을 초조하게 지켜보았다. 한 시간은 지난 것 같은데도 규희가 시험지를 골똘하게 쳐다보는 것을 차마 볼 수 없었다. '이렇게 오래 걸려서는 안 되는데'라고 생각한 나는 안타까운 마음에 그녀에게 도움을 주려고 시험장으로 걸어 들어갔다. 하지만 나는 멀리 가지는 못했다.

체격이 보통 사람의 세 배는 되는 흑인 여자 시험관이 내가 제한 구역 안으로 들어가려는 것을 보고 외쳤다.

"여보세요, 안 돼요! 시험장 안에 들어가면 안 돼요! "

나는 당황해서 재빨리 물러났다. 규희는 21점 만점에 4점을 놓쳐 한 문제 차이로 아슬아슬하게 합격하지 못했다. 내가 그토록 거듭 강조했던 음주 운전 문제를 놓친 것이다. 시험장 밖에서 나는 그녀가 어차피 오래 운전하지는 않을 거라고 생각하며 시험을 포기하는 것에 대해 생각해 보았다. 여행은 신분증만으로도 충분했다.

차량관리국은 같은 날 세 번까지 연속 시험을 볼 수 있도록 허용했다. 나는 실망한 규희를 쳐다보면서, "그래, 다시 한 번 해보자."라고 했다. 규희가 나를 바라보며 힘을 냈고 우리는 우리 차례가 올 때까지 다시 두 시간을 기다렸다. 규희가 두 번째 시험을 보는데 이번에도 답을 하는데 고심했다. 나는 그녀를 격려하기 위해 또다시 시험장으로 들어갔다. 아까 그 덩치 큰 감독관이 다시 소리쳤다.

"여보세요! 제가 시험장에 들어가지 말라고 했잖아요!"

두 번째 시험 결과는 합격이었다. 안도의 숨을 쉬며 자축하는 것도 잠시, 합격증을 받으러 가자 아까 그 감독관이 말했다. 내가 제한 구역에 들어간 것에 대한 벌칙이라며 세 개의 추가 질문에 답해야 합격이 된다고 했다. 규희는 시험장으로 다시 들어갔고, 나는 걱정스레 밖에서 기다렸다. 그녀는 세 가지 추가 질문에 정확히 답했고 우리는 건물 밖으로 나오며 힘차게 하이파이브를 했다.

"성공했어! 당신이 해냈어!!"

우리는 마치 킬리만자로 산이라도 정복한 것처럼 기쁨을 감출 수 없었다. 나는 규희가 이 시험의 합격을 위해 바친 정성과 노력을 보았다. 나는 규희의 그런 정성과 노력이, 자신이 능력 있고 믿을 수 있는 나의 아내라는 걸 내게 보여주고 싶어하는 것 같았다. 자신이 시험에 통과하도록 애쓰는 내 노력에 감사를 표하고 싶어했고, 내가 그녀를 자랑스러워 하기를 원했다. 그녀는 내 앞에서 실패하고 싶지 않았던 것이다.

나는 또 몇 달 동안 내가 반복 질문을 했음에도 불구하고, 두 번의 시험에서 음주 운전 문제를 놓친 것에 대해 절망했다. 그녀가 기억을 잃고 있다는 명백한 증거였다. 복잡한 스도쿠 문제를 재빨리 풀어냈던 예전의 그녀였다면, 단 몇 분 만에 만점을 받고 시험장을 당당히 걸어 나왔을 것이다.

다른 징후도 있었다. 규희는 두피가 가렵다고 하더니 거기서 피가 나기 시작했다. 피부과 의사에게 가서 약과 특별한 샴푸 처방을 받았다. 나중에야 그녀가 샴푸를 두피에 마사지하지 않고 머리를 헹구는 데만 사용한다는 걸 알았다. 내가 머리를 감겨주고 두피를 깊숙이 문지르며 씻겨주자 가려움증이 사라졌다. 왜 그 생각을 못하였던가? 나는 여러 번 내 가슴을 치며 자책했다.

신경과 의사는 규희의 행동을 계속 관찰하며 새 약을 처방했지만 어떤 약도 그녀의 퇴행을 막지 못했다. 치매는 계속 그녀의 기억을 훔쳐갔다. 나는 부드러운 목도리를 조심스럽게 그녀의 목에 감겨주고 담요를 다리 위에 덮은 다음, 그녀를 휠체어에 앉힌 후 자주 그녀가 좋아하는 동네 공원으로 갔다. 우리는 멋스러운 분재 나무 근처에 멈춘 후 행복했던 지난 우리의 시간들에 대해 이야기했다.

규희와 나는 서로에게 가졌던 믿음과 희망, 그리고 사랑을 붙잡고 평생을 함께 했다. 그녀는 나의 사랑이고 나의 존재 그 자체였다.

2013년, 나는 규희와 함께 내가 18년 전 설립하고 경영해 오던 회사를 마지막으로 방문했다. 전 직원이 모인 자리에서 매각 발표를 하며 나는 새 주인에게 내 자리를 물려주었다. 이 회사는 1996년 '포코노'에서 꾸었던 꿈의 성취를 위해 내가 지금까지 노력해 온 나의 분신이었다. 규희가 그동안 정말 수고했다는 듯한 표정으로 나를 사랑스럽게 바라보았다. 내가 그녀를 돌보기 위해 회사를 매각한다는 것을 그녀도 알고 있었다. 나에게 이 결정은 무엇보다도 쉬운 결정이었다.

Promises_56

마지막 약속

나는 규희의 악화되어 가는 건강과 나날이 변하는 행동들을 무력하게 지켜보면서, 깊은 슬픔에 잠겼다. 그럼에도 그녀에 대한 애틋한 사랑과, 그녀가 품위를 유지하며 남은 삶을 살 수 있도록 도우려는 내 의지는 더욱 강해졌다.

치매가 악화되면서 규희는 자신의 생명력과 삶의 즐거움마저 차츰차츰 잃기 시작했다. 하지만 여전히 유머와 유쾌한 태도를 고수하려는 노력은 포기하지 않았다.

"정말 예쁘시네요."

"정말 잘 생겼습니다!"

규희는 만나는 낯선 사람들에게도 항상 이렇게 칭찬을 하곤 했다. 퇴원을 할 때 병원 측은 규희를 양로원에 가도록 추천했다.

두 달 양로원에 있는 동안 간호사들이 혈액 샘플을 채취하고, 항생제를 놓고, 한밤중에 속옷을 갈아 입히는 일들이 일상이 되었다. 규희는 멀리 뉴욕에 사는 손자들조차 보지 못한 채 양로원에서 싱거운 음식을 먹으며 지냈다. 그래도 규희는 한 번도 불평하지 않았고, 항상 미소를 지으며 내가 그녀에게 권하는 음식, 양치질, 샤워를 거절하지 않고 반가운 얼굴로 받아들였다.

집으로 돌아온 후에는 물리치료사, 직업치료사, 언어치료사가 매일 와서 음식 씹는 방법과 위생 관리법 등을 가르쳤다. 그들은 단순하게 삶을 관리하는 능력을 유지할 수 있도록 가르쳤다.

매일 아침이면 일찍 잠에서 깬 규희가 맑은 눈으로 나를 맞이했다. 나는 커튼을 열고 눕혀진 침대를 세운 후, 햇빛이 우리 침실을 가득 채울 때 은혜로운 찬송가 CD를 틀어 주었다. 그녀에게 옷을 입히고, 얼굴과 손을 씻기고, 얼굴에 크림을 바르며 예쁘게 쓰다듬어 주었다.

아침 식사로 삶은 달걀 한 개, 바삭바삭한 베이컨 한 조각, 밀 토스트, 그리고 수박 한 조각을 그녀를 위해 준비했다. 식사를 먹여주고, 먹는 것을 보며 함께 지냈던 이야기를 들려주는 일이 나에게는 매우 즐거운 일과였다. 나는 멋진 쿠션이 달리고 각도 조절이 쉬운 고기능 휠체어를 구입했고, 그녀가 샤워장에 편리하게 출입할 수 있도록 특별 고안된 샤워 버디 의자를 구했다.

그녀의 퇴행은 계속되었다. 단기 기억은 그녀를 아주 떠나버린 듯 그녀는 방문하는 친구들을 전혀 알아보지 못했다. 하지만 한참은 아는 것처럼 행동했는데 나중에는 안타까운 바람에도 불구하고 입을 닫았다. 나는 그녀의 언니들, 친구들, 그리고 우리 목회자와 전화 통화를 시도했지만, 그녀는 알아들은 듯 눈은 깜박이고 귀는 기울였으나 답은 하지 못했다.

밤이면 나는 그녀를 침대에 기대게 하고, 속옷을 갈아 입히고, 파자마를 입힌 후 연고를 바른 다음 자리에 눕혔다. 그리고 그녀가 좋아하던 여러 여행 이야기를 다시 들려주었다.

어느 날 밤, 나는 그녀에게 우리의 이집트 여행 이야기를 들려주었다.

"카이로에 도착해서 피라미드를 오르고 해가 지기 전 낙타를 탔던 걸 기억하나요? 당신은 '로지'라는 이름의 키 큰 암 낙타를 골랐고, 머리 위로 손을 올려 서로 손을 잡고 함께 피라미드 주위를 돌면서 우리는 하나가 되었지요."

"기억나요? 그날 저녁 '기자'의 피라미드 앞에서 베르디의 오페라 '아이다' 본 것도요. 따뜻한 여름 밤 바람을 맞으며 나일강 위를 떠다닌 펠루카 여행이 가장 좋았다고 했지요. 기억하나요?"

"우리는 다정히 손을 잡고 나일강의 거울 같은 수면에 반사되는 밝고 둥근 달을 바라보았지요. 우리의 키스 기억나나요?"

내 말이 끝나기 전, 눈을 감은 규희는, 아름답던 펠루카를 타고 잠에 들었다. 다음 날 아침 눈을 뜨면 규희는 나의 눈을 따스하게 바라보며 마치 이렇게 말하는 것 같았다.

"준, 나에게 멋진 삶을 주어서 고마워. 사랑해요!"

어느 날 밤, 규희가 숨을 쉬려고 애를 쓰고 있었다. 나는 그녀가 점점 나빠지고 있다는 사실을 받아들여야 했다. 나는 그녀의 침대 옆에 무릎을 꿇고 하느님께 기도 드렸다. 눈 덮인 북한의 산꼭대기에서, 또 시칠리아 에리체에서와 같은 기적을 베푸시기를 하느님께 간절히 원했다.

나는 구급차를 불렀고 그녀는 병원에 입원했다. 이틀 동안 그곳에 머무는 동안, 의사와 간호사들은 MRI와 엑스레이 등을 찍으며 그들이 할 수 있는 모든 테스트를 다 했다. 입원 둘째 날 저녁 무렵이 되자, 담당의는 그녀의 폐에 물이 차 있다며 그녀에게 음식을 먹일 수도 없고 약을 줄 수도 없다고 했다. 담당의사는 규희를 호스피스로 데려가길 권했다.

하지만 나는 내가 마지막 순간까지 직접 규희를 돌보기 위해 집으로 데려왔다. 간병 경험이 있는 우리의 목사 사모님과 호스피스 경험이 있는 교회 친구가 밤을 새워 나를 도왔다. 규희가 침대에 누워 있는 이틀 동안 나는 그녀의 손을 잡고, 그녀의 숨소리를 듣고, 산소를 공급하고, 맥박 산소계를 확인하고, 그녀 얼굴을 지켜보았다.

그녀의 살짝 벌린 입에서 힘없이 이어지는 숨소리를 듣는 것은 내게 고통이었다. 숨소리 간격은 점점 길어졌고, 마지막 순간 그녀는 몸을 뒤척이며 힘겹게 내 눈을 바라보았다.

그녀가 작별 인사를 하고 있었다.
그리고 숨을 멈추었다.

나는 규희가 한 번만 더 숨을 쉬었으면 했다. 그리고 어느 순간, 자유롭게 숨 쉬면서 함께 할 훗날을 기약하며, 나를 기다릴 곳으로 먼저 떠나는 규희를 보며 마음이 평화로워졌다.

이 세상에서 가장 사랑하는 아내 규희가
2019년 10월 26일 오전 7시 26분 하느님 곁으로 갔다.

평온한 그녀의 얼굴을 보면서, 규희를 끝까지 아름답고 우아하게 지켜준 하느님께 감사했다. 내가 그녀를 돌본 지난 5년은 우리가 함께 전 세계를 여행했던 시간만큼 소중했다.

이른 오후, 아들 둘이 어머니 침대 곁으로 왔다. 나는 규희를 데려가기 전, 단 하루만이라도 나와 더 있어도 되겠느냐고 나를 돕던 목회자 부인에게 물었다. 나는 종일 그녀의 손을 잡고 차가워지지 않도록 손을 비볐다.

장례식장에서 온 영구차가 그녀를 데려갈 시간이 다가오자, 나의 불안감은 커져 갔고 마음은 강하게 요동쳤다. 나는 그녀의 손을 잡고 하느님께 시간을 멈춰 달라고 또 다시 간절히 기도했다. 집으로 오는 영구차 타이어가 펑크가 났으면 하는 생각도 해보았다.

규희를 실을 카트를 가지고 도착한 기사가 나에게 규희를 함께 들어, 열려진 비닐 백에 넣어 달라고 했다. 그가 지퍼를 올리려 할 때, 나는 규희의 얼굴을 잠깐이라도 더 볼 수 있도록, 끝까지 잠그지는 말아 달라고 부탁했다. 그리고 제발 조심해서 운전해 달라는 부탁도 했다.

그가 영구차 뒤 칸에 규희를 넣을 때, 나는 그에게 뒤 유리창으로 잠시라도 그녀를 더 볼 수 있도록 몇 초만이라도 더 서 있어 달라고 부탁했다. 그때가 내 인생에서 가장 슬픈 순간이었다.

아들 제임스는 영구차가 떠나기 전, 내가 차에 매달리자 나를 꼭 붙잡았다. 아들들이 나를 집 안으로 데려올 때까지, 나는 꼼짝 않고 앞문 앞 돌바닥에 그대로 주저앉아 있었다.

장례식은 오크몬트 메모리얼 예배당에서 거행되었다. 한국과 중국, 미국 전역에서 온 우리 가족과 친지, 친구들이 도착했다. 목사 제이슨 전은 시편 91편 1~4절과 고린도전서 15장 51~58절을 낭독했다. 규희가 사랑했던 뉴저지의 조카 수잔과 우리의 손자 이안이 추도사를 했다.

"고모는 자신의 삶을 통해 진정한 기독교의 산 증인의 모습을 보여 주셨습니다."(수잔의 추도사)

"우리 할머니는 타인에게 사심 없이 사랑을 베푸시고 헌신하신 분이셨습니다."(이안의 추도사)

3개월 후인 2020년 1월, 나는 멕시코 '엔세나다' 근처의 '캘리포니아 바하'의 작은 마을인 '산 퀸틴'으로 갔다. 지역 농장에서 일하는 가난한 인디오들을 돕는 기독교 선교 단체를 지원하려는 목적이었다. 나는 '바이아 산타 마리아' 해변에 있는 '미션 산타 마리아' 호텔에 묵었다. 고요한 캘리포니아 만 너머로 해가 떠오르는 것을 바라보며 방황하듯 홀로 텅 빈 해변을 걸었다.

"규희, 당신은 어디에 있나요?" 나는 외쳤다.

"준, 바로 여기 있어요"

"왜 큰 소리로 소리쳐 부르나요?"

나는 규희가 나와 함께 있는 걸 확신했다. 규희는 언제나, 영원히 내 마음속에 살아있을 것이다. 나는 그녀의 생일인 밸런타인데이에 샤르도네 와인 한 잔을 따랐다. 그녀에게 우리의 긴 스토리가 담긴 책을 출판할 계획에 대해 소소하게 다 이야기했다. 규희에게 고아와 농장, 그리고 학교를 위해 계속 지원하겠다는 약속도 했다. 조국통일의 길을 닦기 위해 남북한 젊은이들 교육에 여생을 바치겠다고도 약속했다.

언젠가 손을 높이 들고 낙타를 타면서 피라미드를 돌 것이라는 약속도 했다. 나는 비석에 새겨진 규희 사진에 키스를 하고 천천히 걸어 나왔다. 멈춰 서서 그녀를 한 번 더 돌아본 후, 나는 다음 행보를 위해 발길을 옮겼다. 생전에 그랬던 것처럼, 규희는 나와 보조를 맞추며 넘치는 사랑으로 다시 만날 날까지 나를 지켜줄 것이다.

내 안에 영원히 살아있는 두 여인에게, 이 책을 바칩니다.

저의 북조선 구호 사업과 촬영한 영화 <산 너머 마을>, 그리고 규희와 저의 추억에 담긴 비디오와 영화는 아래 링크로 남겨두었습니다.

*비디오 링크:

1. Memorial for Kyuhee.(규희의 추모)
   https://vimeo.com/309993374
   Password: life

2. Documentary for North Korea aids.(북한 구호 다큐멘터리)
   https://vimeo.com/134323021
   Password: Love

3. 영화 <산 너머 마을>
   (The Other Side of the Mountain)
   visit the website: www.osomfilm.com

우리들의 추억

Part 06

1937년 북한 회령에서의 가족 사진 : 어머니, 저자(Joon), 벤(Ben), 아버지, 칼(Carl), 유모

앞줄 : 정숙(Chung Sook), 어머니, 아버지, 켄(Ken)
뒷줄 : 칼(Carl), 벤(Ben), 저자(Joon)

1957년 경기고등학교 졸업 사진

1972년 서울에서의 어머니

1957년 서울, 규희의 연세대학교 졸업 사진(두 번째 줄 왼쪽에서 6번째)

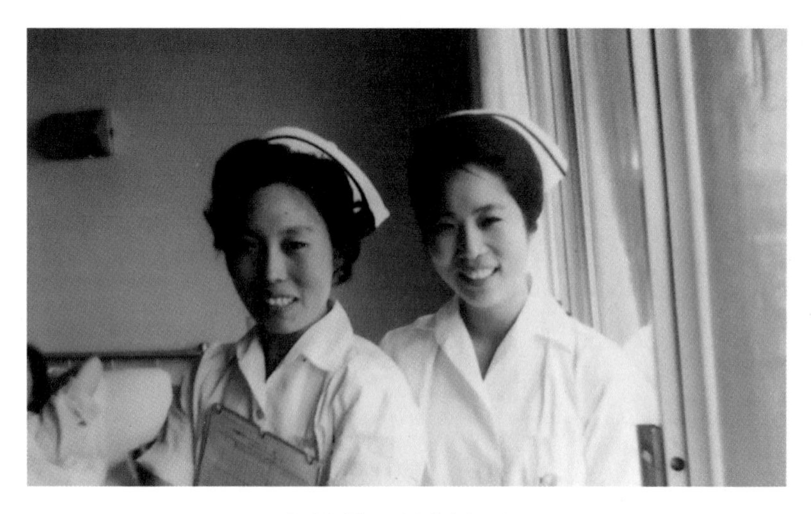

1958년 연세대학교 병원에서의 규희(오른쪽)

1953년 평양과 서울 사이의 어딘가

1953년 부산으로 가는 열차

1953년 개성 근처의 무너진 다리를 건너며

1964년 시카고에서의 웨딩 사진

1965년 미주리 콜롬비아의 학생 아파트

1966년 시카고 롤링 메도우즈의 아파트

1966년 미주리대학교 졸업 사진

1975년 어머니와 요세미티 여행에서

1975년 일리노이 졸리에트에서 제임스, 스티브,
그리고 퍼지와 퍼지의 4마리 새끼 강아지들

1974년 미국에 오신 어머니를 환영하며

1994년 페블 비치에서 나의 친한 친구
황송석(Song Suk Hwang)과 함께

1992년 서울의 합창대회에 참가한 합창단 단원들과 함께
(규희 - 두 번째 줄 왼쪽에서 첫 번째)

2000년 연변의 TWP 공장

2000년 연변의 TWP 공장

1999년 타마쿠아 TWP 공장

1972년 샌프란시스코로의 첫 여행

1984년 스위스 마터호른

1986년 비엔나 쇤부룬 궁전 가든

1986년 런던

1988년 플로랑스

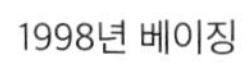

1998년 베이징

1999년 제주도

1989년 샌디에고에서의 결혼기념일

1990년 런던 극장

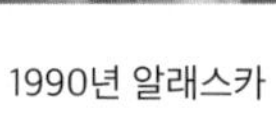

1990년 알래스카

1993년 일본 교토

1999년 이집트

1998년 홍콩

2000년 케냐에서 마사이 마라 족장들과 저자

2005년 남아프리카 크루거 국립공원의 도보 사파리

2003년 타지마할

2001년 캐나다 루이스 호수

2006년 러시아 모스크바에서 레닌(Lenin), 니콜라스 2세(Nicholas II)와 함께

2009년 레바논의 사해

2009년 요르단 페트라

2012년 런던 올림픽

1994년 제임스의 콜롬비아대학교 대학원 졸업식

1991년 스티브의 뉴욕대학교 졸업식

1998년 평양에서의 제임스

2000년 케냐에서의 스티브

2000년 제임스의 결혼식에 참석한 가족들

제임스의 결혼식에서의 4형제
왼쪽부터 칼(Carl), 저자(Joon), 벤(Ben), 켄(Ken)

2000년 제임스의 결혼식에서의 제임스와 스티븐

2002년 스티브의 결혼식

2005년 하와이에서의 가족 사진

2005년 이안(Ian)의 첫 돌

2013년 루크(Luke), 조나(Jonah), 애런(Aaron)

2018년 아프리카 케냐에서 루크(Luke) 와 이안(Ian), 그리고 현지 아이들

2018년 아프리카 탄자니아

2019년 이탈리아 밀라노에서 손자 조나(Jonah)와 함께

2019년 캘리포니아 보데가 만(Bodega Bay)에서
손자 이안(Ian)과 함께

25 파운드(11.3 kg) 연어

2021년 보데가만에서의 애런(Aaron)과 조나(Jonah)

2021년 샌프란시스코 금문교

1997년 북한의 청진 애육원에서 간호사의 돌봄을 받고 있는 2-4개월의 고아 아이들

1998년 북한 청진의 2-4살의 고아 아이들을 방문한 규희와 저자

1998년 북한 청진의 고아를 돌보며

1999년 북한 길주의 초등학교

2005년 북한 청진중학교에서의 아코디언 콘서트

2005년 북한에서 저자를 위해 콘서트를 열어준 청진중학교

1997년 북한 회령의 옥수수밭

1998년 북한 함경의 농업용 필름

1999년 북한 함경의 온실

1999년 협동 농장의 리더들

2001년 북한 회령의 온실

2000년 차량이 눈에 갇혔을 때

2005년 북한 부령의 빵 공장

2005년 북한 평양의 김일성 플라자

2008년 감독

2009년 재회 장면 촬영

2008년 선아의 연기

2012년 통일 노래를 부르며

감독 장인학(In Hak Jang), 저자(Joon Bai),
프로덕션 코디네이터 임명진(Myung Jin Rim)

사운드 트랙 작곡가 성동환(Dong Hwan Sung)

주연 배우 김령민, 리향숙, 그리고 그들의 아이 진해

2017년 소노마에서 저자(Joon)의 80세 생일을 기념한 가족 모임

사랑

2016년 조카 파울라(Paula)와 더글라스(Douglas)

2019년 북한 회령의 어머니의 이름을 딴 중고등학교(2017년 홍수 이후)

2021년 캘리포니아 오크먼트, 규희의 안식처

배병준 님께,

멀리 미국에서 보내주신 편지는
대통령님께 잘 전해드렸습니다.
따뜻한 성원에 깊이 감사드립니다.

"산 너머 마을"의 울주영화제 상영은
북녘의 산하와 함께
북녘 동포들의 삶을 볼 수 있는
매우 특별한 기회가 되었습니다.
이러한 문화교류가 많아질수록
남과 북의 마음도
더욱 가까워질 것이라고 생각합니다.

평화와 번영의 한반도로 가는 길에
앞으로도 계속
힘을 보태주실 것으로 믿습니다.

변함없는 성원 부탁드리며,
늘 건강하고 행복하시길 기원합니다.

대통령비서실 드림

Dear Mr. Byung Joon Bai

The Screening of *The Other Side of the Mountain* became an extraordinary opportunity to see the lives of our North Korean compatriots along with the landscape of land.

I believe having more of these cultural exchanges may bring the hearts of the South and North closer together.

I hope that you will continue to work toward bringing peace and prosperity to Korean Peninsula.

I wish you the good health and happiness.

Moon Jae-in
President of Korea